THERESE BICHSEL

Grossfürstin Anna

FLUCHT VOM ZARENHOF IN DIE ELFENAU

ROMAN · ZYTGLOGGE

Für Hannes

Bei den kursiv gedruckten Stellen handelt es sich um Originalzitate.

2. Auflage 2012

Lektorat: Hugo Ramseyer, Bettina Kaelin
Korrektorat: Monika Künzi, Jakob Salzmann
Cover: La Grande Duchesse Anna Feodorovna, von Elisabeth Vigée-Lebrun, 1795/96
Umschlagrückseite: Juliane von Sachsen-Coburg-Saalfeld, von Johann Daniel Mottet, 1818 (Schloss Ehrenburg, Coburg)
Bildbearbeitung Cover: FdB – Für das Bild, Fred Braun
Satz: Zytglogge Verlag
Druck: fgb, freiburger graphische betriebe
ISBN 978-3-7296-0851-1

Zytglogge Verlag, Schoren 7, CH-3653 Oberhofen am Thunersee
info@zytglogge.ch, www.zytglogge.ch

1795 · 1796

Coburg – St. Petersburg, Aug.–Okt. 1795

Julie klatscht in die Hände, als die Kutsche endlich losfährt. Die Gesichter der jüngeren Geschwister und Dienstboten, die sich zum Abschied vor Schloss Ehrenburg versammelt haben, spiegeln Freude und Schmerz zugleich. Leo, der Kleinste, noch nicht fünf, bricht in Tränen aus. Antoinette wirft ihm eine Kusshand zu, Sophie schaut nachdenklich vor sich hin, Julie dreht sich um und winkt, und sie winkt noch immer, als Leo, der sein Gesicht an die Schulter der Kinderfrau drückt, und das Schloss schon längst verschwunden sind. Sie schluchzt plötzlich.

«Julchen», mahnt Mutter Auguste, «halte deine Gefühle im Zaum.» Sie mustert die drei Töchter. Eigentlich fühlt sie sich bei diesem Auftrag nicht wohl. So früh schon soll eine von ihnen Familie und Heimatstadt verlassen. Aber wer ist sie, sich der Zarin zu widersetzen? Auf Wunsch von Kaiserin Katharina fährt sie nach St. Petersburg, damit sich der Zarenenkel Konstantin eine Frau aussuchen kann. Wird er die dunkelhaarige Sophie, besonnen, selbstbewusst, auswählen? Oder die blonde, grossgewachsene Antoinette, strebsam, ein bisschen naiv? Oder vielleicht doch die Jüngste, die erst vierzehnjährige Julie, braunhaarig, keck, ein hübscher Wirbelwind?

Katharinas Brief war im Juli eingetroffen. Zusammen mit ihrem Mann, Herzog Franz Anton, hatte sie sich ungläubig über die Zeilen gebeugt. Ausgerechnet ihr kleines

Herzogtum wählte die Zarin aus – eine ihrer Töchter sollte russische Grossfürstin werden! Natürlich hatten sie Katharina zustimmend geantwortet. Gut möglich, dass eine grosse Heirat andere Verbindungen nach sich ziehen wird. Und zu hoffen ist, dass sie sich mit dem Rubel aus Russland endlich aus der Verschuldung befreien können.

Nun, an diesem 12. August 1795, machen sie sich auf den Weg. Franz Anton kann die Geschäfte nicht lange ruhen lassen, er wird sie nur einen Tag begleiten. Auguste graut vor der langen Reise, aber sie lächelt ihren Töchtern beruhigend zu.

Sophie hat ihren Zeichenblock auf den Knien und skizziert die Landschaft, obwohl die Strasse holprig ist und sie den Kohlestift immer wieder neu ansetzen muss. Julie lehnt in der Ecke, träumt vor sich hin. Dieser Tochter – wohl die hübscheste und begabteste der drei – fehlt noch die Reife, ihre Stimmungen wechseln wie das Wetter im April. Antoinette ist eingedöst wie ihr Vater. Die Pferde traben dahin in der Augusthitze, monoton klopfen die Hufe auf den Boden.

Julie schiebt das Kutschenfenster auf, begierig nach frischer Luft. Der Duft von frischen Früchten und abgeernteten Feldern steigt ihr in die Nase. Sie knabbert an einer der Zwetschgen, die ihnen die Köchin mitgegeben hat, spürt ihre Süsse auf der Zunge und verscheucht mit einer Handbewegung eine lästige Wespe. Gibt es auch in Russland Zwetschgen? Und was ist mit den Birnen und frühen Äpfeln, die bald reif sein werden? So vieles weiss sie nicht. Sie leckt sich den Saft von den Lippen. Und wenn auch –

von Sachsen-Coburg-Saalfeld

(ab 1826: Sachsen-Coburg und Gotha)

Auguste Caroline Sophie von Reuss zu Ebersdorf (1757–1831)

Ferdinand
(1785–1851)
⚭ 1816
Maria Antonia
Gabriele v. Kohary
(1797–1862)
Kathol. Linie
Coburg-Kohary

Kinder:

1. **Ferdinand**
(1816–85)
seit 1837
Titularkönig
v. Portugal
⚭ 1836
Maria II. da Gloria,
Königin v.
Portugal
(1819–53)
Haus Coburg-
Braganza
in Portugal

2. **August**
(1818–81)
⚭ 1843
Clementine
v. Orléans
(1817–1907)
Eltern v.
Zar Ferdinand
v. Bulgarien
Haus Coburg-
Kobary in
Bulgarien

3. **Victoria**
(1822–57)
⚭ 1840
Ludwig v. Orléans,
Herzog v. Nemours
(1814–96)

4. **Leopold**
(1824–84)

Victoire
(1786–1861)
a) ⚭ 1803
Karl Emich
Fürst zu
Leiningen
(1763–1814)
b) ⚭ 1818
Edward
Herzog v. Kent
(1767–1820)

Kinder aus a):
Haus Leiningen

1. **Karl**
(1804–1856)
⚭ 1829
Maria
v. Klebelsberg

2. **Feodora**
(1807–1872)
⚭ 1828
Ernst I. Fürst
zu Hohenlohe-
Langenburg

Tochter aus b):

1. **Victoria**
(1819–1901)
Königin v.
Grossbritannien
u. Irland
⚭ 1840
Albert v.
Sachsen-Coburg
u. Gotha

Marianne
(1788–1794)

Leopold I.
(1790–1865)
seit 1831 König
d. Belgier
a) ⚭ 1816
Charlotte,
Thronfolgerin v.
Grossbritannien
(1796–1817)
b) ⚭ 1832
Louise-Marie
v. Orléans
(1812–50)

Kinder aus b):

1. **Leopold**
(1833–34)

2. **Leopold II.**
(1835–1909)
König d. Belgier
⚭ 1853
Maria Henriette
v. Österreich
(1836–1902)

3. **Philippe**
(1837–1905)
Graf v. Flandern
⚭ 1867
Maria
v. Hohenzollern
(1845–1912)

4. **Marie-Charlotte**
(1840–1927)
⚭ 1857
Maximilian
v. Österreich,
Kaiser v. Mexiko
(1832–67)

Maximilian
(1792–93)

9 Kinder

Therese Bichsel
Grossfürstin Anna

sie ist bereit für die grosse Reise, sie will in die Welt hinaus. Im fernen St. Petersburg, von dem sie keine Vorstellung hat, wird ein grosser Prinz – ein Bruder des zukünftigen Zaren, einer, der vielleicht selbst einmal Zar wird – eine von ihnen – eine kleine Prinzessin aus dem Herzogtum Coburg – zu seiner Frau machen.

Das kennt sie doch. In den Kinderaufführungen mit ihren Geschwistern war immer sie es, die ihr Bruder Ernst als Braut heimführte. Sie schauspielert gern, singt gut und tritt gern auf – darum gab man ihr die Hauptrolle. Aber dann, wenn sie endlich mit Ernst verheiratet war, riss sie den Schleier vom Kopf und tanzte ausgelassen, kroch unter den Sessel, versteckte sich hinter der Tür, war ein Wicht, ein Kobold, und die älteren Schwestern schüttelten den Kopf über die kindische Julie, die sie eben noch als Braut bewundert hatten.

Stunde um Stunde vergeht, noch immer zieht sich diese erste Tagesetappe hin, und bald ist Julie die Einzige, die noch wach ist. Die Köpfe der Eltern und Schwestern schaukeln mit den Bewegungen der Kutsche, und Julie lacht: Ein wunderbares Spiel, alle sind von einer bösen Fee verzaubert und in Schlaf gefallen, und sie warten darauf, dass Julie – oder der Prinz – sie aus der Erstarrung holt.

Aber nun werden auch ihre Glieder schwer, die Augen fallen ihr zu. Man muss auf den Prinz warten, er wird sie küssen, sie wird zuerst erwachen, wird in seine blauen Augen schauen und ihm um den Hals fallen, und dann werden alle andern erwachen, ein Fest werden sie feiern, und der Prinz und die Prinzessin sind inmitten der andern, sie werden tanzen bis zum Umfallen, und kurz vorher wird er ihr die Krone aufsetzen und sie ihm, Hand in Hand werden sie sich verbeugen, von allen beklatscht und gefeiert, und in ihren Gemächern verschwinden …

Die Reise zieht sich hin. In Leipzig verabschiedet sich der Vater – er muss zurück nach Coburg. Julie sieht sein Gesicht mit den gütigen Augen, den schweren Zügen, dem weissen Haar vor dem Kutschenfenster und prägt es sich ein. Aber dann ist es weg, die untersetzte Gestalt verschwunden, der ganze Vater weg. Für immer? Nein – der Prinz wird eine ihrer Schwestern wählen. Und wenn sie die Auserwählte ist? Dann wird sie den Vater trotzdem wiedersehen, sie wird mit ihrem Prinzen zu ihm reisen.

Anstelle des Vaters sitzt jetzt der kaiserlich-russische General Budberg neben der Mutter, ein älterer, väterlicher Herr, der nach Tabak riecht, weil er sich ständig mit Zigarrenrauch einnebelt. Er ist von Zarin Katharina gesandt und begleitet diese Reise, organisiert Essen, Empfänge und Nachtlager.

Die Abende, wenn das Holpern endlich aufhört, gefallen Julie am besten. Der Koch, der in der zweiten Kutsche mitreist, bereitet Leberknödelsuppe, fränkischen Sauerbraten und Coburger Klösse zu. Apfelrotkohl, Bratkartoffeln und Sauerkraut werden gereicht, es ist alles wie zu Hause. Sie führen einfache Betten mit, um nicht dem Ungeziefer der Gasthöfe ausgeliefert zu sein. Der Kammerdiener stellt sie jeden Abend auf, und Julie, des Stillsitzens in der Kutsche überdrüssig, hopst auf den Bettsäcken und

Matratzen herum, bis die Mutter den Mahnfinger aufhält.

Die Empfänge, die ihnen einige der Städte entlang ihrer Route bereiten, langweilen sie – die Marschmusik, gespielt von adretten Offizieren in schmucker Uniform, gefällt ihr besser.

Frankfurt an der Oder, Landsberg, Bromberg, Marienwerder ziehen vorbei. In Königsberg empfängt sie ein tiefblauer Himmel – und sie besuchen als Höhepunkt das Theater. Dann verlassen sie Deutschland.

Die Kutsche knarrt weiter durch Dörfer und Städte, über Felder, durch Kiefernwälder und Sand, der so weiss ist wie Schnee. Die Landschaft wird fremd, die Gerüche sind stark, manchmal kräuselt Julie die Nase. Es riecht nach Sand und Tang, wenn sie an Seen entlang ziehen, nach würzigen Kiefernadeln und Harz im Wald und nach feuchter Erde, wenn Regen gefallen ist.

Sie passieren Tilsit, fahren im grossartigen Riga ein: Petrikirche, Dom, Jakobus-Kirche und der breite Fluss Düna bieten sich ihren staunenden Augen dar. Sie suchen den Schneider auf: Die Garderobe wird mit roten Pelzen, Zobelmützen und dicken russischen Kleidern ergänzt. Die Gewänder sind nötig, weil die Augusthitze kühlen Septembertagen gewichen ist. Zudem wollen Mutter und Töchter am Zarenhof nach Landessitte gekleidet sein. General Budberg, der – eingehüllt in dicken Zigarrenrauch – am Tisch auf sie gewartet hat, mustert die Damen, die in den neuen Gewändern auftreten, mit Wohlwollen.

Sie erreichen Dorpat, holpern Anfang Oktober durch die russische Steppe, legen die letzten Etappen der Reise in Richtung St. Petersburg zurück. Julie hopst nicht mehr auf den Betten herum am Abend, sondern versenkt sich in französische Romanzen, die General Budberg beschafft hat, damit sie ihre Sprachkenntnisse verbessern können: Am Zarenhof ist Französisch die gebräuchliche Sprache.

Es wird still in der Kutsche. Auf der Reise durch Deutschland haben sie gekichert und geplappert, sich auf eine komische Figur am Wegrand, ein schiefes Haus oder einen schönen Sonnenuntergang aufmerksam gemacht. Julie hat Antoinette geknufft, wenn sie wieder einmal eingedöst und gegen ihre Schulter gesunken ist, Antoinette ist zusammengezuckt und hat aufgejault, Sophie hat über die kindischen Schwestern gelacht und die Mutter den Kopf geschüttelt.

Nun löst das fremde Land, diese Einöde, die sich vor ihren Augen hinzieht, eine andere, ernste Stimmung aus. Die Mutter und General Budberg, die sich oft eifrig unterhalten haben, sitzen in angespannter Erwartung da. Sophie, für die der Kohlestift in allen Lebenslagen das Richtige ist, zeichnet noch immer – nun skizziert sie russische Kirchtürme mit ihren Zwiebeldächern. Antoinette, die sich die Zeit mit Sticken vertreibt, muss nicht mehr den Schweiss von den Händen wischen, sondern reibt sich öfter die klammen Finger. Julie versenkt sich nun auch in der Kutsche in die französischen Liebesgeschichten, lebt mit ihnen am Hof von Louis XIV. und ist überrascht, wenn sie die Augen hebt und sich ihr Blick in der russischen Weite verliert.

Regen setzt ein, die Tropfen prallen aufs Kutschendach und perlen über das Fenster. Julie wischt sich auf der beschlagenen Scheibe ein Guckloch frei, sieht nichts als verschwommenes Grau. Die Mischung von Tabak und Parfum und der dumpfe Geruch von matschiger Erde, der von aussen eindringt, lasten schwer in der Kutsche.

Aber dann werden die Tage heller und leichter. Am 17. Oktober, nach gut zwei Monaten Reise, erreichen sie ihr Ziel.

St. Petersburg, Okt./Nov. 1795

Der Tag ist schön und blau. Weisse Paläste, der breite Fluss Newa, viele Kanäle, der golden glänzende Turm der Admiralität scheinen vor ihnen auf. Mutter und Töchter erstarren ehrfürchtig. Die Kutsche biegt auf einen unendlich weiten Platz ein und hält mit einem Ruck vor dem mächtigen Palast. Es ist der Winterpalast – sie sind am Ziel.

Taumel erfasst die Prinzessinnen. Sophie fällt beim Aussteigen über die ungewohnte Schleppe ihres russischen Kleides, Antoinette kriecht aus der Kutsche, um einen Sturz zu vermeiden. Julie rafft die Schleppe und springt leichtfüssig auf den Boden. Sie blickt an der grünlich weissen Fassade hoch. Eine ältere Dame steht am Fenster und beobachtet die Szene lächelnd.

Eine Schar von Boten, Lakaien und Höflingen nimmt Mutter und Töchter am Tor in Empfang und begleitet sie ins Audienzzimmer des Palasts. Dort werden sie der älteren Dame – blaue Augen, graues Haar, klein gewachsen, kräftige Statur – vorgestellt: Es ist die Zarin! Katharina heisst sie in einem Gemisch aus französischer und deutscher Sprache – auch sie ist ursprünglich eine deutsche Prinzessin – willkommen und mustert jede der Schwestern eingehend. Der Ausdruck von Katharinas Augen ist gütig, denkt Julie – aber ihnen entgeht nichts.

Am nächsten Morgen sucht die Kaiserin den Potemkinschen Palast auf, wo sie untergebracht sind, und heftet ihnen ohne viel Worte Orden der heiligen Katharina mit roter Schleife, Stern, Kreuz und vielen Brillanten an die Brust.

Kaum haben sie sich von diesem überraschenden Kurzbesuch erholt, spricht Katharina nach der Messe schon wieder vor. Diesmal hat sie Begleitung: Zwei junge Männer in Infanterieuniform, schnittig, etwas schüchtern, treten vor die Prinzessinnen. Antoinette entfährt ein kleiner Schrei, als Katharina die beiden vorstellt: Alexander und Konstantin. Das sind sie also, die Zarenenkel – der eine davon ihr möglicher Bräutigam!

Julie staunt. Die beiden sind achtzehn- und sechzehnjährig, hat man ihnen gesagt. Sie sehen aus wie grosse Jungen. Ihre Augen bleiben an Alexander hängen: Er ist gross und elegant, wirkt ruhig und einnehmend. Dann erst blickt sie zu seinem Bruder: Konstantin ist kleiner, kräftig, eckig in den Bewegungen und hat einen stechenden Blick. Er missfällt ihr nicht. Aber ist das der Prinz, den sie sich vorgestellt hat?

Alexander verabschiedet sich, er will nach Hause zu seiner jungen Frau Elisabeth. Linkisch steht Konstantin den Prinzessinnen gegenüber, wendet sich schliesslich ihrer Mutter zu, während sich die Kaiserin um die Mädchen kümmert.

Jeden Morgen erwachen sie nun im Potemkinschen Palast, inmitten von St. Petersburg, dieser eleganten, weissen Stadt. Und doch wünscht Julie sich manchmal, wenn sie die Augen aufschlägt, dass alles nur ein Traum ist und sie in den bescheidenen Räumen des herzoglichen Palais in Coburg aufwacht und den Lärm ihrer Brüder und der kleinen Victoire hört, die durch den Korridor tollen.

Nach einigen Tagen werden sie Paul vorgestellt, dem mit Katharina verfeindeten Sohn und Vater von Alexander und Konstantin. Paul wohnt nicht im Winterpalast, sondern in Pawlowsk. Julie erschrickt, als ihnen der zukünftige Zar entgegentritt: Paul ist klein und hässlich, er verwirrt die Besucherinnen mit exzentrischen Gesten und Reden. Seine Frau Maria Feodorowna, gross, blond und mit engelhaftem Gesicht, begrüsst Mutter und Töchter kühl. Weil Katharina ihrem Sohn nicht traut, holte sie Alexander und Konstantin an ihren Hof und erzog sie selbst. Maria Feodorowna hat noch weitere Kinder geboren, aber man munkelt, das Paar habe die durch den Entzug der ältesten Söhne erlittene Kränkung nicht verziehen.

Katharina gibt Empfänge und Bälle zu Ehren der Coburger Herzogin und der Prinzessinnen. Sie besuchen das hofeigene Theater, an dem nur auserwählte Gäste zugelassen sind. Die Zarin sitzt mit ihrem Günstling Subow in der Loge – man nennt ihn den Liebhaber der Zarin. Julie weiss nicht genau, was das bedeutet. Aber sie sieht, dass Katharinas Augen funkeln, wenn sie und Subow die Köpfe zusammenstecken. Katharinas Mann, Zar Peter III., ist schon vor vielen Jahren verstorben, hat man Julie am Hof erzählt.

Konstantin macht eine weitere Aufwartung im Potemkinschen Palast, diesmal allein. Auf Wunsch Katharinas führt er die Prinzessinnen in die Säle der Eremitage und zeigt ihnen Gemälde aus der riesigen Sammlung der Zarin. Hastig spult er Fakten zu den Bildern ab, weicht ihren Blicken aus. Die starren Augen, die steife Haltung – wer ist Konstantin? Interessiert er sich für eine von ihnen? Er weicht ihrem Blick aus und vermeidet eine Wahl.

Unter den Höflingen und Lakaien am Hof beginnt man zu tuscheln. Die Prinzessinnen seien ihm zu deutsch, sagt Konstantin, sein Geschmack sei mehr russisch. Kaiserin Katharina reagiert gereizt und entzieht Konstantin das Kommando über sein Regiment – erst am Tag seiner Hochzeit soll er es zurückerhalten. Den Prinzessinnen schenkt sie Schmuck und heisst die Schneiderin, ihnen neue Kleider anzumessen. Julie wählt blaue Seide aus.

Die Zarin schickt Konstantin mit einem Geschenk – einem kleinen Porträt der Herrscherin – zu den Prinzessinnen. Julie hat ihr himmelblaues Kleid angezogen und weisse Rosen im dunklen Haar. Konstantins Blick wird weich. In unbeholfenem Deutsch versucht er, ihre Aufmerksamkeit zu wecken, aber sie weicht ihm aus. Sophie winkt ihn heran und zeigt ihm ihre Skizzen, Antoinette schwatzt auf ihn ein, die drei lachen und scherzen. Zum ersten Mal ist die Stimmung gelöst – nur Julie bleibt unbeteiligt.

Am nächsten Abend spricht Konstantin bei der Mutter vor und hält um Julies Hand an. Die Mutter weint, weil sich die Spannung endlich löst. Julie bricht ebenfalls in Tränen aus, als man sie herbeiholt. Vor Glück, vor Schreck? Es ist ihr alles zu viel. Konstantin – mit roten Wangen und sich überschlagender Stimme – verspricht ihr seine Liebe. Sie nimmt die Hände vom Gesicht. Liebe. Sie wird lernen, diesen Mann zu lieben.

Die Mutter schreibt einen Brief an den Vater. Als sie weggerufen wird, beugt sich Julie neugierig über die Zeilen und liest: *Alles ist entschieden und wie Du's erwartet hast, Julchen hat das Los getroffen.* Sie richtet sich auf. Man hat erwartet, dass sie die Wahl für sich entscheidet. Sie wird sich der in sie gesteckten Hoffnungen würdig erweisen.

Sophie und Antoinette erhalten von der Kaiserin je ein Körbchen mit Schmuck. In den letzten Tagen vor der Rückkehr schliessen sie sich enger zusammen, sie tuscheln und verstummen, wenn Julie sich nähert. Als sich die Kutsche mit Mutter und Schwestern Anfang November in Bewegung setzt, schaut Julie ihnen ungläubig nach.

St. Petersburg, Winter 1795/96

In diesem ersten russischen Winter kommt sie kaum zu Atem. Man festet und feiert, redet und lacht. Handelt es sich nicht um ein wunderbares Spiel? Statt ihrer Schwestern sind nun Konstantins Schwestern an ihrer Seite. Und Elisabeth, Alexanders Frau, die ehemalige Prinzessin Louise von Baden.

Die beiden deutschen Prinzessinnen haben sich sofort gefunden. Jeden Morgen nach neun Uhr frühstücken sie gemeinsam, wenn es langsam hell wird. Dann kommt das Ankleiden und Frisieren, danach folgen Zeichen-, Musik-, Tanz- und Russischstunden. In den freien Stunden lesen und sticken sie, sie tuscheln und tauschen sich aus. Dann das Abendessen, leider ohne Elisabeth, weil sie mit Alexander diniert. Aber sonst ist Elisabeth immer an Julies Seite. Die blonde und blauäugige Elisabeth – ein Gegenbild zur dunkelhaarigen, braunäugigen Julie – hat alles schon hinter sich und bestanden: Zweieinhalb Jahre ist sie älter, zweieinhalb Jahre früher hat sie sich zum orthodoxen Glauben bekehrt und vermählt. Manchmal zwinkert Elisabeth ihrer jüngeren Freundin ermutigend zu.

Julie wohnt nun im Winterpalast mit 1050 Zimmern und Sälen, in denen sie sich noch immer ab und zu verirrt. Draussen ist Eis und Schnee, drinnen spürt sie Katharinas Güte und Fürsorge und die Freundschaft ihrer Schwägerinnen, die ihr vieles erleichtert. Die Männer spielen keine grosse Rolle im Palast. Subow begleitet Katharina, wenn sie es wünscht. Alexander sucht die Nähe der Kaiserin und lässt sich von ihr leiten – Konstantin geht ihr aus dem Weg.

Am 28. Dezember 1795 macht Julie den von ihr verlangten, für die Ehe mit Konstantin unumgänglichen Schritt: Sie tritt vom protestantischen zum russisch-orthodoxen Glauben über. Ganz allein steht sie vor dem Bischof und dem versammelten Hof, ihre Stimme zittert, als sie das Bekenntnis zu Jesus Christus, den sieben Sakramenten, den Heiligen und Ikonen ablegt und Gehorsam gegenüber den kirchlichen Würdenträgern schwört. Der neue Glaube ist ihr noch nicht vertraut wie der alte, die Kapelle der Eremitage strahlt nicht die gleiche Geborgenheit aus wie die Coburger Morizkirche oder die Hofkirche. Aber im orthodoxen Gottesdienst fühlt sie sich aufgehoben, der Weihrauch benebelt ihre Sinne.

Als Juliane von Sachsen-Coburg hat sie die Kapelle der Eremitage betreten – und verlässt sie nach der Zeremonie als Grossfürstin Anna Feodorowna von Russland. Anna? Der neue Vorname fühlt sich fremd an. Julchen hat sie zuhause in Coburg gelassen; Juliane oder Julie, die nun Anna heisst, soll bald Ehefrau werden. Ihr Kopf wirbelt von den Veränderungen der letzten Wochen, und dieses Wirbeln hört nicht mehr auf, wie so oft jetzt schmerzt ihr Kopf heftig.

«Anna, willkommen bei uns!» Katharina und Elisabeth umarmen sie, Alexander gratuliert. Konstantin schüttelt ihr ungeschickt die Hand. Seit sie einander versprochen sind, hält er sich von ihr fern. Sind seine Gefühle bereits verflogen? Weit lieber als ihr widmet er sich seiner Sammlung von Militärhüten, Federbüschen, Schärpen und Säbeln oder brütet stundenlang über einem strategischen Detail.

Und dann der grosse Tag – die Vermählung am 15. Februar 1796 in der Kapelle der Eremitage. Fünf Kanonenschüsse am Morgen, Einkleiden vor den Augen der Kaiserin und der Hofdamen: Schlotternd steht sie da im Unterkleid, man zupft, zerrt an ihr, ein schweres Kleid mit langer Schleppe, in Hermelinpelz gefasst, wird ihr übergestreift, ein himbeerfarbener Samtmantel um die Schultern gelegt, auch er mit Hermelin gesäumt. Ihr Haar wird hochgesteckt und so straff gezogen, dass ihr das Wasser in die Augen schiesst. Sie erblickt dieses weisse Wesen mit Rot im Spiegel und erkennt sich nicht wieder.

Der Tross setzt sich in Bewegung. Die Familie und die Höflinge, Kammerdiener und Ehrendamen begleiten sie in die Kapelle, wo die diplomatischen Vertreter und Minister bereits warten. Anna kniet neben Konstantin nieder, die Kronen werden über ihre Häupter gehalten. Sie schaut auf den Mann neben ihr, rotwangig, flache Nase, bereits zurückweichender Haaransatz. Wenn er sie nur mit einem Blick ermutigen würde … Aber er schaut vor sich nieder, seine Lider flattern.

Die Zeremonie der Vermählung nimmt ihren Lauf, Chöre hallen durch die Kapelle, der Bischof spricht: «Es sei gekrönt der Diener des Herrn, Konstantin Pawlowitsch, für die Dienerin des Herrn, Anna Feodorowna, im Namen des Vaters, des Sohnes und des Heiligen Geistes. Es sei gekrönt die Dienerin des Herrn, Anna Feodorowna, für den Diener des Herrn, Konstantin Pawlowitsch, im Namen des Vaters, des Sohnes und des Heiligen Geistes.» Schwer senken sich die Kronen auf ihre Häupter.

Das Fest nach der Vermählung dauert tagelang und wird mit einem grossen Feuerwerk beendet. In der Hochzeitsnacht betritt Anna das grosse Schlafzimmer allein – Konstantin will nach seinem Regiment sehen, dessen Kommando er endlich zurückerhalten hat. Stundenlang liegt sie da in banger Erwartung, schliesslich zornig, dann resigniert – der Spott des Hofes ist ihr sicher. Erst am Morgen tritt Konstantin ins Schlafzimmer, bittet treuherzig um Verzeihung.

Seine Nachlässigkeiten setzen sich in den nächsten Monaten fort. Wenn sie sich beklagt, wirft er ihr einen starren Blick zu und schreit sie an – oder er verspricht kleinlaut Besserung. Nie weiss sie, welcher Konstantin ihr gegenübertritt. Aber sie kann auf den Rückhalt Katharinas zählen, die ein waches Auge auf ihren Enkel hat.

Dann jedoch stirbt die Zarin am 6. November 1796 unerwartet. Alles wird anders.

1811

Bern, Juni 1811

Die Pferde traben über die Untertorbrücke, wiehern und werfen den Kopf hoch, als der Kutscher sie den Abhang hochtreibt. Anna beugt sich zum Kutschenfenster und schaut zurück auf die Stadt. Wie immer beruhigt sie der Blick auf die eng geschachtelten Steinhäuser, die in die Flussschleife gebettet sind. Über der Stadt wacht das Münster mit seinem Turm, der wuchtig und doch bescheiden wirkt, weil ihm die Spitze fehlt. Geborgen lehnt sie sich ins Polster zurück.

Die glänzenden Rücken der Tiere bewegen sich vor ihr auf und ab. Nur zwei Pferde sind vorgespannt. Grossfürstin Anna fährt üblicherweise vierspännig. Aber in Bern weilt sie als Gräfin Romanow. Nur nicht auffallen. Das ist das Motto der vergangenen Jahre, seit sie Petersburg verlassen hat.

Nie hätte sie ihre Ehe und diese schöne, kühle Stadt mit den weissen Palästen aufgegeben, wenn nicht Konstantin ihr Gatte gewesen wäre. Der Name lässt sie erschauern. Sie wischt ihn weg, wischt das Bild dieses Mannes weg. Wie wenn sie ihr Leben dort zum Verschwinden bringen könnte. Ihre Heirat. Aus der vierzehnjährigen Juliane, genannt Julchen, wurde die russische Grossfürstin Anna. Ein Traum, der noch am Abend der Hochzeit zerplatzt war. Noch einmal wischt sie alles weg, diesmal erfolgreich.

Die Pferde haben den Abhang erklommen, sie fahren an ein paar Campagnen und ausladenden Laubbäumen vorbei und biegen auf den staubigen Weg ein, der durch die Felder nach Brunnadern führt. Die Berge tauchen vor ihr auf, weiss wie eine Erscheinung – Eiger, Mönch, Jungfrau, die Blümlisalp. Die Sicht auf die Schneeberge, die weiten Felder, aber auch die engen Gassen der Stadt, die nicht zu gross ist, nicht zu klein. Es gibt hier Konzerte und Theater, vornehme Familien, Gesandte aus fremden Ländern und den Anschluss an die grosse Welt – aber auch die Möglichkeit zu Ruhe und Rückzug. Das hat sie gesucht – ein Sommer abseits von Coburg, von Russland vor allem. Einen Sommer lang Ruhe finden nach so vielen Jahren des Auf und Ab, Hin und Her. Mehr als einen Sommer hier kann sie sich nicht leisten. Es ist ihr nicht möglich, der Öffentlichkeit fernzubleiben. Sie ist Anna von Russland, Grossfürstin, muss Pflichten wahrnehmen, auftreten, repräsentieren. Dafür erhält sie Zahlungen von Zar Alexander, ohne die sie keine Existenz hat. Zar Alexander, ihr Schwager – das ist eine andere Geschichte. Und Elisabeth, seine Frau – lange, vielleicht jetzt noch, ihre beste Freundin.

Zuerst nun dieser Sommer. Sie mustert die Fenster, als die Kutsche vor dem gelben Haus mit den Säulen und dem Türmchen hält. Ist er schon da? Er mag es nicht, wenn er auf sie warten muss. In diesem Haus am Rand des Wäldchens, das die Berner Dählhölzli nennen, gibt es keine Grossfürstin. Und keinen Haushofmeister. Natürlich ist sie nicht Julchen für ihn – so nennen sie nur ihre Mutter und die Geschwister. Auch nicht Juliane – ihr Taufname. Wenn niemand zuhört, nennt er sie manchmal Anna oder Julie, und sonst ist sie die «Kaiserliche Hoheit». Das ist ihr Titel, so reden die Leute sie an. Sie nennt ihn «Monsieur» – oder Jules-Emile, wenn sie zu zweit im Haus sind, aber das kommt kaum je vor, auch wenn nur wenige Dienstboten mit ihnen leben. Jules und Julie? So einfach wäre das. Aber so ist es nicht. Der Kutscher öffnet ihr die Wagentür, ihre Ehrendame Caroline Wasner tritt heran, ein Schweizer Mädchen.

«Ist Monsieur schon da?», fragt Anna, und die Antwort erübrigt sich, denn er tritt unter die Tür, mustert sie missbilligend. Sie geht auf ihn zu, ihre Schritte werden langsamer, sie freut sich nicht mehr, ihn wiederzusehen, es ist alles so schwierig. Ein Vorwurf kommt über seine Lippen, und sie sieht nur diese Lippen, die sich hässlich verziehen, und erwidert nichts, geht an ihm vorbei und die Treppe hoch in den ersten Stock, verabschiedet Caroline mit einem Wink.

Sie betritt den kleinen Salon, er folgt ihr. Ein Strom französischer Worte quillt aus seinem Mund: «Ah non, ich halte es nicht mehr aus in diesem Haus, in dieser Stadt. Sie treten hier nicht als das auf, was Sie sind. Und wenn die Gräfin Romanow trotzdem empfangen wird, bin ich oft nicht erwünscht.»

«Monsieur, Sie haben letzthin ein paar Herren verärgert, als Sie die Unabhängigkeit der Waadt zu heftig verteidigten.»

Seigneux wirft sich in Postur. «Die Berner Patrizier möchten die Waadt wieder unter ihrer Fuchtel haben. Sie warten nur darauf, die Zeit zurückzudrehen und ihre Niederlage gegen die Franzosen vergessen zu machen.»

Seine blitzenden Augen und durchgedrückten Schultern schüchtern sie einen Moment ein. Ansehnlich ist er, denkt sie, aber kein wirklich schöner Mann wie Linev, der Husar … Aber das ist lange her.

Sie versucht, Seigneux entgegenzuhalten. «Die mit mir befreundeten Herren von Mülinen und von Wattenwyl anerkennen die Unabhängigkeit der Waadt. Man muss sehen, dass Bern eine schwierige Zeit durchmacht – so vieles hat sich seit 1798 geändert. Von den Wirren, die Napoleon über Europa brachte, wurde auch meine alte Heimat erfasst. Aber jetzt hat sich der Wind gedreht. Das Herzogtum Coburg wird fortbestehen, und auch Bern hat wieder einen Grossteil seines alten Gewichts. Dazu steht Zar Alexander – da bin ich mir sicher.»

Die Schwägerin des Zaren hat gesprochen. Seigneux schätzt ihre enge Verbindung zum Zaren, kann aber seine Erregung nicht bezähmen: «Zum Teufel mit den gnädigen Herren von Bern – ich werde nicht ihren Speichel lecken. Wenn ich nur in meine Heimat reisen könnte …» Sein Gesicht verzieht sich schmerzlich – auf einmal wirkt er wie ein kleiner Junge, dem man sein Spielzeug weggenommen hat. Seigneux, der in einem sinnlosen Duell um einen Jagdhund seinen Konkurrenten tötete, ist auf Lebzeit aus seiner Heimat, der Waadt, verbannt.

Mitleid erfasst Anna, sie streckt die Hand aus, fährt über seine Wange.

Er hält ihre Hand fest: «Komm in mein Zimmer!», sagt er herrisch, greift mit der andern Hand um ihre Taille.

Erschrocken wehrt sie ab. «Nein – man könnte uns überraschen.» Wie kann er nur so rücksichtslos sein, sie und ihre Stellung missachten.

«Dann halt nicht.» Er schleudert ihre Hand weg, so dass sie taumelt, dreht sich um und marschiert wütend aus dem Salon.

Sie will hinter ihm herlaufen, hält sich aber zurück. Seigneux. Nach dem Duell, nach seiner Scheidung, hat er sie umworben. Er war unglücklich – und sie so allein. Irgendwann liess sie es zu. Fünf Jahre dauert die Affäre nun schon und hat sie viel gekostet – ihr das Schönste und Schlimmste zugleich beschert.

Noch immer ist sie mit Konstantin verheiratet. Ihre Schwiegermutter, Maria Feodorowna, stemmt sich seit zehn Jahren gegen eine Scheidung. Aber auch nach der Scheidung hätte sie Seigneux, ihren Haushofmeister, nicht heiraten können. Es gibt klare gesellschaftliche Schranken – und sie ist auf die Zahlungen aus Russland angewiesen. Möchte sie ganz mit ihm zusammen sein? Sie ist unsicher wie in so vielem.

Seit der Zeit mit Linev glaubt sie zu wissen, was Liebe ist: Leidenschaft, sich verzehren nach dem andern in Sehnsucht, kurze Erfüllung – getrübt vom Wissen, dass eine Verbindung unmöglich ist. Vielleicht ist es eher Mitleid, das sie mit Seigneux verbindet? Sein Unglück bedrückt sie. Ihr eigenes auch.

Anna betritt ihr Schlafzimmer, sie öffnet das Fenster weit, streift ihre Ärmel zurück. Das Licht des Juniabends flutet herein, Duft von Heu liegt in der Luft. Sofort fühlt sie sich besser. Mit den Augen sucht sie die Bergkette, gleitet über die Felder und hält inne beim Gut mit dem kleinen Herrenhaus, das am Abhang über der Aare thront. Sie hat diesen idyllischen Flecken auf ihren Spaziergängen entdeckt. Das Gut wirkt verschlossen wie eine Muschel, kein Lebenszeichen ist zu entdecken.

Sie versinkt in Gedanken. Alles ist nutzlos, ihr Leben macht keinen Sinn, sie ist gefangen in einem Spinnennetz, versucht zu fliehen, reist pausenlos – und kann sich doch nicht befreien. Fremd ist sie hier – und fühlt sich trotzdem weit mehr zu Hause als andernorts.

Als sie aus ihren Gedanken auftaucht, ist die Sonne weg. Anna reibt sich die Arme. Es ist nicht nur die Wärme des Sonnenlichts, die fehlt. Sie spürt sich nicht, weiss nicht, was sie will, wer sie ist, warum sie sich hier aufhält. Eine kleine Prinzessin ist sie einmal gewesen, ihr Vater herrschte über das unbedeutende Herzogtum Sachsen-Coburg. Sie hatte viele Geschwister, spielte mit ihnen, vergnügte sich. Dann kam der Brief der grossen Zarin Katharina II., die eine Ehefrau suchte für ihren Enkel. Das war das Ende ihrer Kindheit.

In ihrer Erinnerung herrscht immer Winter in Russland. Die kurzen Sommer, wenn das Licht nicht von den weissen Palästen von St. Petersburg wich und man die ganze Nacht sang, trank und tanzte, scheinen nur wie Irrlichter vor ihr auf. In den Palästen fehlte das Licht. Die Quälereien, die sich in ihrem düsteren Innern abspielten, kann sie nicht vergessen.

Anna zieht ihre Fingernägel über die blasse Haut der Innenseite ihres linken Arms, starrt auf die Kratzspuren, aus denen kleine Blutstropfen quellen. Sie spürt den Schmerz – endlich spürt sie sich wieder. Hastig zieht sie ein Taschentuch aus dem Kleid, wischt das Blut ab und zieht die Ärmel nach vorne bis zum Handgelenk. Wieso macht sie das? Sie schaut auf. Für ihre Eltern und Geschwister hat sie das Höchste erreicht – Einheirat in die Zarenfamilie, ins Zentrum der Fürstenhäuser und der Macht. Aber sie hat dafür bezahlt, ist ruhelos, heimatlos, immer unterwegs.

Diesen Sommer verbringt sie auf diesem grünen Fleck Land etwas ausserhalb von Bern. Hier ist sie nicht so weit weg von dem, was ihr das Liebste ist im Leben.

Ihre Haltung strafft sich, die Augen leuchten. Sie wird Seigneux einen Ausflug aufs Land vorschlagen. Das ist im Interesse von beiden. Seigneux kommt weg von Bern, das ihm verhasst ist, weil er hier auf Schritt und Tritt den ehemaligen Herren der Waadt begegnet. Die Fahrt wird zwar anstrengend sein, die Strasse holprig und der Weg weit. Aber das Ziel wird sie für die Strapazen entschädigen.

Ihr Blick fällt auf den Wandspiegel. Neugierig tritt sie vor ihn hin und schaut hinein. Ein fein geschnittenes Gesicht, Löckchen um die Stirn, die Haare hochgesteckt. Die Augen ausdrucksvoll, die Nase schmal und gerade, um den Mund ein nachdenklicher Zug. Die helle Haut und die Linie von Schultern und Nacken kommen im zarten, mit Spitzen besetzten Kleid zur Geltung, die Gestalt ist anmutig. Mit ihrem Äussern kann sie zufrieden sein, sie ist fast dreissig, wirkt aber immer noch jung. Nur die Unbeschwertheit, die Madame Vigée-Le Brun auf Annas Lieblingsbild festgehalten hat, dem Porträt des

Mädchens mit der weissen Feder auf dem Hut und den fliegenden Haaren, ist verschwunden. Das Porträt ist in Russland geblieben – wie so vieles von ihr.

Anna löst ihr Haar, dunkel und lockig fällt es über ihre Schultern. Sie ahmt die Pose von damals nach. Das leise Lächeln bringt sie hin, nicht aber den kecken Ausdruck. Es sind nicht nur der Hut und die kecke Feder, die fehlen.

Sie schüttelt die kleine Glocke, ihr heller Ton erklingt. Und schon ist sie da, Caroline, wenige Jahre jünger als ihre Herrin, ebenso schmale Gestalt, aber rötliches Haar und ein fast durchscheinender Teint, einige Sommersprossen wie hingeworfen über Nase, Wangen und Stirn.

«Du sollst mit mir tanzen», sagt Anna.

Caroline lächelt schüchtern. Wie sollen sie tanzen ohne Musik? Die Herrin trägt das Haar offen, wirkt ausgelassen. Sie ist froh, wenn sie sie so sieht. Manchmal ist sie niedergeschlagen, nichts kann sie erfreuen.

Anna hält ihr die Hände hin und Caroline ergreift sie. «Wir stellen uns die Musik vor, eine rauschende Musik, ein bisschen ungarisch in den Klängen, mitreissend – ein ganzes Orchester spielt für uns!»

Caroline weiss nicht, wie ungarische Musik klingt, aber es hat fahrende Musiker gegeben, die unter der Dorflinde aufspielten, bevor man sie davonjagte. Diese Klänge stellt sie sich nun vor.

Das Fenster steht immer noch offen, frische Abendluft dringt herein. Die beiden jungen Frauen setzen sich in Bewegung, erst langsam und dann immer schneller, sie wirbeln durchs Zimmer, die Musik rauscht in ihren Ohren und bald auch das Blut, sie drehen sich um und um, und als sie sich vor dem Spiegel befinden, schaut Anna hinein. Da ist es wieder, das ausgelassene Mädchen von früher, die Haare fliegen, die Wangen sind gerötet, ein Lächeln erhellt das Gesicht. Sie schwebt, fühlt sich frei. Aber dann schwindelt ihr auf einmal. Sie drehen sich langsamer und immer langsamer und halten mit keuchendem Atem an.

Caroline lässt die Arme fallen, wartet schüchtern auf weitere Anordnungen der Herrin. Anna richtet ihr Kleid, legt Caroline einen Moment die Hand auf die Schulter. «Danke», sagt sie, «du bist eine wunderbare Tänzerin. Die kleine Glocke erklingt, falls ich dich noch brauche.»

Die Tür schliesst sich hinter Caroline. Annas Atem ebbt aus. Sie kann es noch – das Leben in Unbeschwertheit geniessen. In kurzen Augenblicken zumindest.

Das Haar lässt sie offen. Nicht zur Besinnung kommen jetzt. Gleich wird sie Seigneux ihren Vorschlag unterbreiten. Sie steht vor seiner Tür, klopft. «Qui est-ce?», fragt er, seine Stimme klingt schläfrig. «Ich bin es, Jules-Emile.» Vorsichtig öffnet sie die Tür. Er liegt auf dem Bett, winkt sie heran. Sie zögert nicht, folgt seinem Zeichen.

Trub, Juni 1811

Zwei Tage später sind sie unterwegs. Der Kutscher lenkt das kleine Gefährt, dem nur ein Pferd vorgespannt ist. Niemand begleitet sie, dieser Besuch braucht keine Mitwisser. Teilnahmslos sitzt Seigneux an ihrer Seite. Freut er sich nicht? Das Verdeck ist gezogen, es ist drückend heiss in der Kutsche. Kein Wind geht, Wolken türmen sich im blauen Himmel. Als sie wieder zu Seigneux blickt, ist er in sich zusammengesunken und döst.

Anna setzt sich gerade hin. Sie ist allein zuständig – das ist nichts Neues. Manchmal sehnt sie sich nach einem verlässlichen Mann, der sie umsorgt. Doch wo ist dieser Mann? Konstantin hat einen wankelmütigen Charakter, er ist einmal so, einmal anders, und öfter hat er ihr Angst eingeflösst. Die Männer, die ihr in Russland den Hof gemacht haben, verehrten die schöne Grossfürstin. Linev? Er liebte Julchen und scheiterte daran, dass sie Grossfürstin war. Julchen ist sie nicht mehr – und wird sie für keinen Mann mehr sein.

Jeder Meter bringt sie dem Ziel näher. Die Kutsche kommt kaum voran, scheint ihr. Sie beugt sich aus dem Fenster, ruft dem Kutscher zu, schneller zu fahren. Seigneux brummt, schläft weiter. Die Pferde traben nun stetig. Der Weg zieht sich zwischen den Hügeln hin, die nach den Dörfern Langnau und Trubschachen zusammengerückt sind, die Kutsche quält sich über Stock und Stein. Hat sie diesen Weg nicht schon unter viel misslicheren Umständen zurückgelegt? Sie beobachtet die Landleute, die Gabel um Gabel das Heu wenden. Ein junges Bauernpaar sitzt etwas abseits unter einem Baum beim Imbiss, die Frau schneidet Brot, der Mann Käse, zwischen ihnen sitzt ein kleiner Knabe und spielt mit einem Stöcklein, wendet sich bald der Mutter, bald dem Vater zu, starrt zu den Vorbeifahrenden herüber, winkt. Sie winkt zurück, beugt sich vor, um das Bild in sich aufzunehmen, aber es löst sich im Staub der Kutsche auf.

Anna und Seigneux sind durchgeschüttelt, als die Kutsche endlich vor dem stattlichen Pfarrhaus in Trub hält. Kein Wort haben sie gesprochen, seit Seigneux aufgewacht ist. Mürrisch hat er vor sich hingestarrt, während Anna angestrengt die Hände zusammenpresst in Erwartung des Treffens, das ein Bote am Vortag im Pfarrhaus angekündigt hat.

Der Kutscher hilft ihnen heraus, Seigneux zieht an der Glocke. Frau Pfarrer Steinhäuslin macht persönlich auf, begrüsst das Paar, mustert den französisch sprechenden Herrn und die Dame, die betont einfach gekleidet ist und keinen Schmuck trägt – aber trotzdem vornehm wirkt. Wie bei jedem Besuch ist sie sicher, dass mit den beiden etwas nicht stimmt. Sie lässt sich nichts anmerken, ruft nach dem Mädchen, und dieses ruft seinerseits einen Namen. Man hört ein Trippeln auf der Treppe. Ein kleiner Knabe guckt vorsichtig durch die Stäbe des Treppengeländers. Die Dame strahlt, fliegt dem Kind über die Treppe entgegen, schliesst es in die Arme.

Warum verzichtet sie auf den Knaben, lässt ihn im Pfarrhaus fern von sich aufwachsen, wenn sie ihn so vermisst? Eine sonderbare Geschichte. Aber die Pfarrfrau ist milde gestimmt, weil sie den Kleinen mag und die Dame das Kind offensichtlich liebt. Ihr Mann hat mit Rudolf Schiferli, einem bekannten Frauenarzt in Bern, die Schule besucht. Doktor Schiferli hat ihr, als sie noch in der Stadt wohnten, bei der schwierigen ersten Geburt beigestanden – sie hätte sie ohne seine fachkundige Hilfe nicht überlebt. Franz-Albrecht hat eingewilligt, als Schiferli ihn bat, dieses Kind zu taufen. Und als er fragte, ob sie den Knaben für eine gewisse Zeit bei sich aufnehmen könnten, haben sie den kleinen Eduard ohne weiteres in ihre Kinderschar eingereiht.

Ihr war nicht klar damals, ob Franz-Albrecht mehr wusste von dieser Geschichte. Bei ihrer Nachfrage rückte er indigniert den Kneifer auf seiner Nase zurecht und gab keine Antwort. Die Neugierde übermannte sie. Als ihr Mann für einen Tag nach Bern fuhr, holte sie im Pfarrzimmer den Taufrodel hervor und schlug nach. Der Bub war am 20. Oktober 1808 als Eduard Edgar Schmidt-Löwe eingetragen, Vater Carl Schmidt-Löwe, reisender Künstler aus Hamburg, Mutter Sophie Müller; Taufzeugen waren der Vater und Maria Zaugg, Hebamme aus Grauenstein bei Trub. Der Vater ein Deutscher, auf der Durchreise? Er sprach doch Französisch; die wenigen deutschen Worte hatte er mit stark französischem Akzent gesprochen. Die Mutter eine Sophie Müller? Sophie als Vorname passte – ein feiner Name mit französischem Klang. Aber eine Frau Müller war diese deutsche Dame nicht, und vielleicht war sie auch keine Frau Schmidt-Löwe. War denn dieses Paar überhaupt verheiratet? Fragen über Fragen. Den Herrn mochte sie nicht besonders. Es war verständlich, dass ein Mann sich nicht mit einem kleinen Kind abgab. Aber er schien gelangweilt, sogar gereizt bei seinen Besuchen im Pfarrhaus.

Sie hat die Gäste in die gute Stube gewiesen. Der Herr schreitet nervös im Eingang auf und ab, und als Eduard ein paar Schritte zur Schwelle macht und die Ärmchen ausstreckt, kehrt er sich ab. Das Kind wendet sich wieder der Dame zu. «Mutter?», fragt es zögernd. Wahrscheinlich hat ihm das Mädchen den Besuch seiner Eltern angekündigt; sie selbst hat sich zurückgehalten. Die Dame scheint verwirrt. Sie zieht das Kind auf ihren Schoss, gleitet mit dem Finger über seinen Mund, beginnt es in ihren Armen zu wiegen und summt eine fremdländisch klingende Melodie, die die Pfarrersfrau nicht kennt. Der kleine Eduard schaut die Dame mit grossen Augen an, er scheint sich ihre Züge einzuprägen; aber plötzlich fallen ihm die Lider zu, er schläft ein.

Die Dame scheint selig, mit dem Kind in ihren Armen dazusitzen. Aber der Herr wird ungeduldig, ein Schwall französischer Worte kommt aus seinem Mund, die Dame schüttelt den Kopf, er stürmt aus dem Pfarrhaus, die Tür fällt ins Schloss. «Er wird wiederkommen», sagt sie und legt ihren Kopf an jenen des schlafenden Kindes. Die Pfarrfrau lässt sie allein in der guten Stube. Vielleicht heisst die Dame nicht Frau Schmidt-Löwe. Aber sie ist die Mutter von Eduard, das spürt man, und sie hat Anrecht, ein paar Stunden allein mit ihrem Sohn zu verbringen.

Als die Pfarrfrau zwei Stunden später mit einem Tablett mit Tee und Kuchen in die gute Stube tritt, juchzt Eduard im Spiel. Er läuft in die Arme seiner Mutter, sie hebt ihn hoch und wirbelt ihn herum, setzt ihn ab, er rennt ans andere Ende der Stube, dreht sich um, läuft wieder in ihre Arme, und alles beginnt von vorne. Die Wangen der Dame sind gerötet, sie sieht jetzt richtig schön aus, gelöst, glücklich. Atemlos setzt sie sich mit dem Kind an den Tisch, trinkt zwei Tassen Tee und lobt den Apfelkuchen.

Der kleine Eduard nippt an seinem Glas Holundersirup, er schaut ins Gesicht seiner Mutter. «Bitte dableiben», fleht er, «nicht weggehen.» Ein Schatten zieht über das Gesicht der Dame. «Es geht nicht anders, Eduard», sagt sie, «ich muss heute noch abreisen, bald, wenn wir fertig gegessen haben.» Nun stopft das Kind Kuchen in sich hinein, langsam kaut es, schluckt bedächtig, vielleicht glaubt es, den Besuch der Mutter auf diese Art ausdehnen zu können. Aber dann öffnet sich die Tür, der Herr tritt ein, ungeduldig, er hat bereits anspannen lassen, das Pferd tänzelt vor dem Haus.

Die Dame erhebt sich, auf einmal bleich im Gesicht, Eduard klammert sich an ihre Röcke. Die Pfarrfrau ruft dem Mädchen, es nimmt den widerstrebenden Eduard auf, der wütend um sich schlägt, die drei Pfarrkinder verfolgen von der Treppe das Schauspiel, bevor ihre Mutter sie wegscheucht. Eduard weint, er streckt seine Arme aus nach der Dame, die ihm noch einmal übers Haar streicht und sich dann fast fluchtartig zurückzieht. Der Herr nimmt ihren Arm, schiebt sie draussen in die Kutsche. Eduard schluchzt laut auf, als sich die Kutsche in Bewegung setzt und an der Kirche vorbei aus seinem Blickfeld entschwindet.

Bei der Abfahrt laufen Tränen über ihr Gesicht, eine ganze Weile kann Anna nicht sprechen. Dann stellt sie Seigneux zur Rede: «Du hast ihn nicht begrüsst und nicht verabschiedet, hast dich abgewandt von deinem Kind.»

«Anna, ich habe drei Kinder, die bei ihrer Mutter leben und die ich unterhalten muss. Dieses vierte Kind ist eins zu viel. Du kannst es nicht bei dir haben. In diesem kleinen Emmentaler Dorf werden die Leute zu reden anfangen, wenn wir immer wieder Besuche abstatten. Für das Kind ist es nicht gut. Es hat keine Eltern und muss sich daran gewöhnen.»

Sie fährt herum. «Eduard hat zumindest eine Mutter, die ihn nicht fallen lässt. Ich kann ihn jetzt nicht zu mir nehmen, das stimmt. Aber ich werde dafür sorgen, dass sich für ihn alles zum Besten wendet!»

«Gutgut, Anna – du hast andere Geldmittel als ich.» Auf einmal läuft sein Gesicht zornrot an, er schlägt mit der Hand gegen das Verdeck, so dass sich der Kutscher verdutzt umdreht. «Es geht nicht um diesen Balg – es geht um uns. Die Situation ist unerträglich, ich halte es nicht mehr aus in Bern, bei diesen hochnäsigen Herren, die mich wie einen ihrer früheren Untertanen behandeln.»

Etwas zerbricht in Anna. Ihre Zweifel sind nicht neu. Aber sie ist immer nachsichtig gewesen, hat ihm verziehen. Dieses Wort verändert alles.

Sie setzt sich gerade hin. Trotz der heissen Sommerluft ist ihr auf einmal kühl, und sie nimmt die Hügel nicht mehr wahr, zwischen denen die Kutsche dahinholpert, und auch nicht die Wiesen mit den Heuwalmen. «Du magst nicht mehr in Bern sein? Dann reise nach Coburg zu meinem Bruder. Leo wollte schon lange mit dir sprechen, möglicherweise hat er den einen oder anderen Auftrag für dich. Der Norden wird dein hitziges Wesen kühlen, Jules-Emile.»

Er zögert einen Moment. «Du verbannst mich doch nicht?», fragt er vorsichtig.

«Von Verbannung kann keine Rede sein. Du bist doch froh, Bern hinter dir zu lassen. Alles andere wird sich zeigen.»

Zufrieden lehnt er sich im Polster zurück. «Coburg also, eine Reise nach Norden. Ich werde schon morgen abfahren.»

«Gut», sagt sie, «ich kann in diesen Sommerwochen ohne Haushofmeister und männlichen Begleiter auskommen. Caroline, der Kutscher, die Küchenhilfe – das muss genügen für die Gräfin Romanow, die im gelben Haus in Bern logiert. Fast alle vornehmen Herrschaften halten sich auf ihren Landsitzen auf. Ich habe die Stadt für mich allein, kann hier unerkannt leben.»

Seigneux hört ihr nicht mehr zu. Er ist auf einmal gut gelaunt, trällert eine Melodie vor sich hin und hascht nach ihrer Hand, die sie ihm entzieht. «Oh là là», spottet er. Bald darauf übermannt ihn die Hitze des späten Nachmittags, und er fällt in Schlaf.

Anna kehrt sich ihm zu, mustert sein wuschliges Haar, seinen trotzig aufgeworfenen Mund. Ach, Jules-Emile. Sie streckt die Hand aus, will ihm übers Haar fahren wie vorhin Eduard. Hastig zieht sie die Hand zurück. «Balg» hat er ihr Kind genannt, das sie liebt, aber vor der Welt verstecken muss.

Es kann mit dir nicht sein, wie mit allen andern Männern auch nicht, die bisher meinen Weg kreuzten, denkt sie.

Bern, August/September 1811

Anna blickt über die abgeernteten Felder, atmet die Spätsommerluft ein. Kein Tanz mehr. Ein ruhiger Sommer liegt hinter ihr, wechselhaftes Wetter, kaum Besuche. Ein Sommer der Stille, der Erholung – ganz, wie sie es sich gewünscht hat. Seigneux ist nicht zurückgekehrt aus Coburg, ihr jüngster Bruder Leo beschäftigt ihn vorübergehend in seinem Gefolge. Manchmal vermisst sie ihn. Dann wieder schätzt sie, dass sie ihre Freiheit hat, dass sie seinen Launen nicht preisgegeben ist. Sie hat Caroline als Gesellschafterin, mehr braucht sie in diesen Tagen nicht.

Da, ein Punkt am Horizont, der sich auf und ab bewegt. Ein Reiter, er kommt rasch näher über den Kalcheggweg. Will er … Ja, sein Ziel ist offensichtlich das gelbe Haus, er zügelt das Pferd, steigt ab, bindet das Tier am metallenen Ring beim Tor fest. Mittelgross, schmal, gute Haltung, entschiedener Schritt – jetzt dreht er sich zum Haus.

Rudolf Abraham Schiferli. Wellen der Erinnerung schlagen in ihr hoch. Zuletzt hat sie ihn in Trub gesehen, im Oktober 1808. Leopold, sehr jung, aber schon mit weitreichenden Beziehungen, hatte den Kontakt zu Rudolf Schiferli, Garnisonsarzt, Geburtshelfer und Professor an der Akademie in Bern, vermittelt. Sie konsultierte ihn, als sie sich kurz vor der Niederkunft unwohl fühlte und nicht am Genfersee bleiben mochte. Er begleitete sie – unter grösster Geheimhaltung – nach Trub, weil er dort den Pfarrer kannte und die Hebamme, die er selbst in Bern unterrichtet hatte. Aus der Ferne begleitete er die Geburt, war auf Abruf im Pfarrhaus. Aber sie musste seine

Hilfe nicht in Anspruch nehmen, kam nach wenigen Stunden starker Wehen ohne Probleme nieder.

Anna zupft an ihrem Kleid, strafft ihre Haltung – und schon führt ihn Caroline herein, schliesst die Tür hinter ihm.

«Herr Schiferli – schön, Sie zu sehen. Ich hatte keine Ahnung, dass Sie in Bern sind.» Er steht vor ihr, ein bisschen steif, aber seine Hände, die kurz die ihren drücken, sind warm, seine Augen ernst und klar. Schiferli war Lazarettarzt, er hat schon so vieles gesehen. Seine Art, sein ganzes Wesen strahlt Sicherheit aus.

«Herzog Friedrich und sein Sohn lassen Kaiserliche Hoheit grüssen. Sie wussten von Ihrem Aufenthalt hier, während man in Bern nichts weiss. Der Herzog kann mich für zwei Monate entbehren, da er in der Sommerfrische weilt. Ich nahm die Gelegenheit wahr, nach Hause zu reisen.»

Sie bittet ihn Platz zu nehmen, und bald sind sie in ein ungezwungenes Gespräch vertieft. Von Schiferlis Arbeitsgeber sprechen sie, dem regierenden Herzog Friedrich von Mecklenburg-Schwerin, einem Verwandten Annas. Schiferli behandelte ihn, als er auf der Durchreise in Bern plötzlich erkrankte, und als Dank ernannte ihn der Herzog in diesem Jahr zum Hofrat in Mecklenburg. Und von Niklaus Friedrich von Mülinen ist die Rede, einem gemeinsamen Bekannten, der sich aus gesundheitlichen Gründen von seinem Amt als Schultheiss von Bern zurückgezogen hat.

Schiferli hakt ein. «Krankheit kann einen unerwartet treffen. Die Typhusinfektion hat mich zwei Jahre niedergestreckt – ich musste fast alle Ämter und sogar meine Privatpraxis aufgeben. Aber der Herzog gab mir eine Chance. Ein Wermutstropfen ist nur, dass ich so weit weg bin von Bern und meiner Familie.»

Schiferli hat Familie – sie hat es ganz vergessen. Klar, ein solcher Mann ist nicht allein. «Sie haben Frau und Kinder?»

«Ich bin mit Margarethe – in Bern nennt man sie Griton – seit sechs Jahren verheiratet. Unsere Väter sind beide Theologen und kennen sich, Gritons Vater ist Münsterpfarrer und oberster Dekan. Die Söhne Fritz und Moritz sind fünf und drei Jahre alt.»

«Oh – dann ist Ihr jüngerer Sohn gleich alt wie Eduard.»

Schiferli blickt sie mitfühlend an: «Wie geht es dem Kleinen?»

Von sich aus, merkt sie, wäre Schiferli nicht auf das Kind zu sprechen gekommen. Er vermeidet es, das Wort «Sohn» zu brauchen. Sie ist ihm dankbar dafür, grösstmögliche Diskretion ist angebracht. Und doch schmerzt es sie.

«Ich besuchte ihn mit meinem Haushofmeister Seigneux im Juni, er ist wohlauf.» Sie überlegt. «Trotzdem denke ich, dass diesen Herbst, wenn er dreijährig ist, ein Wechsel gut wäre. Eduard kann nicht in Trub aufwachsen – früher oder später wird es Fragen geben. Es ist gut, wenn er sich an ein anderes Umfeld gewöhnt. Aber ich habe keinen festen Wohnsitz und keine Möglichkeit, ihn zu betreuen.»

Schiferli forscht in ihrem Gesicht. «Ich habe vor, noch einige Zeit in der Stadt zu bleiben, bevor ich aufs Land hinausfahre. Soll ich mich vielleicht um eine Platzierung kümmern, wäre Ihnen damit gedient?»

Mit zwanzig wäre ihm Anna um den Hals gefallen – Etikette hin oder her. Aber jetzt ist sie fast dreissig. Sie rutscht nur auf dem Stuhl nach vorn, fasst kurz seine Hände, lässt sie wieder los. «Danke, Sie sind mir eine grosse Hilfe, Herr Schiferli. Vielleicht geben Sie sich weiterhin als Freund von Herrn Schmidt-Löwe aus, der als Eduards Vater eingetragen ist?» Sie nimmt an, dass Schiferli weiss, dass Seigneux Eduards Vater ist. Darüber sprechen würde sie keinesfalls. Sie denkt nach. «Vielleicht könnten Sie gar eine Art Vormundschaft übernehmen über den Kleinen – wären Sie dazu bereit?»

Schiferli überlegt nicht lange. «Es ist mir eine Ehre, wenn Sie mich damit betrauen, Kaiserliche Hoheit.»

Annas Gesicht rötet sich vor Freude. «Sie haben schon so viel für mich getan. Und nun das – Sie sind mir ein echter Freund. Wie kann ich mich nur erkenntlich zeigen?»

Schiferli erhebt sich. «Diesen Freundschaftsdienst erweise ich Ihnen gern. Ich teile Ihnen mit, sobald ich in der Angelegenheit weitersehe.»

Er verabschiedet sich, und sie winkt ihm aus dem offenen Fenster zu, folgt ihm mit den Blicken, bis er auf dem Kalcheggweg wieder zu einem Punkt geschmolzen ist. Als sich auch dieser Punkt aufgelöst hat, empfindet sie etwas wie Schmerz.

Aus dem Nichts ist Herr Schiferli bei ihr aufgetaucht. Und nun ist alles anders. Eduard hat einen väterlichen Freund, der sich um ihn kümmern wird, und sie hat einen Vertrauten, der in alles eingeweiht ist, der die Verhältnisse in Bern kennt, der diskret ist und zu ihr hält. So viel Glück ist sie nicht gewöhnt.

In den folgenden Tagen ist ihre Melancholie wie weggewischt, sie lacht viel, spaziert mit Caroline zu Fuss an die Aare, freut sich am grünen Wasser des Flusses, sucht an warmen Tagen den Schatten im Wald des nahen Dählhölzli. Nie geht sie weit weg vom Haus, denn sie wartet auf Nachricht von Schiferli, wartet auf ihn, der für Eduard vielleicht eine neue Zukunft einläuten wird.

Zehn Tage nach ihrer Begegnung trifft er wieder bei ihr ein, springt am Tor vom Pferd. Sie hat auf den Klang von Hufen gewartet und geht ihm entgegen, begleitet ihn anstelle von Caroline gleich selbst in den Salon.

Schiferli lächelt. «Meine Frau ist mit den Buben zum Landsitz der Schwiegereltern gefahren, ich hatte Zeit für weitere Abklärungen. Ich habe ein Institut gefunden für Eduard. Eigentlich hätte ich ihn gern in Hofwil bei einem guten Bekannten untergebracht, Philipp Emanuel von Fellenberg. Er führt auf dem Gut Hofwil bei Bern eine Lehr- und Erziehungsanstalt und betreut seit ein paar Jahren auch Söhne höherer Stände. Aber Eduard ist noch zu klein – vielleicht ergibt sich später eine Möglichkeit. Ich wurde in Yverdon-les-Bains fündig, dort leitet Heinrich Pestalozzi eine Erziehungsanstalt.»

«Pestalozzi?», fragt Anna zweifelnd. «Wer ist das? Kann er hohe Ansprüche an eine gute Erziehung erfüllen? Für Eduard ist nur das Beste gut genug.»

«Ich weiss», sagt Schiferli. «Pestalozzi erfüllt Ihre Ansprüche, wenn auch auf eigene Weise. Er richtet die Kinder nicht ab, bricht nicht ihren Charakter. Er erzieht und bildet sie nach ihrer Natur, fördert Kopf, Herz und Hand gleichermassen. Das ist eine Chance für Eduard. Pestalozzi verlangt etwas von den Kindern, behandelt sie aber mit tiefer Menschlichkeit.»

Ein Schatten zieht über Annas Gesicht. Sie erinnert sich an ihre eigene Kinderfrau, die sie wegen jeder kleinen Mutwilligkeit bestraft und hinter dem Rücken der Mutter grundlos geschlagen hat. Das will sie Eduard ersparen. Dieser Pestalozzi, der die Gaben der Kinder auf natürliche Weise fördert, scheint ihr genau richtig. «Wann können Sie Eduard nach Yverdon bringen?»

«Anfang Oktober, kurz bevor ich nach Mecklenburg zurückreise. Das Mindestalter für die Aufnahme ist drei Jahre; das wird er fast erreicht haben, wenn ich mich richtig erinnere.»

«Ich bin so glücklich, dass es mit Eduard vorwärtsgeht.» Anna fühlt sich gelöst wie selten. Die Sorge um Eduard ist vorderhand von ihr genommen, Schiferli kümmert sich um ihn.

Sie erhebt sich. «Herr Schiferli, wollen Sie mich bei einem Spaziergang begleiten? Man muss diese Abende nutzen, bald ist der Sommer zu Ende. Es ist schön, sich mit einem Freund zu unterhalten. In diesen Monaten des Rückzugs in Bern sind gute Gespräche zu kurz gekommen. Caroline wird uns begleiten.» Allein geht keine Dame mit einem Herrn spazieren, das gehört sich nicht.

Schiferli sagt gern zu. Wie fast immer schlägt Anna den Weg nach Brunnadern ein, Caroline folgt mit ein paar Schritten Abstand. Als sie sich dem Gut nähern, fragt

Anna: «Wem gehört dieses Herrenhaus? Es scheint unbewohnt.»

«Das Brunnaderngut ist im Besitz des Patriziers Gottlieb Abraham von Jenner», erklärt Schiferli. «Er reist viel, ist oft abwesend. In Bern geniesst er hohes Ansehen, weil er einen Teil des bernischen Staatsschatzes vor den Franzosen gerettet hat.»

«Ach so.» Anna bleibt unter den Bäumen der Allee stehen und mustert das Haus. Die letzten Strahlen der Abendsonne blitzen in den Fenstern. Von dort oben hat man sicher einen schönen Blick, das Gelände fällt sanft ab zum Fluss, der sich langsam um drei kleine Inseln wälzt. «Auf einer dieser Inseln möchte ich jetzt sein», meint Anna. «Kann man dorthin gelangen?»

Schiferli lächelt. «Wenn ich ein Boot hätte, würde ich Sie hinüberrudern.»

«Ich träume zu viel», Anna schüttelt den Kopf über sich selbst. «Einige Träume werden wahr – andere verkommen zu Alpträumen. In der Ehrenburg, meinem Heimatschloss, setzte ich mich oft auf die Fensterbank und träumte, dass ein Prinz kommt und mich in ein noch schöneres Schloss entführt.» Ihr Redefluss ist nicht mehr zu bremsen, er strömt aus ihr heraus, strömt wie der Fluss vor ihren Augen. Es tut so gut zu reden. Sie nimmt ihre Schritte wieder auf und spricht weiter. «Der Prinz kam wirklich – oder besser gesagt, ich reiste zu ihm. Die Eremitage in St. Petersburg ist zu grossartig für ein Märchenschloss. Ich war beeindruckt von diesem Riesenpalast, verirrte mich aber in den Gängen, fühlte mich verloren in den hohen Sälen. Der Prinz quälte mich manchmal.» Ein

Schatten zieht über ihr Gesicht. Mit Schiferli spricht sie so offen wie mit niemandem sonst. Ist es sein verständnisvoller Blick? Oder sein Wissen um ihre Situation, seine Lebenserfahrung und Klugheit, die sie aus jedem seiner Worte heraushört?

Sie sind beim Dählhölzli angelangt, spazieren unter den lichten Kronen der Laubbäume. Caroline folgt ihnen in einigem Abstand.

«Auch meine Träume wurden nicht alle wahr», stellt Schiferli fest. «Ich war Professor an der Akademie, habe das Institut für Geburtshilfe begründet und Hebammen ausgebildet. Wegen meiner schweren Typhus-Erkrankung musste ich fast alles aufgeben. Zudem blieben mir die höchsten Ämter versagt, weil ich Pfarrerssohn bin und nicht Patrizier. Aber ich habe die Krankheit überlebt, wenn meine Kräfte auch nicht mehr die gleichen sind. Ich kann wieder reisen. Ich habe eine Familie und kann sie unterhalten. Der Herzog hat mir mit der Position als Hofrat neue Möglichkeiten eröffnet. Sie tun das ebenfalls, indem Sie mich in Ihr Leben einbeziehen.»

Sie geht wie auf Wolken neben ihm, bemerkt nicht, dass es langsam eindunkelt. Diese Nähe, diese Vertrautheit – hat sie je mit einem Mann etwas Ähnliches erlebt? Am ehesten mahnt Schiferli sie an Emanuel Mensdorff-Pouilly, den Mann ihrer ältesten Schwester Sophie. Emanuel ist nur ein kleiner französischer Baron, vor der Französischen Revolution geflohen, heimatlos. Aber Sophie führt eine glückliche Ehe. Inzwischen ist Emanuel zum Oberst in der österreichischen Armee aufgestiegen, er ist verlässlich, behandelt die Schwester gut. Sophie hat bereits zwei Söhne, auf die Emanuel stolz ist. Anna hat auch einen Sohn – aber man darf nichts von ihm wissen.

Der Weg, der sie nun wieder aus dem Dählhölzli herausführt, ist kaum mehr sichtbar in der Dämmerung. Schiferli nimmt Annas Arm, um sie sicher zu geleiten, Caroline geht neben ihr, sie treten aus dem Wald heraus. Überrascht hält Anna inne. Ein heller Stern steht am Horizont, den sie noch nie gesehen hat. «Schauen Sie!», unwillkürlich greift sie nach Schiferlis Hand. Er blickt so fasziniert in den Himmel wie sie selbst.

«Das ist nicht der Abendstern», sagt Caroline, die fast ängstlich in den Himmel starrt.

«Nein», stellt Schiferli fest, «das ist der grosse Komet. Ich habe in der Zeitung gelesen, dass er Ende August deutlich sichtbar wird und danach noch heller strahlen soll. Da ist er – er leuchtet uns den Weg.»

Sie lässt Schiferlis Hand los. Zu dritt nebeneinander legen sie den kurzen Weg zum gelben Haus zurück. Der Komet ist auch von hier erkennbar.

Als Schiferli das Pferd löst, fragt er, ob er am nächsten Abend wiederkommen darf. Der Komet leuchte vielleicht noch stärker – vielleicht könnten sie ihn zusammen beobachten?

Anna ist einverstanden. Sie ist mit allem einverstanden, wenn er sie nur wieder besucht – aber das sagt sie nicht.

Die nächsten zwei Tage lässt sich Schiferli entschuldigen, denn die letzten Augusttage sind feuchtwarm und regnerisch. Anna will lesen, aber der Roman gleitet ihr aus den Händen, sie häkelt, aber das Garn klebt an ihren Fingern.

Entmutigt lässt sie die Arbeit in ihren Schoss fallen. Schliesslich setzt sie sich ans Spinett und spielt, und das Spiel gelingt ihr gut, die Töne perlen wie Regentropfen, Caroline legt den Kopf schief und blickt bewundernd zur Herrin, während sie die Häkelarbeit fortführt.

Am dritten Abend steigt der Komet über den Horizont, noch heller und klarer als zuvor. Schiferli zieht die Glocke an der Tür, als es eindunkelt. Anna ist vorbereitet. Sie hat anschirren lassen, der Kutscher hat die Wagenlichter bereits entzündet. «Ich schlage vor, wir machen eine Fahrt über Land. Das Aaretal ist weit, wir werden den Kometen die ganze Zeit beobachten können.» Schiferli hat nichts einzuwenden. Sein Blick streift ihr seidenes Kleid.

Der kleine Wagen schliesst sich um die beiden wie ein Häuschen. Der Kutscher lockert die Zügel, der Wagen setzt sich in Bewegung, holpert über den Brunnadernweg und biegt auf der Höhe des Egelmösli in die Muriallee ein.

Sie sitzen nebeneinander, die Fenster sind heruntergeschoben, und auf der Suche nach dem Kometen wenden sie sich bald der einen Seite, bald der andern zu, stossen mit den Schultern aneinander, entschuldigen sich, setzen sich wieder gerade hin, Schiferli ein bisschen steif, Anna gelöster. Sie hat nicht überlegt, ob diese Fahrt schicklich ist oder nicht, für einmal will sie einfach tun, wozu sie Lust hat. Sie will diesen Kometen sehen, zusammen mit Schiferli, er hat es vorgeschlagen, sie hat sich für eine Kutschenfahrt entschieden.

Die Nachtluft streicht durch den Wagen, das Knarren der Wagenräder ist das einzige Geräusch, sie sprechen nicht, halten nur Ausschau nach dem grossen Kometen, und Anna ist es, die ihn als Erste entdeckt, er hat sich über den Hügel geschoben und leuchtet ihnen den Weg, ist nur für sie da, für sie und ihn, Anna und Rudolf oder Juliane und Rudolf, was spielt es denn für eine Rolle, wie man heisst, wer man ist. Es ist dieser Komet, der ihnen leuchtet, sie macht Rudolf auf den Schweif aufmerksam und er sie auf sein durchsichtiges Schimmern, er beugt sich zu ihr herüber, um ihn besser zu sehen. Seine Augen sind ganz nah, sie glänzen im Licht des Kometen oder im Widerschein ihrer eigenen Augen, und sein Mund findet ihren Mund, bis die Erschütterung durch ein Schlagloch sie wieder trennt. Sie tun, wie wenn nichts geschehen wäre, weisen einander auf den Kometen hin, der nun über einem Wäldchen hängt. Bereits haben sie ein Dorf passiert, das Pferd setzt nun wieder zum Trab an, wie in Trance gleiten sie durch die Nacht im Licht des Kometen, neben dem ihnen die herkömmlichen Sterne blass scheinen. Er fasst ihre Hand, und sie lässt es geschehen, beugt sich im nächsten Weiler aus dem Fenster und ruft dem Kutscher zu, dass er nun wenden könne, und das tut er auch, als er die Linde erreicht hat mitten im Dorf, sie fahren zurück über die stille Landstrasse, auf der ihr Wagen das einzige Gefährt ist und sein Knarren das einzige Geräusch.

Alles ist so unwirklich – dieser Stern, der keiner ist, die nächtliche Landschaft, die sich um sie ausbreitet, die Leute, die sich in ihren Häusern längst zur Ruhe gelegt haben, nur sie beide sind noch wach, scheint ihr, und holpern in ihrem kleinen Wagen durch die Nacht, sie lehnt sich an ihn, ist geborgen an seiner Schulter, die Fahrt könnte noch viel länger dauern, aber nun hält die Kutsche plötzlich, sie sind zurück vor dem gelben Haus. Was nun?

Sie richtet sich auf, lädt ihn zu einem Trunk in den Salon ein, um über den Kometen zu reden, so sagt sie es vor dem Kutscher, der ihr aus dem Wagen hilft, sie geht voran über die Treppe nach oben, zum Glück hat sich Caroline schon zur Ruhe begeben, sie hat ihr gesagt, dass sie sie nicht mehr brauchen wird. Statt in den Salon gehen sie in Annas Zimmer, wo eine einzelne Kerze brennt, und im Schein dieser Kerze löst er ihr Kleid, es gleitet zu Boden, sie geht zum Fenster und öffnet es weit, und da ist er, der Komet, hell scheint er ins Zimmer.

Frühmorgens erwacht sie vom Gesang der Amseln. Sie hört in diese Töne hinein und spürt ihren Körper, die einzelnen Glieder, die ganze Anna, sie ist lebendig bis in die Fingerspitzen. So lange ist es her, seit sie sich so wahrgenommen hat. Anna schliesst die Augen, lässt sich auf den Melodien der Amseln mittragen, ist glücklich. Sie braucht nichts, will nichts, nur da sein. Wenn doch jetzt die Zeit anhalten würde, denkt sie. Aber schon fällt das Licht heller ins Zimmer, der Komet ist verschwunden, dieser Tag wird anbrechen wie jeder andere auch.

Sie liegt allein im Bett, der Platz neben ihr ist leer, noch vor Mitternacht ist er aufgebrochen. Es ist unmöglich, dass sein Pferd am Morgen noch immer am Tor steht, und noch viel unmöglicher, dass man ihn an ihrer Seite findet. Er ist gegangen, und zum ersten Mal seit der Zeit mit Linev – oder zum ersten Mal überhaupt? – ist keine Leere in ihr, nun, da der Rausch verflogen ist. Was sie mit Rudolf verbindet, ist echt, ist tiefe Freundschaft und Verbundenheit und ein Einssein, das sie vielleicht noch nie empfunden hat. Das Feuer lodert nicht so hoch wie bei Linev, aber es fällt auch nicht so rasch in sich zusammen. Noch immer spürt sie die Glut, ist von Wärme und Geborgenheit erfüllt.

Er wird wiederkommen am Abend, ob der Komet am Himmel steht oder nicht. Zu Fuss wird er kommen, denn das Pferd weckt unnötige Aufmerksamkeit. Sie wird Caroline für ein paar Tage zu ihren Eltern nach Hause schicken. So haben sie es festgelegt, als er aufgebrochen ist. Caroline stammt aus einer Lehrersfamilie – Schulmeister nennt man die Lehrer in der Schweiz – , die zugleich einen kleinen Bauernbetrieb führt. Der Lehrer wird froh sein über die Hilfe der jüngsten Tochter bei der Ernte von Äpfeln, Birnen und Kartoffeln. Mitte September will Caroline zurück sein.

Zu dieser Zeit wird auch Margarethe Schiferli wieder in der Stadt eintreffen. Die Frau an seiner Seite, diese Griton, kann Anna sich nicht vorstellen. Sie ist für sie so fern wie Konstantin für Schiferli. Was sie beide verbindet, ist etwas ganz anderes.

Caroline klopft und tritt ein, und als sie ihrer Herrin die Haare kämmt und hochsteckt, erfährt sie, dass sie ein paar Tage frei bekommen wird. Zuerst verdunkelt sich ihr zartes Gesicht mit den Sommersprossen, denn sie ist gern bei Anna. Aber dann verzieht sich der Schatten, sie denkt daran, dass sie ihre Eltern und Geschwister lange nicht wiedersehen wird, wenn sie mit der Herrin den Winter im Süden oder in Coburg verbringen wird. Erst seit April ist sie in Diensten der Kaiserlichen Hoheit, aber sie hat die Stelle angetreten im Wissen, dass Anna nicht in Bern bleiben wird.

Carolines heller Kopf erscheint neben Annas dunklem im Spiegel, sie dankt der Herrin überschwänglich, aber Anna wehrt ab, zu sehr ist ihr bewusst, dass die Freitage der Ehrendame auf Eigennutz ihrerseits zurückgehen.

Anna winkt Caroline, als diese mit ihrem Bündel aus dem Tor geht. Das Mädchen hat abgelehnt, sich ein Stück mit der Kutsche fahren zu lassen, sie kehrt zu Fuss heim in ihr Dorf im Oberaargau.

Ohne Caroline ist das Haus still, zu still. Anna isst, was die Küchenhilfe, die jeden Tag ins Haus kommt, zubereitet, sie wartet ungeduldig darauf, dass die Speisen wieder abgetragen werden und die Frau nach Hause geht. Sie mag nicht essen, kann nicht handarbeiten, Lesen ist unmöglich, nicht einmal ans Spinett mag sie sich setzen. Sie rückt ihren Stuhl ans Fenster und blickt hinaus über die abgeernteten Felder, nimmt Kenntnis vom Licht, das am Mittag am stärksten ist, dann langsam abnimmt. Leider schieben sich Wolken vor die Sonne, der Himmel bedeckt sich gegen Abend. Was bedeutet das?

Er kommt trotzdem, zu Fuss wie angekündigt. Sie erschrickt, als die Glocke plötzlich durchs leere Haus schallt, springt auf und lässt ihn ein. Er scheint verlegen, weicht ihren Augen aus. Sie redet drauflos, erzählt von ihren Brüdern Ernst, Ferdinand, Leopold, von ihren Schwestern Sophie, Antoinette und Victoire. Schiferli kennt den lebhaften Leopold und schätzt Ernst, der als Ältester die Nachfolge ihres verstorbenen Vaters als Herzog von Sachsen-Coburg angetreten hat. Das hübsche Städtchen Coburg hat es Schiferli angetan.

«Und ich fühle mich wohl in Bern», hält Anna fest. «Sind die beiden Städte nicht ähnlich? Sie sind nicht allzu gross, strahlen Geborgenheit aus. Natürlich haben wir nicht die Aussicht auf die Schneeberge. Es gibt nur die Sicht auf grüne Hügel und unsere Burg, die Veste Coburg.»

Schiferli entspannt sich. «Aber Sie wohnen in Coburg im Schloss – in der Ehrenburg, nehme ich an.»

«Ich habe seit ein paar Jahren ein Haus im Hofamt, halte mich aber oft bei Mutter und Brüdern in der Ehrenburg auf. Wissen Sie: Man liebt mich zu Hause für die Ehe mit Konstantin, für den Zugang zum Zarenreich. Und man verachtet mich zugleich, weil ich aus dieser Ehe geflüchtet bin.»

«Ich kann mir vorstellen, dass Ihre Situation nicht einfach ist.» Er legt zögernd seine Hand auf ihre, und mit einem Mal ist die Verbindung wieder da, die Nähe, die Sicherheit und Selbstverständlichkeit, die sie an seiner Seite empfindet.

Gemeinsam schauen sie dem Eindunkeln zu, hören die Amseln, die wieder ihre Lieder singen. Der Himmel bleibt bedeckt, der Komet ist nicht sichtbar, aber das macht nichts, sie wissen, er ist da, und er leitet sie auch diesmal, als sie in Annas Zimmer zueinander finden.

Rudolf kommt auch an den folgenden Abenden. Eine Unendlichkeit von zehn Abenden ist ihnen gegeben. Alle stehen sie im Zeichen des Kometen, ob er sich zeigt oder nicht. Der September ist mild. Es gibt Blumen, die blühen, und der Komet geht jeden Abend noch strahlender auf, sein Schweif zeichnet sich deutlicher ab. Nie sprechen sie über das Warum und das Wie weiter. Ihre Zeit ist begrenzt, sie wissen es beide.

Auch an ihrem letzten Abend steht der Komet am Himmel, und wie zum Trotz leuchtet er noch heller.

Als sie sich nach der Begrüssung gesetzt haben, sagt er: «Morgen kommt meine Frau mit den Kindern zurück.»

«Es ist so weit», stellt sie fest und greift nach seinen Händen. «Caroline ist auch bald wieder da. Es gibt meine Stellung, meine Verpflichtungen. Deine Ehe, meine Ehe. Wir sollten vernünftig sein. Können wir das?»

Schiferli überlegt. «Wir können es, Anna.»

Sie sitzen eng aneinandergeschmiegt, spüren die Wärme ihrer Körper. Noch einmal geht der Komet am Horizont auf, und sie bewundern ihn, seine Leuchtkraft, seinen Schweif, den er wie einen durchsichtigen Schleier hinter sich herzieht. Als er hinter den Hügeln versinkt, nehmen sie es nicht wahr, noch einmal liegt sie in seinen Armen.

Dann bricht er auf. Sie glaubt zu zerreissen, lässt sich aber nichts anmerken, streicht nur ein letztes Mal über sein Gesicht. Mit gesenktem Kopf verlässt er das Haus. Sie weint sich in den Schlaf. Am nächsten Morgen bleibt sie liegen, verschliesst die Augen vor dem Licht dieses Tages.

1812

Coburg, Februar 1812

Anna setzt sich erschöpft in einen Sessel am Fenster. Gegenüber zeichnen sich düster die Umrisse der Ehrenburg ab. Das Schloss ihrer Familie. Es wird sich bald verändern. Ernst plant einen Umbau. Alles ändert sich, nicht nur das Schloss. Ganz Europa hat sich verändert und ändert sich noch durch die Kriege von Napoleon. Auch ihr persönliches Leben ist wieder einmal durcheinandergeraten.

Es klopft, Leopold tritt ein und lässt sich in den Sessel gegenüber fallen. «Tut mir leid, dass ich dich stören muss, Schwester. Schon wieder ist eine Rechnung eingetroffen.» Anna schreckt auf. «Keine Angst, es handelt sich nur um einen kleineren Betrag.» Er zieht die Rechnung hervor: «Die Porzellanmanufaktur Ihrer Majestät der Kaiserin hat der Gräfin Romanow ein zwölfteiliges Teeservice, Farbe rosa, mit Goldverzierungen, nach Bern geliefert. Der Betrag von 210 Louis d'Or ist umgehend zu begleichen.»

Sie zieht ihm die Rechnung aus der Hand. «Mein neuer Haushofmeister wird das erledigen.»

Leopold lehnt sich im Sessel zurück. «Es ist Zeit, dass sich jemand um deine Finanzen kümmert – das ist nicht deine Stärke. Seigneux war auch nicht besonders begabt dafür, ganz abgesehen von seinen übrigen Mängeln, wenn ich offen sprechen darf. Es ist gut, dass er nicht mehr in deiner Nähe ist.»

Anna mustert ihren Bruder, diesen dunkelhaarigen, jungen Mann mit entschlossenem Ausdruck. «Danke, dass du gehandelt hast. Ich bin froh, dass du für Seigneux einen Posten in Frankreich gefunden hast – er hat es nicht leicht.»

Leopolds Augen blitzen. «Ach, Julchen – du warst immer zu weichherzig. Mir ist zu Ohren gekommen, dass er schlecht von dir redet.»

Anna schaut ihn fragend an, aber er macht keine Ausführungen. Es geht wohl um ihren Lebenswandel. Seigneux macht Andeutungen, prahlt vielleicht mit Dingen, die ihn als Mann gross erscheinen lassen, sie dagegen klein.

«Ich werde ihn verwarnen, und er wird seinen Posten verlieren, wenn mir noch einmal etwas zu Ohren kommt. Verschwende dein Mitleid nicht an ihn, er ist es nicht wert.» Leo streckt seine Beine, er liegt nun fast im Sessel. «Wie geht es deiner Gesundheit?»

«Ich fühle mich immer noch müde und erschöpft. Blutarmut, Abgespanntheit, diagnostizierte Doktor Müller.»

«Und was gedenkst du zu tun? Eine Badekur vielleicht?»

Anna errötet. «Unter die Leute gehen – niemals. Ich fahre aufs Land, habe mich gestern für Untersiemau entschieden. Ich werde keine Besuche empfangen, mich im Frühling und Sommer ganz der Ruhe hingeben.»

Leopold setzt sich erstaunt auf. «Aber unser Landhaus dort ist doch weit unter deinem Rang! Grossfürstin Anna vergräbt sich ein halbes Jahr auf dem Land, in einem bescheidenen Dorf wenige Meilen von Coburg entfernt, wo du doch bei uns viel besser aufgehoben wärst? Das soll einer verstehen! Da hast du mit Bern letztes Jahr weit besser gewählt.»

«Leo, ich habe schon etliche gesundheitliche Krisen überstanden, und ich weiss, was mir gut tut. In Untersiemau werde ich ganz ruhig leben, fast keine Bediensteten mitnehmen. Ich muss mich ohnehin einschränken, die Zahlungen aus Russland treffen immer unregelmässiger ein. Aber Bern ist mir nicht aus dem Sinn – vielleicht nächstes Jahr?» Verschmitzt lächelnd fügt sie an: «Du hast mich gerade daran erinnert, dass dort ein Teeservice auf mich wartet.»

«Allerdings.» Leopold lacht und erhebt sich. Er kennt den Eigensinn seiner Schwester und beschliesst, nicht zu insistieren. «Nur ist vielleicht nächstes Jahr alles anders – oder schon im Sommer, im Herbst? Napoleon rüstet auf, ich glaube, er wird gegen Russland ziehen. Zar Alexander ist im Visier, und er bereitet sich vor. Wenn dieser Krieg ausbricht, werde ich dabei sein. Schliesslich wurde ich dank deinen Beziehungen zum Obersten in der russischen Armee ernannt.»

Mit strammer Haltung steht er an der Tür. Anna kann sich ihren jüngsten, ehrgeizigen Bruder sehr wohl als Offizier vorstellen, er wird eine gute Figur machen; er liebt das Abenteuer und wird sicher mit einigen Orden dekoriert aus Russland zurückkommen. Unter so ganz anderen Umständen ist sie selbst vor zehn Jahren heimgekehrt …

Als er die Tür hinter sich geschlossen hat, zieht sie den Stoff ihres weit geschnittenen Kleides glatt. Deutlich zeichnet sich eine Rundung ab, über die sie behutsam streicht. Wie hat sie sich nur wieder in diese Lage bringen können? Es ist unangenehm, ihre zweite Schwangerschaft sogar vor ihrer Familie verbergen zu müssen.

Vor vier Jahren hatte sie die Mutter noch eingeweiht. Wie manches Mal hatte diese erlebt, wie eine ihrer Töchter ein freudiges Ereignis ankündete: Die älteste Schwester Sophie hat diesen Januar ihren dritten Jungen geboren, bei Antoinette waren es bereits fünf Geburten, und selbst Victoire, die Jüngste, hat mit ihrem alten Ehemann unterdessen zwei Kinder. Jedes Mal war Mutter Auguste, die selbst neunmal geboren hat, über die Nachricht entzückt und fieberte mit der Tochter mit bis zur Geburt und darüber hinaus.

Als sie damals ihre Schwangerschaft beichtete, wurde die Mutter bleich. «Das kann nicht sein, Juliane! Du willst doch deiner Familie nicht eine weitere Katastrophe bereiten?» Sie überlegte. «Ist das Kind von deinem Haushofmeister? Ich hätte mehr erwartet von dir, Tochter, die du für ein besonderes Schicksal auserwählt wurdest!» «Mutter», entgegnete sie, «ich konnte mein Schicksal nicht wählen, du warst es, die uns nach Russland gebracht hat! Natürlich ist die Schwangerschaft nicht gewollt.» Und trotzig fügte sie an: «Ich habe Angst. Aber auch Freude, denn dies wird wohl mein einziges Kind bleiben. Wenn nur alles gut geht.» Die Mutter hatte ihr die Hand auf den Arm gelegt. Damit war das Thema erledigt.

Auguste war froh, als sie an den Genfersee reiste – die Sache war delikat und spielte sich am besten fern von

Coburg ab. Aber sie sorgte sich um das Wohl der Tochter, schrieb oft, erwähnte in ihren Briefen jedoch mit keinem Wort Annas Umstände. Dann die Geburt. Die Mutter weiss, dass es den kleinen Jungen gibt – aber man spricht nicht von ihm.

So halten es auch ihre verheirateten Schwestern. Juliane-Anna, die hübscheste von allen, zur russischen Grossfürstin auserwählt, allerdings schon lange von ihrem Mann getrennt, eine Scheidung ist nicht auszuschliessen – und jetzt dieses uneheliche Kind! Sophie, Antoinette und Victoire fühlen sich ihrer Schwester nah, man kann nicht anders als Julchen lieben. Sie ist sensibler als die anderen, ist etwas Besonderes, man ist versucht, sie in Schutz zu nehmen. Aber mit dem illegitimen Kind ist sie zu weit gegangen.

Nüchterner sehen es die Brüder. Ferdinand, der sich gern vom Coburger Hof in eine grössere und komfortablere Welt wegträumt, schüttelte nur bedauernd den Kopf. Leopold, damals ein Junge von achtzehn, zeigte seine praktische Seite und vermittelte ihr den Kontakt mit Schiferli. Für ihn war klar: Jedes Problem hat eine Lösung. Und Ernst? Er nahm sie auf die Seite. «Du weisst, wie wichtig unsere Beziehung mit Russland ist. Dank deiner Verbindung zu Zar Alexander wurde unser Herzogtum letztes Jahr beim Frieden von Tilsit nicht aufgelöst, sondern bestätigt, und ich konnte mein Amt als Herzog endlich antreten.» Er hob ihr Gesicht mit zwei Fingern an, schaute ihr in die Augen. «Wenn du die Sache mit Diskretion behandelst, kannst du auf mich zählen.»

Das war vor vier Jahren. Ein weiteres aussereheliches Kind kann sie ihrer Familie nicht zumuten. Kann sie es sich selbst zumuten? Die Erschöpfung ist nicht gespielt, auch nicht die Niedergeschlagenheit.

Es ist in den wundervollen Tagen des Kometen mit Rudolf Schiferli passiert. Sie haben alles um sich herum vergessen, haben während zehn Tagen in einer Verzauberung gelebt. Dann die Trennung.

Der 30. Geburtstag war ein Tiefpunkt in ihrem Leben. Sie hat ihn im gelben Haus allein mit Caroline zugebracht. Ihre Familie schenkt dem 23. September seit ihrer unrühmlichen Heimkehr aus Russland wenig Beachtung. Caroline hat es gut gemeint und für sie in ihrer Mundart fröhliche und wehmütige Weisen gesungen. Sie kann sich ans Lied «Blüemeli my» erinnern, das ihr Tränen in die Augen getrieben hat. An jenem Tag ist sie früh zu Bett gegangen, hat sich in den Schlaf geweint. In den letzten Tagen vor der Abreise hat sie das Haus kaum mehr verlassen. Zu schmerzhaft war die Vorstellung, plötzlich ihm und seiner Frau gegenüberzustehen.

Auf der Heimreise ist öfter Übelkeit in ihr aufgekeimt. Sie kannte das, hat es aber nicht wahrhaben wollen. Schaffhausen, Tübingen, Stuttgart, Nürnberg – kaum hat sie die Städte und Poststationen unterwegs wahrgenommen. Im herbstlichen Nebel ist sie gereist, und sie hat sich wie benebelt gefühlt. Mehrmals hat sie die Kutsche halten lassen und sich am Wegrand ins nasse Herbstlaub übergeben. Zum Glück ist ihr Caroline beigestanden, das Mädchen, das ihr nun fehlt: Weil Carolines Mutter schwer erkrankt ist, hat sie sie noch vor Einbruch des Winters nach Hause zurückgeschickt, damit sie die jüngeren Geschwister betreuen kann.

In Coburg hat man Anna liebevoll umsorgt, wie früher, während ihrer Kinderkrankheiten. Als sie nach ein paar Wochen noch immer kränkelte, hat die Mutter auf einer Konsultation bei Hofarzt Doktor Müller bestanden. Anna hat den Doktor gleich zu Beginn gebeten, dass er die Diagnose auf keinen Fall ihrer Familie verraten dürfe. Der alte Doktor hat ihr versichert, als Arzt dem Eid zu unterstehen, ihn aber auf ihren Wunsch noch einmal abgelegt. Dann hat er sie untersucht und sie nun wohl besser verstanden: «Kaiserliche Hoheit ist guter Hoffnung», eröffnete er mit einigem Zögern, auch ihm war bewusst, dass sie seit Jahren von ihrem Mann getrennt lebt; von ihrem Sohn Eduard weiss er nichts.

Anna lehnt sich zurück, sie streichelt die Rundung, die in dieser Stellung noch deutlicher hervortritt. Dieses Kind ist ein Kind der Liebe. Einer Liebe, der nur kurze Zeit gegeben war. In den späten, klaren Oktobertagen hat man den Kometen auch in Coburg gesehen. Sie hat die Vorhänge im gelben Haus gezogen – zu schmerzlich war die Erinnerung.

Im November hatte sie einen Brief an Schiferli geschrieben, worin sie ihn um ein Treffen in Lichtenfels bei Coburg gegen Ende des Monats bat. Sie hatte ihr Wappen in den warmen Lack gedrückt und den Brief sorgfältig versiegelt. Den Grund für das Treffen nannte sie nicht.

Niemals wird sie sich mit Zeilen, die von fremden Augen gelesen werden könnten, kompromittieren. Der Brief erreichte ihn kurz vor seiner Abreise nach Schwerin, die sich wegen einer Erkrankung des älteren Sohnes verzögert hatte.

Ein Bote benachrichtigte sie, als er in Lichtenfels eintraf. Sie fuhr hin, bestieg mit klopfendem Herzen die Kutsche, in der er auf sie wartete. Da sass Rudolf, den sie kannte, den sie liebte – geliebt hatte. Er war bleich, sein Gesichtsausdruck ernst, er begrüsste sie ruhig und gefasst. Auf sein Zeichen hin setzte sich die Kutsche in Bewegung, die Pferde gingen im Schritt. Wieder sassen sie zusammen in der Kutsche.

«Kaiserliche Hoheit. Anna.» Er stockte. «Ich weiss nicht, wie ich fragen soll, und tue es nun doch. Ich spüre, dass unser Treffen einen ernsthaften Grund hat. Ist es das, was ich meine?»

«Ich schäme mich so», ihre Lippen zitterten. «Warum muss mir das passieren? Schon einmal hab ich so viel Leid und Schwierigkeiten erlebt.»

Er nahm ihre Hände in seine. «Anna. Sie … du … bist nicht allein. Wir sind zusammen in diese unangenehme Lage geraten und werden sie zusammen lösen. Während der vielen Stunden, die ich durch die Spätherbstlandschaft fuhr, hatte ich Zeit, mir Gedanken zu machen. Niemals hätten wir tun dürfen, was wir getan haben. Trotzdem war es nicht falsch – weil es echt war. Aber in den Augen unserer Umgebung wäre es ein Sakrileg, weil wir gegen das heilige Sakrament der Ehe verstiessen, und dies zweifach. Zudem sind wir nicht vom gleichen Stand, du stehst weit über mir. Ich bin ein Mann und ein paar Jahre älter als du. Weil ich dich in diese Situation gebracht habe, stehe ich tief in deiner Schuld. Ich werde alles tun, was du willst.»

Sie las Schmerz in seinen Augen, fühlte sich selbst wie betäubt. «Ich weiss nicht, was ich will. Klar ist mir nur, was ich nicht will, Rudolf. Du bist Doktor der Frauenheilkunde, könntest das Nötige unternehmen, dass dieses Kind nicht auf die Welt kommt.» Sie drückte seine Hand. «Das will ich nicht. Dieses Kind ist mir, ist uns beschieden worden, ich nehme es an. Wir können auch nicht unsere Ehen auflösen. Du hängst an deiner Frau und den kleinen Jungen, wärst unglücklich und hättest keine Existenz in Bern ohne sie. Meine Ehe hat zwar keinen Wert und ist schon lange beendet. Aber meine Familie, ja ganz Coburg ist abhängig von einer guten Beziehung mit Russland – niemals könnte ich ihnen eine skandalöse Scheidung zumuten. Ich werde das Kind haben, allein. Aber ich will mich nicht wieder monatelang in der Schweiz oder anderswo verstecken müssen, unter schwierigen Umständen, medizinisch schlecht versorgt. Du bist nun in Schwerin, auf deine Hilfe werde ich nicht zählen können.»

«Anna, ich werde nicht fern sein, wenn du es nicht willst. Hör mich an. Ich mache dir einen Vorschlag und bitte dich sehr, ihn anzunehmen.» Er beugte sich vor. «Ich möchte meine Schuld abtragen, indem ich mein Leben dir widme. Dein Bruder hat Seigneux entlassen. Du brauchst einen neuen Haushofmeister, Anna. Du findest ihn in mir. Und du brauchst medizinische Betreuung –

ich werde sie leisten. So kann ich dich unterstützen und unser Kind in offizieller Funktion begleiten, wenn auch nicht als Vater – und alles hat seine Ordnung. Wir kompromittieren uns nicht. Ich war für kurze Zeit dein Geliebter, Anna. Das war falsch. Nun bin ich dein Freund – ein Leben lang, oder solange du mich willst.»

Ihr Gesicht drückte Überraschung aus, Unglauben. Sie wandte sich ab, schaute aus dem Kutschenfenster. Die Räder knirschten auf dem gefrorenen Weg, sie hatten das Städtchen bereits einmal umrundet, setzten zu einer zweiten Runde an. Die Bäume reckten sich kahl in den Himmel, der Horizont war verhangen, nirgendwo konnte sie ihren Blick festmachen. Ihr schwindelte. Rudolf wollte in ihre Dienste treten. Konnte das eine Lösung sein? Wäre es für beide erträglich? Es war alles so schwierig. Sie brauchte jemanden, der für sie da war, der mittragen half. Jemand, auf den sie sich verlassen konnte, der ihr die Steine aus dem Weg räumte. Rudolf nicht mehr der Geliebte, sondern der Wegbegleiter, der Freund?

Die verrückten Tage des Kometen waren vorbei. Nun zählte die Vernunft. Nicht mehr in seinen Armen liegen, aber sich auf ihn stützen. Es schien ihr möglich. Sie lehnte den Kopf an seine Schulter, fühlte sich sofort besser.

Plötzlich schoss sie hoch. «Und deine Frau, deine Kinder?»

«Ich werde dort leben, wo du lebst, Anna. Vielleicht hier, in Coburg? Oder willst du dich in Bern niederlassen? Fritz ist oft krank. Griton wäre froh über meine Rückkehr.» Er wandte sich Anna zu, sprach mit Nachdruck. «Du bist der wichtigste Mensch in meinem Leben, Anna, du entscheidest. Was ich vorhin sagte, gilt unter allen Umständen. Ich werde bei meiner Familie bleiben und ihre Bedürfnisse erfüllen. Aber du kommst zuerst. Daran wird sich nie etwas ändern.»

«Ist dieses Opfer nicht zu gross, zerreisst du dich nicht?»

«Ich habe es wohl überlegt. Die Verhältnisse sind klar. So werde ich auch mein Leben führen, wenn du meinen Vorschlag annimmst. Ich bitte dich darum, Anna. Ich bin überzeugt, dass dies für alle die beste Lösung ist.»

Sie hat zugesagt. Die beste Lösung für alle. Sie glaubt daran.

Bereits im Dezember hat er finanzielle Dinge für sie geregelt, im März – in einem knappen Monat – wird er in Coburg eintreffen. Er wird sie nach Untersiemau begleiten. Ihr neuer Haushofmeister, Herr Schiferli. Noch in der Kutsche haben sie abgemacht, dass sie zu ihren offiziellen Namen und Titeln zurückkehren werden. Und so haben sie sich auch verabschiedet, als sie nach der dritten Umrundung von Lichtenfels ausgestiegen ist: Kaiserliche Hoheit, Herr Schiferli. Es war wie die Unterschrift unter ihre neuen Verhältnisse.

Wieder klopft es, Anna erschrickt, zupft am Kleid, richtet sich auf. Ernst, grossgewachsen, stattlich, steht unter der Tür. Sie winkt ihn zu sich. Steif setzt er sich in den Sessel, kommt gleich zur Sache. «Juliane, wie du weisst, schätze ich es, dass du Herrn Schiferli zu deinem Haushofmeister und Berater ernannt hast. Du hast Ordnung in dein Leben gebracht. Ich möchte mich erkenntlich zeigen für deine Interventionen bei Zar Alexander für unser Herzogtum. Ich habe mich entschlossen, Schiferli einen Adelstitel zu verleihen: Baron Rudolf von Schiferli. Damit kann er sich sehen lassen, und wir können ihn vielleicht langfristig an dich und uns binden. Herzog Friedrich lässt ihn nur ungern ziehen.»

«Danke, Ernst – das ist sehr umsichtig.»

«Da ist noch etwas. Du weisst vom Entwurf des aufstrebenden Architekten Karl Friedrich Schinkel für den Umbau des Schlosses. Schinkel hat mir geraten, die Häuser und Wirtschaftsgebäude gegenüber dem Schloss abzureissen, weil wir so einen grossen Platz gestalten können und die neue Ehrenburg besser zur Geltung kommen wird. Auch dein Haus wird wohl dem Umbau zum Opfer fallen. Ich werde dich entsprechend entschädigen. Selbstverständlich wirst du wieder im Schloss wohnen können, im Gästetrakt wird es immer Zimmer für dich haben.»

Ach, so ist das, denkt sie, ich werde Gast sein im Schloss meiner Familie?

Es nützt nichts, bitter zu sein. Ernst ist der Herr im Haus. Er ist nicht mehr der jüngere Bruder, der die Abreise nach Russland mit ehrfürchtigen Augen verfolgt und ihr zugeraunt hat, dass er sicher sei, dass sie unter den drei Schwestern siegreich hervorgehen werde.

Als sie vor zehn Jahren zurückkehrte, trat ihr ein junger Mann von siebzehn Jahren entgegen, der ihr Handeln mit kritischen Augen betrachtete. Sie hat ihn in den folgenden Jahren überzeugen können, dass sie für Sachsen-Coburg noch immer wichtig ist. Aber Ehrfurcht? Das ist vorbei, dafür ist ihr Leben in zu wenig geordneten Bahnen verlaufen.

«Soll ich dir die Pläne vorlegen?»

«Nein, Ernst, ich habe Vertrauen in dich. Wir werden das aushandeln, wenn es so weit ist. Das nächste halbe Jahr werde ich in Untersiemau verbringen, danach sehen wir weiter.»

Ernst hat sich erhoben. «Dieses Dorf scheint mir eine etwas unübliche Wahl als Sommerfrische – auf dem Land wird dich kaum jemand aufsuchen.»

«Ich will ausdrücklich keinen Besuch, es handelt sich um einen Erholungsaufenthalt.»

«Wie du willst, Juliane, du bist deine eigene Herrin, ich weiss.» Ernst verbeugt sich mit leisem Spott, dreht sich auf den Absätzen um und lässt sie allein.

Nicht einmal verteidigt hat sie ihr Haus.

Sie steht auf, mustert die Möbel und die Wände ihres eher bescheidenen Hauses im Hofamt, das sie sich gekauft hat, als sie ein bisschen Abstand von Schloss und Familie brauchte. Das Grün des Gartens wird sie vermissen, aber auf das Haus kann sie verzichten.

Vielleicht, denkt sie, ist es Zeit, definitiv aus Coburg wegzugehen. Ihre Schwestern führen seit Jahren einen eigenen Hausstand, ihre Brüder werden sich ebenfalls verheiraten. Sie muss etwas Eigenes aufbauen – will es auch. Was das ist, wird sich zeigen.

Es wird nicht einfach sein, ihre Heimatstadt zu verlassen.

Etwas blendet sie, durch das Grau des Februartags bricht plötzlich die Sonne, lässt die Dächer aufleuchten.

«Pinchen», ruft sie, «wir gehen in die Stadt.»

Die Zofe erscheint unter der Tür, mit eckigen Bewegungen wie immer, wenn plötzlich etwas von ihr verlangt wird. Beim Öffnen des Garderobenschranks fällt ein Bügel scheppernd zu Boden. Ungelenk legt sie der Herrin einen warmen Umhang um die Schultern – Anna will im Städtchen nicht mit einem russischen Pelz auffallen – , reicht ihr den Hut und stellt die Stiefel bereit. Für die Zeit ohne Caroline in Untersiemau ist Pinchen genau richtig – sie ist robust, unerschrocken und kennt sich aus auf dem Land. Anna schaut ins breite Gesicht des Mädchens, das erwartungsvoll glänzt. «Ein paar Einkäufe stehen an, Pinchen. Es ist nicht allzu kalt, in den Gassen liegt kein Eis. Wir gehen zu Fuss.»

Anna schreitet voraus, Pinchen folgt mit dem Korb am Arm. Schneehaufen säumen die Ränder, aber die Strassen sind schneefrei. Die kaiserliche Hoheit zu Fuss – das ist unüblich. Aber heute hat sie Lust auf Aussergewöhnliches. Sie schlendert durch die Herrngasse am wohlgefüllten Kornhaus vorbei, sieht, wie vor dem Gasthof Goldenes Kreuz ein paar Fremde aus einer Kutsche steigen. Der Marktplatz öffnet sich vor ihr, und sie hält einen Moment inne, fast wäre Pinchen in sie hineingestolpert: Da ist das Stadthaus mit den beiden Erkern, der weite Platz und gegenüber das Rathaus in Blau und Gold mit der Figur des schwarzen Heiligen Mauritius auf dem Giebel. «Bratwurschtmännle» nennen die Leute die kleine Bronzefigur, deren Stab angeblich das Mass für die beliebte Coburger Bratwurst bildet. Sie lächelt. Hier fühlt sie sich zu Hause. Rund um den Marktplatz wohnen ihr vertraute Leute, die für den Hof arbeiten: der Hofbäcker, der Hofmetzger, der Hofbüchsenmacher und der Hofmaler. Sie mustert die farbigen Fassaden der Häuser, ihre spitzen Giebel. Es hat viele Fachwerkhäuser darunter, so auch das breite Haus des Münzmeisters in der Ketschengasse. Ihre Augen bleiben an der Hofapotheke hängen, darauf steuert sie zu, mit Pinchen im Schlepptau.

Der Apotheker, der am Mischen einer Tinktur ist, streift sie mit einem flüchtigen Blick. «Guten Tag, die Dame», sagt er unverbindlich. Das Gespräch im Laden verstummt. Der Apotheker horcht auf, mustert Anna, springt hoch. «Kaiserliche Hoheit, welche Überraschung! Womit kann ich dienen?» Die Kundinnen in der Apotheke stossen einander an, einige knicksen, andere tuscheln: «Seht, die Juliane. Kommt einfach so in die Apotheke, wie unsereins, zu Fuss. Sie ist nicht wie die andern Durchlaucht vom Hof, obwohl doch gerade sie den höchsten Titel trägt. Aber zu ihrem Ehemann ist sie nie mehr zurückgekehrt, wer weiss, wie es steht …»

«Bitte geben Sie mir etwas gegen den Husten», sagt Anna. «Und den grünen Tee, den ich seit meiner Russlandzeit liebe – konnten Sie ihn besorgen?» Der Apotheker stellt ein Fläschchen mit Hustensirup auf die Theke. «Der grüne Tee ist gestern bei mir eingetroffen, Kaiserliche Hoheit. Ich wollte ihn an den Hof weiterleiten, kann Ihnen aber bereits ein Säckchen abfüllen.» Auf ein Zeichen hin läuft der Gehilfe über die Treppe in den ersten Stock, wo die Bestellungen gelagert werden. Unter dem Dach trocknen die Kräuter, durchs Treppenhaus dringt ein würziger Geruch in die Apotheke, in dem sich die verschiedensten Duftnoten mischen. Anna erhält ihr Säckchen und bezahlt den Apotheker grosszügig. Er verbeugt sich, die Kundinnen knicksen, und Anna entschwindet durch die Bogentüre.

Kalte Winterluft dringt in ihre Nase und verdrängt den würzig-warmen Apothekengeruch. Sie bleibt stehen. «Du machst die üblichen Einkäufe, Pinchen», bestimmt sie. «Vergiss nicht, beim Hofbäcker etwas Süsses zu besorgen. Dann kommst du in die Morizkirche, ich warte dort auf dich.»

«In die Morizkirche, Kaiserliche Hoheit? Aber Sie sind doch russisch-orthodox!»

«Das bin ich seit meiner Heirat in der Tat. Trotzdem findest du mich für einmal in der mir lieben alten Morizkirche.» Sie nickt ein paar Handwerkern und Hausfrauen auf dem Platz zu, die sie neugierig anstarren, zieht den Hutschleier übers Gesicht und biegt in die Pfarrgasse ein. Vor der Stadtkirche kniet ein Bettler. Anna lässt einige grosse Münzen in seine ausgestreckten Hände fallen. Er strahlt und entblösst dabei einen zahnlosen Mund.

Sie betritt die menschenleere Kirche, setzt sich in eine der Bänke und schaut sich um. Der Chor ist hell, das dunklere Schiff von den Farben Rosa, Weiss und Gold geprägt. Lange ist es her, seit sie eine evangelisch-lutherische Kirche betreten hat. In russisch-orthodoxen Kirchen gibt es keinen Chor und keine Bänke, man nimmt stehend am Gottesdienst teil; Männergesang hallt durch den Raum, Licht fällt durch die hohen Fenster, etwas Erhabenes ist spürbar. Sie hat diesen Glauben angenommen und wird ihm treu bleiben. Trotzdem fühlt sie sich in der Moriz-Kirche geborgen. Im Chor befindet sich das Grabmal von

Johann Friedrich, einem früheren Herzog und Ahnen. Über dem Chor erhebt sich der Fürstenstand, ein eigener Raum für den Herzog, den man von der Ehrenburg via Steintor über einen gedeckten Gang erreicht. Mit ihrer Familie hat sie im Fürstenstand gesessen, dem Pfarrer zugehört, die Abläufe des Gottesdienstes verfolgt. Martin Luther hat in St. Moriz gepredigt und im Stammschloss ihrer Familie auf der Veste gewohnt; etwas von seinem Eifer, scheint ihr, beseelt die Kirche noch immer. Sie faltet die Hände. Die Kirchen sind unterschiedlich, die Zeremonien ebenfalls. Aber Gott ist der gleiche.

Anna ist warm, obwohl sich die Kirchenbank kalt anfühlt. Soll sie mit Pinchen den Gang vom Fürstenstand zurück zum Schloss benutzen? Nein, sie werden die Steingasse nehmen. Dort steht das herzogliche Palais, in dem sie mit Eltern und Geschwistern die Kinderjahre verbracht hat. Manchmal, wenn sie zum dritten Stock hochschaut, scheint ihr, dass sie den Lärm und das Lachen hört, die durch diese Räume gezogen sind. Kinderlärm? Wird es bei ihr auch bald geben. Aber nicht von Dauer, nicht offiziell. Grossfürstin Anna hat keine Kinder.

Untersiemau, Mai 1812

Sie hält das kleine Wesen im Arm und kann sich nicht satt sehen. Dieses Kindchen, dieses kleine, perfekte Mädchen mit grossem Kopf, rundlichen Ärmchen und Beinchen ist in ihr gewachsen, eben hat sie es geboren. Die Qualen waren gross – und trotzdem beginnt sie schon den Schmerz zu vergessen. Nur das Kind zählt.

Doktor Müller hat sich verabschiedet. Für einen Moment ist sie mit Rudolf und dem Kind allein. Während der Geburt hat er im Nebengebäude gewartet, Pinchen hätte ihn jederzeit holen können, aber es ist nicht nötig gewesen. Als Geburtshelfer hat sie Doktor Müller vorgezogen. Schiferli hat schon so viele Rollen: Er kümmert sich um Eduard. Er war ihr Geliebter und ist der Vater dieses Kindes. Und nun ist er ihr Haushofmeister. In den beiden vergangenen Monaten haben sie versucht, in dieses neue Verhältnis hineinzuwachsen.

In diesem Moment setzt sie sich darüber hinweg und flüstert: «Hier, Rudolf, dein Kind.» Behutsam nimmt er die kleine Luise Hilda Aglaë in den Arm, streicht ihr mit dem Finger über die Wangen. Anna beobachtet ihn. Das wäre der Vater für meine Kinder, denkt sie. Sie korrigiert sich. Das ist der Vater meines Kindes. Ist es und ist es doch nicht. Tränen laufen über ihr Gesicht, sie wendet sich ab, er soll sie nicht sehen. Rudolf hat nur Augen für seine Tochter. Etwas Zartes ist in seinem Gesicht, wie sie es in einigen Momenten im gelben Haus wahrgenommen hat – und seitdem nicht mehr.

Pinchen tritt ein, wie immer im falschen Moment. Rudolf legt das Kind in Annas Arme und verlässt das Zimmer. Die Zofe beugt sich vor. «Oh, das Kind ist so hübsch. Doktor Schiferli hatte es ja eben auf den Armen. Er hat es wohl untersucht – ist auch alles in Ordnung?»

«Hilda ist klein, aber gesund.» Anna seufzt. «Nun lass mich ein bisschen allein mit ihr.»

Anna muss eingeschlafen sein mit dem Kind im Arm, denn das Nächste, was sie hört, sind aufgeregte Stimmen vor ihrem Zimmer.

«In den letzten Tagen und Wochen wurde ich mehrmals mit fadenscheinigen Gründen von dir abgewimmelt.» Das ist die aufgebrachte Stimme von Sophie, ihrer ältesten Schwester. «Ich will jetzt wissen, wie es um meine Schwester steht. Lass mich herein, du unverschämtes Mädchen.»

Anna erschrickt und überlegt fieberhaft – niemand, auch nicht ihre Schwester, darf von diesem Kind wissen. Sie hat in Untersiemau keinen Besuch empfangen. Aber Sophie und ihre Mutter haben darauf bestanden, ab und zu nach ihrer Gesundheit zu sehen; nur in der allerletzten Zeit hat sie sich verleugnen lassen.

Pinchen wehrt sich: «Aber ich darf doch niemanden hereinlassen. Kaiserliche Hoheit hat das Kind bei sich.»

Im nächsten Moment steht Sophie Mensdorff-Pouilly im Zimmer. Sie nimmt das Bild in sich auf, schnappt nach Luft und schliesst die Tür vor dem weinenden Mädchen. «Juliane, ich bin sprachlos! Wie hast du uns nur so täuschen können?»

Anna antwortet nicht. Das Kind umklammert mit seiner kleinen Faust ihren Finger, und trotz der unmöglichen Situation ist sie völlig glücklich. Das Kind ist da, es ist gesund, es wird leben.

«Sag nur eins: Warum tust du uns, warum tust du dir das an?»

«Warum, warum? Es ist passiert, Sophie. Ich wollte euch davon fernhalten. Nun hast du dir Einlass verschafft.

Ich werde mit dieser Situation fertigwerden. Aber ich bitte dich, niemandem etwas vom Kind zu sagen, vor allem nicht Mutter, aber auch nicht deinem Mann. Und ganz sicher soll Antoinette nichts davon wissen – sie ist so streng und selbstgerecht in ihren Briefen. Das bist du mir schuldig, Sophie, nach deinem Einbruch hier.»

«Einbruch? Es ging mir um dein Wohl, Julchen. Nie hätte ich geahnt, dass du dich schon wieder in eine schwierige Situation gebracht hast. Darf man fragen, wer der Vater ist?»

Anna schüttelt den Kopf.

«Ich weiss von keinem Mann in deiner Nähe. Vielleicht ist es in Bern passiert, wo du den ganzen Sommer über warst?» Sophie überlegt. «Es ist doch nicht etwa der verheiratete Herr von Schiferli, der dir zur Seite steht und den Ernst kürzlich geadelt hat? Nein, das ist kaum denkbar – in diesem Fall hättest du ihn nicht in deine Nähe geholt. Zudem warst du nie mit einem verheirateten Mann liiert.»

«Es hat keinen Sinn, über den Vater von Hilda zu sprechen, Sophie – ich werde nichts verraten. Wie geht es deinem Kleinen?»

Sophie, dunkelhaarig und schmal wie Anna, aber mit dem ausgeprägten Kinn von Mutter Auguste, das sie herb erscheinen lässt, wird auf einmal weich. «Der kleine Alfred scheint mir ein bisschen zarter als seine grösseren Brüder, aber er wächst. Dein Kind scheint mir winzig im Vergleich.» Sie beugt sich zum Kind, das in diesem Augenblick zu wimmern beginnt. Mit geübtem Griff nimmt sie es auf den Arm und wiegt es. «Ein Mädchen – man sieht es gleich. Weisst du, wie sehr ich mich vergangenen Januar über ein Mädchen gefreut hätte, als der dritte Junge kam? Aber Emanuel war begeistert über diesen weiteren Nachwuchs fürs Heer. Und ich ja auch. Vielleicht kommt in den nächsten Jahren noch ein Mädchen dazu, auch wenn ich langsam genug habe von den Geburten. Ich bin nicht mehr die Jüngste …» Zufrieden nuckelt das Kind an ihrem kleinen Finger.

Sophie kann es sich leisten, sich Gedanken zu machen über das Geschlecht. Sie hat einen Vater für ihre Kinder, für Erziehung und Ausbildung ist gesorgt. «Du versprichst zu schweigen über das Kind, Sophie?»

«Ich verspreche es – ich gebe mir Mühe. Dein Mädchen ist hübsch, Julchen. Schade, dass du es nicht bei dir behalten kannst.» Sie erhebt sich, legt der Schwester das Kind in den Arm.

Anna bricht schon wieder in Tränen aus. Sophie fährt ihr begütigend übers Haar. «Erhole dich gut von der Geburt – ich weiss, wie schwer das ist. Für dein Mädchen wird es einen Weg geben. Du wirst so gut zu ihm schauen wie zu Eduard, den Herr von Schiferli anscheinend in einem vorzüglichen Erziehungsinstitut platzieren konnte. Sicher wird er dir mit Hilda auch beistehen.» An der Tür wendet sie sich noch einmal um. «Hab ich dir je gesagt, wie froh ich bin, dass nicht ich die Erwählte war in Russland? Zwar war es wenig schmeichelhaft, dass Konstantin die jüngste, hübscheste Schwester vorzog. Antoinette konnte die Schmach schlecht verwinden und verheiratete sich zu schnell mit dem schroffen Prinzen von Württemberg. Ich lernte aus euren Erfahrungen und liess mir Zeit.

Zwar bin ich jetzt nur eine Baronin Mensdorff-Pouilly. Aber weisst du – das genügt mir. Du hast mir ein schweres Schicksal erspart. Ich mag meine kleine Schwester, die Grossfürstin Anna, auch wenn ich nicht alles verstehe, was sie tut.»

Eine Amme wird gesucht und gefunden für Hilda. Man gibt sie als Kind der Schwester von Pinchen aus, die schwer erkrankt sei. Immer wieder holt Pinchen das Kind von der Amme zurück, und Anna nimmt es zu sich ins Bett, behält es bei sich, bis das Kind, das genügsam ist, doch endlich Milch braucht. Anna hat sich die Brust gleich nach der Geburt abgebunden. Sie geniesst die Zeit im Abseits der Welt, verbringt so viel Zeit wie möglich mit dem Kind.

Hilda ist auch im Haus, als Mutter Auguste vorspricht.

«Mutter, was für eine Überraschung – schön, dich zu sehen.»

«Sophie hat mir erzählt, dass du uns nun wieder empfangen kannst, auch wenn du noch erschöpft bist und längere Zeit das Bett hütest.»

«Es geht mir schon besser. Aber ich werde noch einige Zeit hier bleiben – vielleicht bis im Herbst. Die Landluft tut mir gut.»

«Ach, Julchen, wenn du nur endlich zur Ruhe finden würdest.» Augustes wasserblaue Augen ruhen auf der Tochter, sie reibt sich das vorgeschobene Kinn. «Von allen meinen Kindern mache ich mir am meisten Sorgen um dich.»

«Meine Gesundheit litt in Russland.»

Auguste streicht über die Bettdecke der Tochter. «Ich weiss. Vielleicht war das ein Fehler. Aber wer hätte es wissen können?»

In diesem Moment weint das Kind laut auf. Pinchen hat es mit sich ins Nebenzimmer genommen hat, als die Kutsche der Herzogin vorgefahren ist.

Auguste horcht auf das Weinen des Neugeborenen. Widerstreitende Empfindungen ziehen über ihr Gesicht. «Hast du Besuch?», fragt sie vorsichtig.

Anna zögert. «Besuch, ja. Die Schwester von Pinchen hat sie gebeten, ihr Neugeborenes zu betreuen, weil sie erkrankt ist.»

«Na, so was», meint Auguste. «Bürdest du dir nicht zu viel auf mit diesem Kindergeschrei?» Die Kleine weint weiter. «Darf ich das Kind sehen? Du weisst, wie gern ich kleine Kinder habe.»

«Pinchen», ruft Anna. «Bring das Kind deiner Schwester zu uns.»

Das Mädchen, rot vor Verlegenheit und Angst, wieder etwas falsch zu machen wie letzthin beim Besuch der Baronin Sophie, bringt Hilda herein. Auguste mustert das Kind, das noch immer weint. «Ein Mädchen?», fragt sie.

«Ja, sein Name ist Hilda», bestätigt Anna.

«Das Kind ist gesund», stellt Auguste fest. «Ich glaube, es hat nur Hunger. Bring es zu seiner Amme», befiehlt sie Pinchen.

Mutter und Tochter sind allein, das Kind ist kein Thema mehr. Auguste erzählt von Sophie, die wie oft den Sommer mit ihren Knaben in Coburg verbringt, und von Antoinette, deren Mittel es nicht erlauben, Weissrussland für einen Aufenthalt in der Sommerfrische zu verlassen. Anna wüsste einiges mehr von Antoinette: Ihr Mann Prinz Alexander, mit hässlichen Buckeln auf der Stirn, hat sie nicht glücklich gemacht, aber viele Kinder gezeugt. Zu Hause ist er ein Tyrann, in der russischen Armee ein erfolgreicher General und im letzten Jahr zum Gouverneur in Weissrussland ernannt worden. Antoinette, glaubt sie zu spüren, hält mit ihrem Unglück zurück, weil es ihr geringer scheint als jenes ihrer Schwester, der Grossfürstin. Aber es sind ihr einige hämische Bemerkungen zu Ohren gekommen. Antoinette – Feindin oder Freundin? Sie ist sich nicht sicher.

Die Mutter hat weitergeredet, sie verschliesst die Augen vor Unglück. Von Victoire ist die Rede, der jüngsten Schwester, die den Sommer mit ihren zwei Kindern und Fürst Leiningen in Coburg verbringt. «Du und Victoire seid euch äusserlich so ähnlich», sinniert Auguste, «man spricht von eurer Schönheit und Anmut. Wie hat dich Victoire bewundert, als du aus Russland zurückkamst, dich, die Grossfürstin, die in der weiten Welt verkehrt. Sie hat dir nachgeeifert, wollte auftreten können wie du und ebenso gut gekleidet sein. Es ergab sich ein bescheideneres, aber beständiges Los für sie, vielleicht ist es zu ihrem Guten. Wenn deine Brüder sich bald auch passend verheiraten, kann ich zufrieden sein.»

Anna schliesst die Augen, sie ist auf einmal unglaublich müde.

Die Mutter erhebt sich schuldbewusst. «Juliane, ich hab dich zu lange aufgehalten. Komm nur wieder zu Kräften, dann wird alles gut.»

Am nächsten Tag steht Victoire mit ihren beiden Kindern vor der Tür. «Oh, wie schön, Julchen – du bist ja wieder auf den Beinen.» Sie nimmt ihre neuste, ausgefallene Hutkreation ab – Victoire liebt Hüte – und schiebt die Kinder vor Anna hin. «Dein Patenkind Feodora gleicht dir mit jedem Tag mehr – findest du nicht auch?»

Die fünfjährige Feodora hat ein fein gezeichnetes Gesicht, dunkle Haare und Augen. «Vielleicht gleicht sie auch einfach nur dir? Wir sind uns recht ähnlich, Victoire», meint Anna.

«Ach, Julchen. Wieso nur willst du die Sommermonate hier verbringen und nicht mit uns in Coburg? Ohne dich ist es nicht dasselbe.» Sie dreht ihren üppig mit Blumen geschmückten Hut in der Hand und strahlt, während sie lebhaft von geplanten Landpartien, Ausflügen und Besuchen erzählt.

Victoire ist einfach nur da, lebt und ist glücklich, denkt Anna. Wie Recht sie hat.

Untersiemau, Oktober 1812

Im Herbst hält sich Anna noch immer in Untersiemau auf, es will ihr nicht gelingen, sich von Hilda und den stillen Monaten auf dem Land zu trennen. Das Getöse der Welt ist weit weg, lässt sich aber nicht mehr überhören.

Napoleon hat Ende Juni den Njemen überschritten, ist unter stetig grossen Verlusten durch Russland vorgerückt und konnte auch in der Schlacht von Borodino nicht besiegt werden. Mitte September ist er in Moskau einmarschiert, hat man vernommen. Grosse Teile Moskaus sind bald nach dem Einmarsch der Franzosen abgebrannt. Oder vielleicht abgebrannt worden? Für Napoleon wird es immer schwieriger, seine Leute mitten im Feindesland zu ernähren. Zar Alexander macht kein Friedensangebot. Zuerst hat man ihm Schwäche vorgeworfen, weil er die Grande Armée fast ungehindert vordringen liess. Nun wird klar, dass der Zar taktiert.

An einem milden Nachmittag Mitte Oktober sitzt Anna mit Rudolf von Schiferli auf der Veranda. Pinchen besucht ihre Schwester in Lichtenfels, sie sind allein mit dem Kind, das neben ihnen in einem Korb schläft. Er hat auf dem Tisch vor sich Rechnungen ausgebreitet, ordnet sie nach Dringlichkeit. Sein Gesicht ist ruhig, konzentriert.

Manchmal kann sie nicht glauben, dass sie beide das sind, die einfach so beieinander sitzen. Kaiserliche Hoheit und ihr Haushofmeister. Gute Freunde. Vor etwas mehr als einem Jahr knisterte Leidenschaft zwischen ihnen. In der Folge hat sie ein Kind der Liebe geboren. Und jetzt? Am liebsten würde sie aufstehen und ihn rütteln, diesen stillen, vernünftigen Herrn, der ihr am Tisch gegenübersitzt. Sie will den leidenschaftlichen Mann zurück, der sie in die Arme nimmt, mit dem sie träumen kann.

Oder doch nicht? Leben sie vielleicht die beste aller Lösungen, wie er es vorgezeichnet hat? In ihr rebelliert es. Sie will mit ihm auf und davon, zusammen mit Hilda natürlich, Eduard wird sie aus dem Erziehungsinstitut holen. Und dann? Nirgendwohin. Die Grossfürstin mit wilder

Familie? Undenkbar. Es gibt keinen Weg. Sie sinkt in sich zusammen.

Schiferli hat Juli und August bei seiner Familie in Bern verbracht. Sie hat ihn ziehen lassen, war allein mit dem Kind, Pinchen, der Amme, den vereinzelten Besuchen von Mutter und Schwestern.

Er schaut auf, scheint nicht zu spüren, was sie bewegt, schiebt ihr eine Liste hin. «Hier», sagt er, «die Abrechnung Ihres Schmuckverkaufs, den ich über den Genfer Bijoutier Binet-Mare für Sie abgewickelt habe.»

Anna wird heiss und kalt, als sie an die Zeilen denkt, die sie Ende April in hochschwangerem Zustand verfasst hat. Auf einmal wurde ihr damals bewusst, wie prekär die Lage dieses Kindes war, von dem niemand wusste. Was würde mit ihm geschehen, wenn es die Geburt überlebt, sie aber nicht? Wie soll sie seine Zukunft finanzieren? Sie schleppte sich vom Bett, das sie sonst nicht mehr verliess, zum Sekretär. Was sollte sie vorkehren? Wie formulieren? Bereits im Dezember hatte Schiferli für sie Schmuck beim Bijoutier in Genf verkaufen lassen, als sie Mühe hatte, alle Rechnungen zu zahlen.

Sie wollte ihn von neuem beauftragen – es war auch sein Interesse – und wiederum Schmuck verkaufen. Diesmal würde sie sich auch von Lieblingsstücken trennen müssen: der Orden der Heiligen Katharina, den sie von der Zarin Katharina erhielt; das Rubinohrgehänge; der Federbusch aus Diamanten; Ringe, Anhänger und Ketten mit Brillanten. Hastig setzte sie eine Liste auf – nur nicht darüber nachdenken, welche Erinnerungen mit diesen Schmuckstücken verbunden waren. Sie liess die Feder fallen.

Nun das Billett, das noch schwieriger zu formulieren war, denn es sollte die Transaktion absichern, aber nichts verraten. Lange überlegte sie, griff dann nach der Feder und tauchte sie in die Tinte. Sie schrieb von einer heiligen Schuld, von der nur Herr von Schiferli und sie wüssten und niemand sonst auf der Welt. Sie sei durch die Schmuckstücke zu begleichen, die sie ihm zuhanden von Herrn Binet-Mare in Genf übergeben habe. Herr von Schiferli habe ihr sein Ehrenwort gegeben, ihr Geheimnis nicht zu verraten; niemals dürfe er zu dieser Sache befragt werden. Sie gab den Ort an und das Datum, den 30. April 1812, unterzeichnete das Billett mit «Anna Feodorowna, Grossfürstin von Russland, geborene Herzogin von Sachsen-Coburg».

Als die Schrift trocken war, faltete sie das Billett zweimal, versiegelte es mit den Wappen Romanow und Coburg und deponierte es im Sekretär unter ihren persönlichen Briefen. Falls ihr etwas zustossen sollte, würde man das Billett finden. Niemals durfte man Schiferli verdächtigen, er habe sich an ihrem Schmuck persönlich bereichert. Und das Kind sollte zumindest finanziell abgesichert sein; Schiferli würde sich um sein Schicksal kümmern.

Sie schaut ihn an. Der schlimmste Fall ist nicht eingetreten. Sie lebt – das Kind auch. Bald müssen sie Vorkehrungen für seine Zukunft treffen. Aber eigentlich zählt nur der Augenblick – nur ihn wollen sie leben. Wieso nicht alles versöhnlich sehen? Sie sitzt hier mit dem Mann, der ihr am nächsten und zugleich der Vater ihres Kindes ist. Das Kind liegt im Korb neben ihnen. Sie verbringen viel Zeit gemeinsam – als Freunde. Vor der Geburt waren sie zusammen, nach der Geburt auch, und immer seit er aus Bern zurückgekehrt ist. Eigentlich sind sie fast eine normale Familie. Fast.

Endlich – er schüttelt schon lächelnd den Kopf – nimmt sie sich die Abrechnung vor, überfliegt sie aber nur. Der Orden, der diamantene Federbusch, die Rubin-Ohrgehänge, etliche Diamanten – das meiste ist verkauft, der Ertrag recht gross.

Sie schiebt ihm die Abrechnung hin. «Ich danke für Ihren Einsatz in dieser Sache, Herr von Schiferli», sagt sie förmlich.

Er nickt nur, scheint irgendwie bedrückt. «Und was jetzt? Geld ist nun da. Wie wollen Sie es verwenden? Welche Pläne haben Sie für Hilda?»

«Wenn ich das wüsste.» Sie schaut zum Kind, das ruhig atmet und im Schlaf die Fäustchen geballt hat. «Ich kann das Kind nicht weggeben.»

«Wenn wir das Kind noch länger hierbehalten, laufen wir Gefahr, uns früher oder später zu kompromittieren. Schon jetzt verstehen die Leute nicht, wieso Sie noch immer zurückgezogen in Untersiemau leben, wo Sie doch offensichtlich genesen sind. Pinchen könnte sich wieder verplappern. Oder Ihre Schwester, Baronin Sophie, hält ihr Wort nicht.» Auch er schaut nun das Kind an. «Und mit Verlaub: Hilda hat rötlichbraune Haare und dunkle Augen – sie sieht Ihnen ähnlich und hat auch etwas von mir, und diese Ähnlichkeiten werden sich vielleicht noch verstärken.»

Die Ähnlichkeiten sind nicht zu verleugnen. Hildas nach der Geburt blaue Augen sind nun braun, Anna glaubt manchmal, in Rudolfs Augen zu blicken. Sie seufzt. «Ich werde mich um eine Lösung kümmern. Der Winter naht, ich weiss.»

Schiferli lehnt sich zurück, seine Gedanken sind weiter gewandert. «Mir scheint, da ist jemand, der ihm zu wenig Beachtung schenkt. Napoleon befindet sich mit seiner – anscheinend arg dezimierten – Armee noch immer in Moskau.»

Anna nimmt das Thema, das sie auch beschäftigt, gerne auf. «Ich reiste im Frühjahr 97 nach Moskau, zu den Krönungsfeierlichkeiten von Zar Paul I. Ich litt damals an einer Lungenentzündung. Trotzdem durfte ich der Zeremonie nicht fernbleiben – eher hätte mich mein Schwiegervater sterben lassen.»

Sie fröstelt, legt schützend die Arme um sich. «Ich habe sechs russische Winter erlebt; sie sind sehr hart, mit hohen Minustemperaturen. Weiss Napoleon, auf was er sich einlässt?»

Schiferli hat ihr mitfühlend zugehört. «Ich glaube nicht. Vielleicht ist das die Wende: Napoleon ist in Moskau von der Versorgung und vom Nachschub abgeschnitten – und Russland kann ihm endlich siegreich entgegenhalten.»

«Möglicherweise wird er versuchen, rechtzeitig den Rückmarsch anzutreten», meint Anna. «Aber das dürfte schwierig werden, um diese Zeit herrscht schon frostiges

Wetter. Ich hoffe sehr, dass mein Schwager endlich die Oberhand gewinnt.»

«Europa – wir alle – leiden unter Napoleon. Es wäre Zeit, dass die Kriegswirren zu einem Ende kommen.» Schiferli bündelt die Rechnungen und erhebt sich. «Ich erledige meine Korrespondenz – wenn Sie mich entschuldigen.»

In diesem Moment betritt Pinchen die Terrasse. Sie knickst aufgeregt vor Anna und mag kaum warten, bis Schiferli im oberen Stock verschwunden ist. «Sie wollen … Sie können das Kind nicht immer in Ihrer Nähe behalten, nicht wahr? So sagten Sie es mir. Das Kind, haben wir auch schon zur Erklärung gesagt, gehöre meiner Schwester … Heute, als ich Lena besuchte, sprach ich mit ihr vom Kind, sagte, dass seine Mutter, eine frühere Ehrendame von Ihnen, bei der Geburt gestorben sei.» Treuherzig schaut sie Anna an. «Das hab ich einfach so erfunden und dann angefügt, dass das Kind, sobald es die Amme nicht mehr braucht, in einer guten Familie untergebracht werden soll. Und wissen Sie was? Meine Schwester möchte es gern zu sich nehmen. Sie hat einen Sohn, zehnjährig, und alle weiteren Kinder sind bei der Geburt gestorben. Es wäre ihr eine grosse Freude, wenn sie das kleine Mädchen für einige Jahre bei sich aufnehmen dürfte.»

Anna holt tief Atem. «Erzähle mir mehr von deiner Schwester, Pinchen.»

«Lena ist mit dem Tuchhändler in Lichtenfels verheiratet, sie bedient manchmal im Laden, der Sohn hilft auch schon mit. Mein Schwager ist nett, er schimpft nie mit ihr. Sie haben ein rechtes Auskommen.» Fast verschämt fügt sie an: «Aber ein bisschen zusätzliches Geld wäre willkommen. Ich sagte, dass Sie für das Kind Ihrer früheren Ehrendame aufkommen.»

«Natürlich, Pinchen. Danke für deinen Vorschlag – ich werde darüber nachdenken.»

«Das war ich Ihnen schuldig, Kaiserliche Hoheit, nachdem ich gegenüber Ihrer Schwester so dumm geplaudert habe.»

Leise vor sich hin trällernd verschwindet die Zofe im Hausinnern, Anna bleibt allein mit dem schlafenden Kind auf der Veranda. Lichtenfels – so vieles klärt sich in Lichtenfels. Sie wird Schiferli hinschicken, um die Sache abzuklären. Lichtenfels ist in der Nähe von Coburg, sie könnte das Kind ohne Umstände besuchen oder es zu sich bringen lassen.

Anna hört kleine Laute, und als sie sich über den Korb beugt, schaut Hilda sie mit grossen Augen an. Sie nimmt das Kind in ihre Arme und drückt es an sich.

1813

Coburg, Februar 1813

Schneeflocken fallen so dicht, dass die Ehrenburg hinter einem weissen Schleier verschwindet. Ernst hat den Umbau von Schloss und Umgebung unterbrochen – weitere kriegerische Auseinandersetzungen mit Napoleon stehen bevor. Noch einmal hat Anna Quartier im Hofamt in Coburg bezogen.

Sie ist nicht allein. Rudolf von Schiferli arbeitet im Zimmer nebenan an seiner Korrespondenz. Caroline hat die Reise nach Coburg im späten Herbst angetreten, als ihre Mutter genesen war; sie hört die Stimmen der Ehrendame und der Zofe im Vorraum. Hilda ist bei Pinchens Schwester Lena untergebracht. Sie verspürt ein Ziehen in der Brust, wenn sie an das Kind denkt. Wie sehr fehlt ihr Hildas kleiner Körper, der sich an den ihren schmiegte, ihr Geruch, ihre Wärme … Aber das Kind gedeiht, es macht Fortschritte – das ist es, was zählt. Von Eduard haben sie guten Bericht aus Yverdon. Alle sind gesund.

Trotzdem nagt etwas an ihr. Es ist dieses Datum – der 15. Februar. Genau siebzehn Jahre ist es her. Anna setzt sich. Sie schaut in die Flocken und glaubt sie zu spüren – kühl, weich, leicht wie ein Traum setzen sie sich auf ihre Haut.

Und auf einmal erscheint sie vor ihren Augen – Julie, die kleine Prinzessin aus Sachsen-Coburg. Noch ist sie ein Mädchen, tollt mit ihren Geschwistern im herzoglichen

Palais herum. Doch das Spiel wird jäh unterbrochen. Im Sommer 1795 reist sie mit Mutter und Schwestern nach St. Petersburg, trifft im Herbst am Zarenhof ein. Die Wahl des Zarenenkels fällt auf sie. Und im Winter – am 15. Februar 1796 – heiratet sie.

Anna erhebt sich, sie fröstelt. Noch immer kann sie nicht an die Folgezeit denken, ohne innerlich und äusserlich zu frieren. Sie nähert sich dem prasselnden Feuer im Kamin, streckt ihm die Hände entgegen, spürt Wärme in den Fingern und an den Innenseiten der Arme aufsteigen.

Manchmal muss sie es einfach tun – an ihrem Leben herumdenken, versuchen zu verstehen, wie alles gekommen ist.

Nach dem Tod von Katharina hielt niemand mehr Konstantin im Zaum. Sie lebte in ständiger Anspannung. Manchmal hörte sie, wie sich plötzlich der Schlüssel im Schloss ihres Zimmers drehte – und war eingesperrt. Bitten, Flehen, Drohen – nichts nützte. Er sperrte die Tür wieder auf, wenn ihm danach war – und küsste ihr dann zerknirscht die Hand. Einmal lud er die Kanonen des Marmorpalasts, ihres gemeinsamen Wohnsitzes, mit quietschenden Ratten, die bei der Zündung platzten, und ergötzte sich an ihrem Ekel. Ein anderes Mal griff er sie um die Taille und steckte sie kurzerhand in eine der riesigen, blauen Chinavasen – und machte Anstalten, mit der Pistole auf die Vase zu zielen. Dann grinste er, steckte die Pistole ein und ging davon; die Dienstboten entdeckten sie und halfen ihr heraus.

Warum diese Quälereien, diese Exzesse? Im Rückblick denkt sie: Man hatte auch ihn zu dieser frühen Heirat gezwungen. Vielleicht bestrafte er sie dafür?

Zuweilen gelang es ihr, alles wegzustecken. Er konnte auch ganz anders sein, trat plötzlich hinter sie, streifte mit dem Mund ihr Ohr, flüsterte russische Koseworte und schloss sie in seine Arme. Aber wenn sie sich ihm zuwandte, liess er sie nicht selten abrupt los, machte auf dem Absatz kehrt und lief davon, wie wenn ihm alles zu viel würde. Seine Willkür machte ihr am meisten zu schaffen.

Sie versuchte, ihm aus dem Weg zu gehen. Aber auch das half nicht immer.

An einem frühen Morgen, als sie noch in den Träumen lag, schleuste er seine Tambourmajoren in ihr Gemach, ein grässlicher Trommelwirbel schreckte sie aus dem Schlaf. Bedauernd hielt er die Hände hoch, als er ihren Schock bemerkte: «Das war doch nur Spass, meine Liebe!»

Anna zieht die Hände zurück, dreht dem Feuer den Rücken zu. Der Schrecken war das eine – die Demütigung das andere. Konstantins Quälereien blieben nicht unbemerkt, und er wollte auch, dass sie Beachtung fanden. Manchmal schien ihr, dass er eifersüchtig war auf ihren Erfolg am Hof – und auf seinen Bruder Alexander, der ihr mit seiner sanften Art viel näherstand.

«Anna, geh weg!», zischte er sie einmal an, als sie seinen Weg kreuzte.

«Was habe ich dir getan, dass du so zu mir sprichst?»

Er starrte sie an. «Nichts hast du getan. Es genügt, dass du da bist, mit deiner Art, deinem Wesen. Ich brauche keine Ehefrau, eine Deutsche schon gar nicht! Meine

Mutter ist Deutsche, meine Grossmutter war es auch. Katharina hat mich unterdrückt. Das lasse ich mir nicht gefallen. Das Leben im Palast ist mir zuwider. Nur mein Regiment brauche ich, diese Männer, die mir bedingungslos ergeben sind. Ich verlange von ihnen alles – und sie tun es.» Was sollte sie dazu sagen? Sie drehte sich um, ging wortlos davon. Dann war er plötzlich neben ihr, zog sie bittend am Arm, und als sie ihn abschüttelte, warf er sich vor ihr auf die Knie, umfing ihre Hüften mit den Armen, drückte seinen Kopf in ihr Kleid. «Oh Anna, dieser Stoff ist so schmeichelnd, fast so weich wie deine Haut. Komm schon, vergib mir. Lass uns in dein Zimmer gehen – ich schliesse dich bestimmt nie mehr ein.» Er kicherte. «Das sind nur dumme Launen. Auch vorhin – das waren nur Worte, nicht mehr.»

Manchmal ging sie mit ihm, manchmal verweigerte sie sich, denn seine Launen machten auch vor dem Schlafzimmer nicht halt.

Wäre alles anders gekommen, wenn sie ein Kind erwartet hätte?

Mit Alexander sprach sie nur einmal über seinen Bruder. Er schaute sie mit seinem weichen Blick an: «Wir waren früh weg von der Familie, hatten nur einander. Für Konstantin war es nicht einfach, weisst du. Immer eckte er an, unsere Grossmutter, Zarin Katharina, war dauernd hinter ihm her. Schau einfach über seine Marotten hinweg – so halte ich es auch.»

Das konnte sie nicht.

Sie wurde krank. Auf Geheiss von Zar Paul, der die Nachfolge der verstorbenen Katharina angetreten hatte, musste sie trotzdem die Reise von Petersburg nach Moskau mitmachen und an den Krönungsfeierlichkeiten teilnehmen. Der neue Zar – wie ähnelte doch Konstantin seinem Vater – hielt den Hof mit Schikanen in Atem.

Anna spürt, wie das Feuer ihren Rücken wärmt. Nein, sie ging nicht unter damals. Sie strafft ihre Haltung. Man kann sie nicht brechen. Nicht Konstantin – und niemand sonst.

Im Winter nach Pauls Krönung war sie genesen und hatte neue Kräfte in sich gespürt. Zar Paul gab rauschende Bälle im Rittersaal der Eremitage, und sie nahm daran teil. «Abendstern» nannte man sie in dieser Zeit bewundernd am Hof. Ihre Augen glänzten, ihr Gesicht war noch zarter, ihre Taille schlanker geworden. Sie liess sich Kostüme schneidern, die diese Vorzüge hervorhoben, schmückte sich mit den Diamanten und Perlen, mit denen Katharina sie überhäuft hatte. Grossfürstin Anna. Man sollte sie wahrnehmen, anerkennen.

Oft tanzten sie übers Kreuz, Alexander mit Anna, Konstantin mit Elisabeth. Alexanders Augen lagen auf ihr, sie glitt an seinem Arm dahin. War er verliebt in die Schwägerin? Man munkelte es. Er war zurückhaltend, sprach es nie aus. Darüber war sie froh. Elisabeth war ihre beste Freundin – und Alexander ein enger Freund, aber nicht mehr. Der Pole Czartoryski, ein Berater Alexanders, verguckte sich ebenfalls in die Tänzerin und verehrte sie offen. Sie liess es sich gefallen – wie wohltuend hoben sich seine Galanterien von Konstantins Grausamkeiten ab.

Sie spürte es immer klarer: Ihr Mann liebte sie nicht. Er achtete sie nicht einmal. Wie lebte man damit? Sie machte Andeutungen gegenüber Elisabeth. Die Freundin und Schwägerin war besorgt, redete ihr aber gut zu. Eine Ehefrau müsse einiges ertragen, Konstantin meine es bestimmt nicht böse. Stimmte das? Sie war sich nicht sicher. Wie eklig Konstantins Quälereien manchmal waren, wagte sie Elisabeth nicht im Detail zu erzählen – sie schämte sich zu sehr.

In den Briefen an ihre Eltern konnte sie ihre Situation nicht schildern, weil der krankhaft misstrauische Zar Paul die Briefe seiner Familie öffnen und überwachen liess. Wenn immer möglich schickte sie Geld nach Coburg – 1000 Dukaten, 3000 oder manchmal 5000 Rubel, einmal 10 000 Rubel. Die Eltern und das verschuldete Herzogtum waren darauf angewiesen, sie zehrten von ihrer Position, ihrem Ruf.

Alles wurde noch schlimmer. Konstantin verkehrte in schlechter Gesellschaft, gab sich Ausschweifungen hin. Sie erkrankte an einem Leiden, das den Ärzten lange rätselhaft blieb. Dann die unangenehmste, schlimmste aller Diagnosen: Konstantin hatte sie mit einer intimen Krankheit angesteckt, die niemand beim Namen nennen wollte. Den ganzen Winter über verliess sie kaum den Palast, besuchte die Messe nicht mehr, schloss sich nur manchmal nach dem Kirchgang der kaiserlichen Familie an, damit es kein Gerede gab. Konstantin war zerknirscht. Die Ärzte verordneten ihr eine Kur in Karlsbad, Böhmen.

Sie träumte viel in jenen Tagen, und so manches Mal glaubte sie, in Coburg aufzuwachen, im herzoglichen

Palais, wo ihre Geschwister heranwuchsen. Mutter und Vater schlossen sie in die Arme. Der kleine Leopold mit seinen grossen, dunklen Augen stand vor ihr – nun schon achtjährig. Die Schwestern tuschelten und blickten sie erstaunt an. Ernst führte sie ein weiteres Mal beim Theaterspiel zum Traualtar. Die Ehrenburg schien vor ihr auf und die Morizkirche, das Städtchen mit seinen Häusern, Türmen und Toren. St. Petersburg, grandios und gleissend im Sommer, düster im Winter, verblasste. Das ihr vertraute Coburg war von Wiesen und Wäldern und nicht von Sumpf umgeben, nicht von diesen endlosen Ebenen, wo man sich verlor.

Trotzdem denkt sie jetzt: Es wäre ihr gelungen, sie hätte in Russland leben, sogar glücklich werden können – mit dem richtigen Mann an ihrer Seite, der sie unterstützt und geliebt hätte. Die Krankheit, mit der Konstantin sie angesteckt hatte, war eine Demütigung zu viel.

In den langen, einsamen Winternächten war auf einmal der Gedanke da – wie ein Silberstreif zeigte er sich am Horizont: Wieso nicht fliehen? Ihre Familie würde sie unterstützen, wenn sie die Wahrheit erfuhr. Alexander und Elisabeth würden ihren Entscheid verstehen, weil ihre Gesundheit zerrüttet war. Zar Paul, der die Kur bewilligt hatte, könnte nichts gegen ihre Flucht tun, wenn sie einmal in Böhmen wäre – er müsste ihren Entscheid akzeptieren. Konstantin war mit der Kur einverstanden, denn er hatte eigene Pläne: Er wollte über Wien nach Italien fahren, um sich dort der Armee von Suworow anzuschliessen.

Mitte März 1799 hatte sie St. Petersburg in euphorischer Stimmung verlassen. Noch lag Schnee, aber das Tauwetter war nicht mehr fern. Sie reiste über Dorpat, Riga, Tilsit, Königsberg, Marienwerder, Bromberg, Landsberg, Frankfurt an der Oder und Leipzig. Es war die gleiche Strecke wie dreieinhalb Jahre früher auf der Hinreise. Nur brachte sie jetzt jede zurückgelegte Meile der Heimat näher, jeder Hufschlag verkündete Befreiung. Sie lehnte sich aus der Kutsche, bot das Gesicht den Regentropfen, dem Wind oder der Sonne dar, nahm den Geruch der tauenden Erde in sich auf, den Duft des Frühlings.

Als sie in Leipzig die Mutter traf, die ihr entgegengereist war, hatten die Bäume die Blätter ausgetrieben, Blütenduft lag in der Luft. Überschwänglich fiel sie der Mutter in die Arme. Die Mutter hielt sie auf Armeslänge, musterte sie mit ihren klaren, blauen Augen. «Du bist dünn, Julchen – erst wenn du wieder ganz genesen bist, lassen wir dich nach Russland zurückreisen.»

Ich werde nie mehr zurückfahren, dachte sie bei sich. Aber das hatte Zeit, sie würde es den Eltern später mitteilen.

Gemeinsam mit der Mutter legte sie die letzte Strecke nach Coburg zurück, kaum konnte sie mehr stillsitzen, erkannte hier ein Landhaus, dort ein Wäldchen. Dann erhob sich auf dem Hügel vor ihr die Veste, das Stammschloss ihrer Familie. Die Kutsche rumpelte durch das Stadttor, kam in der Steingasse zwischen dem herzoglichen Palais und der Ehrenburg zum Stillstand.

Sie sprang aus dem Wagen, lief auf das Palais zu. Unter der Tür stand der Vater, sichtlich gealtert, und drückte sie an sich. Hinter ihm nahm sie undeutlich eine männliche Gestalt wahr. Ihre Augen weiteten sich. Es war Konstantin. «Dein Mann hat einen Umweg gemacht, um dich gleich selbst in Empfang zu nehmen», meinte der Vater wohlwollend. Konstantin beugte sich über ihre Hand, die sie ihm nicht entziehen konnte. Er war in ihre Heimat gereist. Was bedeutete das?

Während der gemeinsamen Tage in Coburg zeigte er sich zuvorkommend gegenüber ihren Eltern und Geschwistern und respektvoll gegenüber ihr selbst. Der kleine Leopold bewunderte den Schwager in der schönen Uniform.

Anfang Juni reiste Konstantin ab, um sich doch noch Suworows Armee anzuschliessen. Ein breites Lächeln überzog sein Gesicht, als er ihr bei der Abfahrt zuwinkte. Konnte sie ihm trauen?

In Karlsbad, wohin die Mutter und Sophie sie begleiteten – Antoinette hatte sich in jenem Herbst mit dem Prinzen Alexander von Württemberg verheiratet – , stieg der Dampf aus den Bädern auf, hüllte sie ein. Sie verbannte alle Gedanken an die Zukunft, gab sich nur dem heissen Wasser, den Tinkturen und Elixieren hin – und entstieg den Bädern im Herbst geheilt und mit neuem Mut.

Als sie der Mutter verkündete, nicht mehr nach Russland und in ihre Ehe zurückkehren zu wollen, stiess sie auf Unverständnis. «Man hat dir eine Kur zugestanden und den Aufenthalt in der Heimat gewährt – und du willst fahnenflüchtig werden!», rief die Mutter ungläubig. «Die Ehe ist heilig. Du warst es, die auserwählt wurde! Konstantin machte einen Umweg über Coburg, um in deiner

Nähe zu sein. Deine Brüder wollen ihm im Militär nacheifern. Deine Schwestern möchten sich auch nur annähernd so gut verheiraten. Und du achtest dein Los gering, willst dich der Verantwortung entziehen? Wir glauben an dich, Julchen. Wir brauchen dich.»

Diese Worte machten sie sprachlos.

Zar Paul sandte im Herbst eine Depesche mit dem Befehl, dass sie sich spätestens am 23. Oktober zur Hochzeit ihrer Schwägerin Helena im Palast von Gatschina einzufinden habe. Sie gehorchte den Eltern und dem Schwiegervater, fuhr durch die Herbstlandschaft zurück, horchte auf das knisternde Laub, schaute in den stürmischen Himmel – und glaubte noch einmal an einen guten Ausgang, eine Versöhnung.

Am Vortag der Hochzeitsfeier erreichte sie Gatschina, den düstersten der Zarenpaläste. Ihre vierzehnjährige Schwägerin Helena heiratete den künftigen Herzog Friedrich von Mecklenburg. Wie üblich zogen sich die Festlichkeiten über Tage hin. Wie gern hätte sie sich angeschlossen, als sich das Brautpaar auf die Reise machte in deutsche Lande …

Konstantin kehrte erst nach dem Marsch von Suworows Armee über die Schweizer Alpen nach Russland zurück. Er begrüsste Anna kalt. Der launische Zar Paul, der eben noch Konstantin für seine grosse Tapferkeit bei der Teufelsbrücke am Gotthard ausgezeichnet hatte, entzog ihm und seinem Regiment die Gunst und verbannte ihn und sie selbst in den Palast Zarskoje Selo ausserhalb von St. Petersburg. Konstantins Gesicht verzog sich zu einer Fratze, als er von dieser Zurücksetzung erfuhr.

Ihre Hoffnungen zerschlugen sich. In Zarskoje Selo nahmen seine Ausschweifungen zu. Sie wusste weniger denn je, welcher Konstantin ihr gegenübertreten würde. Manchmal war es der freundlich-zerknirschte Mann, der sie inständig für eine Verfehlung um Verzeihung bat. Dann wieder war es der quälerisch-unberechenbare Mann, der sie wegsperrte, erschreckte und mit Hohn übergoss, wenn sie Angst zeigte. Erst als sie einmal mehr krank wurde, erlaubte der Zar ihre Rückreise in die Stadt.

In St. Petersburg, in der Nähe von Alexander und Elisabeth, ihrer verständnisvollen Schwägerin und Freundin, erholte sie sich schnell. Sie war jung, erst neunzehn, und spürte, dass das Leben noch vor ihr lag. Es würde Konstantin nicht gelingen, sie weiter zu erniedrigen.

In jenem Winter gab es in St. Petersburg eine neue Zerstreuung: Auf schlittenähnlichen Gefährten, die von einem Führer gelenkt wurden, rutschten vornehme Damen und Herren über vereiste Abhänge hinunter. Die Damen sassen zwischen den Beinen der Husaren, welche die Schlitten lenkten. Welches Glück war es, mit dem Gefühl der eisigen Luft auf dem Gesicht den Hang hinunterzusausen!

Einer der Husaren stach für sie aus den andern heraus: Ivan Linev. Er hatte ein einnehmendes Wesen, war zuvorkommend und ritterlich. Während der Fahrt spürte sie die Wärme seines Körpers an ihrem, das Kratzen seines Barts an ihrer Wange. Wenn sie durch den Schnee auf den Hügel zurückgestapft waren, wählten die meisten Damen einen neuen Führer. Aber Linevs Augen suchten jedes

Mal die ihren, und sie vertraute sich ihm ein weiteres Mal an. Sie glaubte sich unbeobachtet. Konstantin hatte sein Regiment zurückerhalten und verbrachte jede freie Minute in der Kaserne. Getuschel am Hof? Es kümmerte sie nicht.

Russland litt in jenem Winter des Jahres 1801. Zar Paul herrschte willkürlich, forderte bedingungslose Verehrung und Unterwerfung und bestrafte gnadenlos, wenn er glaubte, dass sich jemand widersetzte. Die Aussenpolitik gestaltete sich chaotisch: Der Zar sympathisierte erst mit dem französischen Direktorium, erklärte dann Frankreich den Krieg, begeisterte sich später wiederum für Napoleon.

Im Land und im Palast rumorte es. Ein Komplott wurde geschmiedet von Leuten, die sich um die Zukunft des Landes Sorgen machten. In der Nacht des 12. März 1801 fiel der Zar einem Mordanschlag zum Opfer.

Anna steht auf, geht unruhig hin und her. Noch heute ist es ihr unmöglich, an diese Nacht zu denken – zu schrecklich war alles. Nur in ihren Alpträumen taucht die Mordnacht auf, dann kann sie sich nicht dagegen wehren. Sie setzt sich wieder.

Alexander schien tief betroffen damals. Hatte er mit den Tätern zusammengearbeitet, aber vielleicht nur die Absetzung des Vaters gewollt? Man wusste es nicht. Klar war nur eins: Dieser junge Mann, noch nicht vierundzwanzig, war nun der neue Zar. Nach Tagen des Tumults kehrte Ruhe ein.

Nur bei ihr nicht.

Konstantins Launen und Quälereien nahmen wieder zu. Sie hielt es nicht mehr aus, breitete vor Alexander und Elisabeth ihr Unglück aus. Diesmal bewilligte Alexander ihre Abreise und Geld für ihren Lebensunterhalt. Wahrscheinlich dachte er, die Trennung sei vorübergehend. Konstantin, der die ständigen Ermahnungen seiner Mutter betreffend seine Ehe satt hatte, erklärte sich einverstanden.

Fieberhafte Wochen vergingen, bis alles geregelt war. Im Juli war es so weit.

Annas Kutsche und die sieben Wagen des Begleittrosses setzten sich in Bewegung. Eine kleine Schar Höflinge hatte sich im Eingang des Winterpalasts versammelt, Elisabeth stand am Fenster. Anna winkte ihr zu. Sie beobachtete, wie der Palast und die weissen Häuser von St. Petersburg kleiner wurden und sich schliesslich im Staub der Strasse auflösten. Sie hatte erreicht, was sie wollte, verspürte aber keinen Triumph, sondern Resignation. Und auch Trotz: Die Mutter hatte entsetzt reagiert und ihre Trennung und bevorstehende Heimkehr als Katastrophe bezeichnet. Sie liess sich von ihrem Entscheid nicht abbringen, weil sie wusste, dass sie früher oder später an der Seite von Konstantin zerbrechen würde. Dachte denn niemand an sie selbst? Ging es nur um das Scheitern ihrer Ehe?

Einen Trost gab es bei dieser wenig gloriosen Fahrt durch die heisse, staubige Landschaft zurück in ihre Heimat: Husar Ivan Linev reiste mit, als Bewacher für ihren Tross.

Anna starrt auf das Fenster, hinter dem sich schattenhaft ein Gebäude abzeichnet. Es dauert, bis sie begreift, wo sie sich befindet, dass der Schneefall nachgelassen hat, dass das Gebäude vor ihren Augen Schloss Ehrenburg ist. Noch immer die Ehrenburg – in den zwölf Jahren seit ihrer Rückkehr hat sie sich kein eigenes Leben geschaffen.

Da, ein Geräusch – sie horcht auf. Rudolf von Schiferli steht in der Tür mit einem Briefbogen in der Hand.

«Ich habe an Zar Alexander geschrieben wegen der ausgebliebenen Apanage. Sie brauchen dringend Geld, um die Rechnungen begleichen zu können.»

Sie mustert Rudolf, wie sie ihn manchmal noch bei sich nennt. Er blickt besorgt, sein Haar, das er sich beim Schreiben unbewusst gerauft hat, fällt ihm ins Gesicht. Wie gern würde sie es ihm aus der Stirn streichen … Aber das ist verboten – Herr von Schiferli ist ihr Haushofmeister. Erst hat er Turbulenzen in ihr Leben gebracht, ein Aufbrechen der Gefühle, Verliebtheit, Liebe. Dann hat er begonnen, ihr Leben zu ordnen. Seigneux gelang es nie, ihren Hof angemessen zu führen – immer wieder musste sie ordnend eingreifen. Rudolf nimmt alles selbst in die Hand. Sie kann sich zurücklehnen, ihren Erinnerungen nachhängen – wie eben an die Russlandjahre.

«Hängen Sie eine Passage an», sagt sie zu Schiferli. «Schreiben Sie dem Zaren, dass ich ihn unbedingt persönlich sprechen möchte. Er soll mich doch bitte bei sich empfangen.» Schnell fügt sie an: «Nicht in Russland – dorthin werde ich nie mehr reisen. Er wird wohl in die Sommerfrische fahren, dann möchte ich ihn treffen. Ich muss mich darauf verlassen können, dass mein Geld regelmässig eintrifft. Und ich habe ein Anliegen an ihn. Aber schreiben Sie noch nichts davon – ich werde es vorbringen, wenn ich ihm gegenübertrete.»

Schiferli hört aufmerksam zu und nickt. Er folgt ihrem Blick. «Die Flocken sind dünner geworden. Aber schon wieder ist viel Schnee gefallen.» Er schüttelt den Kopf. «Ich kann den Schnee nicht mehr sehen, ohne an die Soldaten zu denken, die im russischen Winter gestorben sind. Napoleon selbst rettete sich mit seinem Eilschlitten. Die Offiziere und Soldaten der Grande Armée aber, arg dezimiert schon, ertranken beim Rückmarsch an der Beresina oder wurden erschossen. Nur zehntausend Mann von einer halben Million seien heimgekehrt, sagt man.»

«Napoleons Russlandfeldzug war ein Fehler», meint Anna. «So mancher hat Russland schon unterschätzt. Ich gehöre dazu. Man liebt dieses Land, oder man hasst es. Die Bilder prägen sich für immer ein – man kommt nicht davon los.»

Böhmen, August 1813

Der böhmische Gasthof, den Zar Alexander für das Treffen mit Anna Anfang August ausgewählt hat, liegt eine Stunde von Karlsbad entfernt an einem Waldrand. Beide reisen inkognito, um kein Aufsehen zu erregen. Anna könnte sich die Garderobe nicht leisten, die es braucht, um dem Kaiser eine offizielle Aufwartung zu machen. Ein informelles Treffen ist auch im Sinn Alexanders, der seit März an der Seite von Preussen wieder im Krieg ist und sich oft rasch verschieben muss. Endlich soll Napoleon besiegt und Deutschland von der Besatzung befreit werden.

Auch Ernst ist jetzt im Krieg, als preussischer General hat er im Mai in Lützen gekämpft. Leopold hat sich den Kämpfenden gleichfalls angeschlossen – auf der Seite Russlands im Stab von Konstantin. So nah ist ihr Lieblingsbruder ihrem Ehemann, der ihr so fremd ist …

Vier Pferde hat sie vorspannen lassen, armselig darf sich die Grossfürstin dem Zaren nicht zeigen. Die Kutsche passiert den Wald, Licht und Schatten fallen abwechselnd ins Innere. Rudolf von Schiferli döst in die Ecke gelehnt, eine Fliege kreist um sein verschwitztes Gesicht. Sie verscheucht sie, setzt sich gerade hin auf die Kante des Polsters, versucht die Erschütterungen durch den mit Wurzeln durchsetzten Weg auszugleichen. Noch einmal mustert sie ihr grünes Kleid, die zarte Bluse, den dezenten, sorgfältig ausgewählten Schmuck. Alles in Ordnung.

Die Kutsche taucht aus einem schattigen Waldstück in die blendende Helligkeit am Waldrand und kommt mit einem Ruck zum Stehen. Drei Kutschen stehen in der Auffahrt, die Pferde sind abgeschirrt. Der Zar ist schon da.

Schiferli erwacht, drückt ihr aufmunternd die Hand. Sie setzt das dunkelgrüne Hütchen mit Schleier auf, lässt sich vom herbeigeeilten Wirt, der die vornehme Dame neugierig mustert, aus der Kutsche helfen. Ein ihr unbekannter Hofmeister des Zaren tritt heran, weist die Grossfürstin in den ersten Stock, wo sein Herr auf sie warte. Langsam steigt Anna die Treppe hoch. Jede Stufe scheint ihr wie eins der zwölf Jahre, die vergangen sind, seit sie Alexander 1801 das letzte Mal gegenübergestanden ist. Zwei Wachen stehen vor dem Zimmer, verbeugen sich und öffnen ihr die Tür.

Alexander – ohne Mantel mit Goldtressen, Schärpe und Orden kaum als Zar zu erkennen – sitzt zusammengesunken am Tisch. Sein Haaransatz ist zurückgewichen, Linien ziehen sich um seinen Mund. Der Zar ist erst Mitte dreissig, wirkt aber müde, von seinem Amt gezeichnet. Anna tritt näher und erschrickt. Sind das nicht Konstantins grobe Züge? Nein, sie entspannt sich – es ist Alexanders ähnliches, aber weicheres Gesicht. Sie berührt seine Hand, er schlägt die Augen auf.

Ein Lächeln erscheint auf seinem Gesicht. «Anna – so lange ist es her. Du hast nichts von deiner Schönheit verloren.» Er drückt ihre Hand, führt sie zum Sofa. «Es tut mir leid, dass deine Briefe im Frühjahr unbeantwortet blieben. Der Krieg hat meine ganze Kraft in Anspruch genommen. Zum Glück wurde die Grande Armée auf dem Rückmarsch von Moskau empfindlich dezimiert. Aber du weisst: Im Frühjahr trat Napoleon mit neuen Regimentern an. Unser Feldzug war kein richtiger Erfolg. Wir verhandeln jetzt mit Schweden und Österreich – vielleicht schliessen sie sich den Kämpfen an. Wenn ich nur sicher sein könnte, dass der Sieg endlich auf unserer Seite ist …» Zweifel ziehen über sein Gesicht. «Aber ich will dich nicht mit dem Krieg belasten.»

Er mustert sie prüfend. «Du möchtest über die Apanage sprechen?» Sie nickt. «Ich habe mich erkundigt bei meinen Leuten. In diesen wirren Zeiten wurden die 30 000

Rubel, die dir zustehen für deine Hofhaltung, nicht immer – oder nicht immer voll – ausgerichtet. Ich habe Anweisung gegeben, dass dies nun regelmässig geschehen soll. Hast du sonst noch ein Anliegen?»

Sie gibt sich einen Ruck. «Alexander, ich möchte ein neues Leben anfangen. Ich fragte mich, ob eine Scheidung nun möglich ist? Es wäre einfacher für Konstantin und mich, wenn wir klare Verhältnisse hätten.»

Das Gesicht des Zaren verschliesst sich. «Du weisst, wie meine Mutter zu dieser Sache steht: Maria Feodorowna meint, dass eure Scheidung ein schlechtes Beispiel für die Moral des Volkes wäre. Dein Name, der zusammen mit unseren Namen genannt wird, würde im Gottesdienst nicht mehr erwähnt. Das würde auffallen. Der gute Ruf unserer Familie ist von grossem Wert. Ich bitte dich, darauf Rücksicht zu nehmen.» Er überlegt. «Du vermisst meinen Bruder nicht. Aber vermisst du nicht manchmal mein Land?»

Anna schaut ihn an. «Ich vermisse vor allem euch beide – dich und Elisabeth. Ihr nahmt mich auf, Katharina gab mir und Konstantin Halt. Aber ohne sie, ohne eure Nähe, war ich verloren. Konstantin …»

«Ich weiss, Anna, ich habe deine Entscheidung respektiert. Bitte respektiere auch unsere.» Er blickt zum Tisch, wo die unerledigten Depeschen liegen.

«Eine Bitte noch», sagt Anna schnell. «Ich hielt mich nun zwölf Jahre in Coburg auf und war viel auf Reisen. Es ist Zeit, meinen Wohnort zu verändern. Mit deiner Erlaubnis möchte ich mich in Bern, in der Schweiz, niederlassen.»

«In der Schweiz? Eigentlich ist das keine Überraschung, du warst ja mehrmals schon in Bern, unsere Diplomaten erstatteten mir Bericht.» Der Zar denkt nach. «Ich sehe keinen Hinderungsgrund, im Gegenteil. Du kannst unsere Beziehung zu den Eidgenossen pflegen, Anna. Auch sie wollen Napoleon loswerden. Dein neuer Wohnsitz ist bewilligt.»

Anna ist erleichtert. «Vielen Dank, Alexander – ich weiss deine Grosszügigkeit zu schätzen. Mein Haushofmeister, Herr von Schiferli, stammt aus Bern. Er wird mich bei der Suche meines Wohnsitzes unterstützen.»

«Dein Bruder Ernst sprach von Herrn von Schiferli in den höchsten Tönen. Er hat dich wohl begleitet? Ich empfange ihn gern für eine kurze Audienz.» Er lächelt. «Du wirst bereits im Nebenzimmer erwartet, Anna – Elisabeth ist mit mir, sie wollte dich unbedingt wiedersehen.»

Anna erhebt sich erstaunt und voller Freude, Alexander öffnet die Seitentür. Da sitzt Elisabeth mit einem Buch auf dem Schoss, blond, blauäugig, ein bisschen üppiger geworden. Elisabeths Buch fällt zu Boden, sie umarmen sich. Und während der Zar nebenan mit Schiferli spricht, unterhalten sich die beiden Freundinnen.

Nach wenigen einleitenden Sätzen sind sie zurück beim alten, vertrauten Ton. Elisabeth erzählt mit Tränen in den Augen vom Verlust auch ihres zweiten Kindes vor sechs Jahren. Anna weiss davon aus Briefen. Aber wie sehr Elisabeth darunter leidet, keinen Thronfolger geboren zu haben, versteht sie erst jetzt. Sie selbst hat Kinder, die leben und gesund sind – und darf nicht von ihnen sprechen. Grossfürstin Anna, noch immer verheiratet, aber nun Mutter von zwei unehelichen Kindern – das wäre ein Skandal, auch in den Augen von Elisabeth. Anna schlägt ein unverfängliches Thema an, fragt nach dem Hof, dem Winterpalast, St. Petersburg.

Elisabeth seufzt. «Alles beim Alten, Anna – nur du fehlst. Du kennst den Charakter von Maria Feodorowna. Von ihrem Mann, Zar Paul, liess sie sich demütigen. Wie haben wir sie doch verachtet, Anna, wenn sie fast kroch vor dem Zaren, vor seinen Launen! Nun erlaubt sie sich ähnliche Allüren. Sie versucht mich zu kränken, nimmt bei öffentlichen Auftritten den Platz an Alexanders Seite ein, und ich muss hinter ihnen gehen. Aber ich lasse mich nicht kleinmachen von ihr – ich bin und bleibe die wichtigste Frau für Alexander. Du weisst, auch Leid kann einen näherbringen. Seit dem Tod der kleinen Elisabeth haben Alexander und ich uns kaum mehr getrennt. Ich reise mit ihm, auch jetzt in Kriegszeiten – er braucht meine Unterstützung. Und ich habe meine Mutter – ihr schreibe ich fast jeden Tag.» Elisabeths Augen suchen in Annas Gesicht. «Auch wir wechseln Briefe, Anna, aber manchmal weiss ich nicht, ob du über das schreibst, was dich wirklich bewegt. Du schreibst nie, ob du glücklich bist.»

«Ach, dieses grosse Wort», Anna schüttelt den Kopf. «Im Moment bin ich glücklich über unser Wiedersehen. Und ich bin so froh, dass ich nun die Erlaubnis habe, mich in Bern niederzulassen. Das ist ein kleines Glück – was will ich mehr?»

«Du kommst nicht mehr zurück?»

«Ich kann nicht, Elisabeth. Konstantin ist nicht Alexander.» Sie drückt die Hände der Freundin. «Wir bleiben uns verbunden – auch so.»

Bern, November 1813

Anna sitzt neben Rudolf von Schiferli, das regelmässige Traben der Pferde an diesem freundlichen Novembertag lullt sie ein. Sie befinden sich unweit von Bern. Schon wieder ist sie unterwegs.

Von Böhmen fuhr sie nach Prag, wo sie ihre Schwester Antoinette besuchte, die aus Weissrussland eintraf. Ihr Mann kämpft als General in der russischen Armee. Antoinette freute sich über Annas erfolgreiches Treffen mit Alexander. Sie ist auf Etikette bedacht, leidet unter eingebildeten oder tatsächlichen Zurücksetzungen. «Da bist du ja mit dem Zarenhof wieder in bestem Einvernehmen. Maria Feodorowna wird keinen Grund mehr haben, mich nicht nach Petersburg einzuladen», stellte sie fest und kicherte.

«Du glaubst noch immer, dass meine gescheiterte Ehe Grund dafür ist, dass du nicht empfangen wirst? Maria Feodorowna ist eine launische Persönlichkeit, Antoinette. Vielleicht mochte sie dich nicht, als sie dich damals in Petersburg kennen lernte. Meinst du, es wäre dir besser ergangen in dieser Familie als mir, wenn die Wahl auf dich gefallen wäre?»

Antoinette, eben noch hochfahrend, knickte ein. «Ich weiss, dass du es nicht einfach hattest, Julchen. Aber mein

Los ist nicht viel besser.» Sie erzählte von ihrer Ehe, von den Geldsorgen, von ihrem Mann, der sie meist allein lasse, und wenn er doch einmal anwesend sei, führten sie hässliche Wortwechsel.

Nach diesem Gespräch war die Situation bereinigt, für den Rest des Aufenthalts vertrugen sie sich gut.

Im September reiste Anna weiter nach Augsburg. Und jetzt die Reise nach Bern, in ihre neue Heimat.

Wie froh sie ist, Deutschland verlassen zu können. Der Krieg flammte im Herbst wieder auf und riss eine Schneise ins Land. Russland, Österreich, Preussen und Schweden kämpften nun gemeinsam gegen Napoleon. Endlich gelang es, ihm bei Leipzig einen entscheidenden Schlag zu versetzen. Von dieser Schlacht, die Mitte Oktober stattfand, treffen immer neue Nachrichten von Kriegsgräueln ein. 600 000 Soldaten hätten auf beiden Seiten gekämpft, der Boden bei der Stadt Leipzig sei blutgetränkt gewesen, Tausende hätten ihr Leben verloren oder schwere Verletzungen davongetragen. Beruhigend nur die Nachricht, dass ihre Brüder – Ernst kämpfte als General in der preussischen, Ferdinand in der österreichischen, Leopold in der russischen Armee – die Schlacht überlebten.

Der Weg in die Schweiz steht ihr offen. In diesem Land ist so vieles im Umbruch, nun, da Napoleon vor dem Fall steht: Soll man die Mediation, die der französische Kaiser aufgezwungen hat, weiterführen? Oder besser zu den alten Zuständen vor der Niederlage gegen Napoleon zurückkehren?

Unter den Berner Patriziern, hat sie von Schiferli gehört, ist man sich uneinig. Die Ultras verlangen, dass Bern die Waadt und den Aargau zurückerhalten müsse. Schiferli pflegt Kontakte zu den Gemässigten unter den Anführern: Niklaus Friedrich von Mülinen und Niklaus Rudolf von Wattenwyl, denen Ruhe und Ordnung im Land und Einigkeit unter den Eidgenossen wichtiger sind als eine vollständige Restauration. Anna kennt die beiden Herren und unterstützt ihre Sache. Die alliierten Siegermächte, vom Zaren angeführt, werden ein gewichtiges Wort mitsprechen. Sie hat Alexander geschrieben, will wenn nötig vermitteln.

Schiferli und sie selbst kämpfen Seite an Seite. Bei der Audienz in Böhmen hat der Zar Schiferli Aufträge in Aussicht gestellt und ihm nachfolgend den Titel eines kaiserlichen Hofrats zuerkannt. Anna mustert den Mann neben ihr voller Achtung. Möglicherweise kann Schiferli in Bern – dank seiner Intelligenz und ihren Beziehungen – eine wichtige Rolle spielen. Die Rückkehr kommt für ihn zum richtigen Zeitpunkt.

Auch sie hat ihm Anerkennung aussprechen wollen. Sie hat ihn zu ihrem Oberhofmeister ernannt. Wo wäre sie ohne Schiferli? Er wechselt Briefe mit dem Zaren, mit ihrem Bruder Ernst, mit der Partei der Gemässigten in Bern. Schiferli behält die Übersicht, er nimmt das Nötige an die Hand, meistert alles souverän. Auch ihre Ankunft in Bern hat er vorbereitet – und ihr eine Überraschung versprochen. Was kann das sein?

Die Kutsche bewegt sich den Aargauerstalden hinunter zum Untertor. Rudolf von Schiferli erwacht, wie wenn er spüren würde, dass seine Heimatstadt sich jetzt von ihrer besten Seite präsentiert. Der Blick auf das Münster, die Nydeggkirche und die Stadt mit ihren eng geschachtelten Häusern über der Flussschlaufe der Aare nimmt beide gefangen. Gleich werden sie abbiegen zum Untertor, denkt Anna, und durch die Stadt zum Hotel Falken fahren, wo eine Zimmerflucht für sie reserviert ist.

Aber der Wagen biegt nicht ab. Schiferli schmunzelt. Der Kutscher fährt den Muristalden hoch mit seinen bereits kahlen Bäumen – und biegt nach Brunnadern ab. Rudolf führt sie doch nicht zum gelben Haus? Sie beide im gelben Haus – das liegt nur zwei Jahre und doch so weit zurück. Nein, sie bleiben auf dem Brunnadernweg, dessen letzter Teil von einer Allee gesäumt ist, nehmen eine leichte Kurve, fahren einen kleinen Abhang hoch und halten vor dem Brunnaderngut, diesem Herrenhaus über der Aare, das Anna in jenem Sommer so gut gefallen hat.

«Aber …», sagt sie verwirrt.

«Kein Aber, Kaiserliche Hoheit. Gottlieb von Jenner fühlt sich geehrt, wenn Sie sein Gut mieten.» Besorgt mustert er Anna, die sofort aus der Kutsche gestiegen ist und vor dem Portal steht. «Es ist doch richtig – Sie fanden besonderen Gefallen an diesem Haus und seiner Lage vor zwei Jahren?»

Wie gut er sie kennt – wie niemand sonst. Und wie viel Mühe er sich gibt, ihr einen Wunsch zu erfüllen, den sie noch nicht einmal geäussert hat … Sie dreht sich zu ihm, ihre Augen funkeln wie in früheren Zeiten. «Das ist eine wunderbare Überraschung. Sie hätten mir keine grössere Freude bereiten können.»

«Gut. Wir nehmen das Haus in Augenschein. In ein paar Tagen, wenn die nötigen Anpassungen vorgenommen sind, können Sie einziehen.»

«Und was ist mit Jenner?», fragt Anna.

«Er sagt, dass ihm im Winter der weite Weg vom Brunnaderngut zum Rathaus zu beschwerlich sei. Vielleicht gibt es auch noch andere Gründe. Er hatte eine schwierige Zeit. Obwohl er den Teil des Berner Staatsschatzes, den er vor den Franzosen retten konnte, getreulich verwaltete, zweifelte man an seiner Ehrlichkeit. Möglicherweise fühlt sich Jenner in Bern nicht mehr wohl.»

Wenn da nicht der Kutscher wäre und der Pförtner, der auf sie zutritt, würde sie Schiferli umarmen. Eine Umarmung unter Freunden. Sie drückt ihm die Hand. «Danke», sagt sie, «vielen herzlichen Dank. Sie haben in meinem Herzen gelesen.»

Während Schiferli mit dem Pförtner verhandelt, macht sie ein paar Schritte vor das Haus. Da sind die Wiesen und der sanft abfallende Hang, und unten der Fluss, die Aare – träge schiebt er seine Fluten dahin. Sogleich fühlt sie sich ruhig. Ein kalter Windstoss ergreift ihr Kleid, bläst es auf und treibt dürre Blätter der Rosskastanien an ihr vorbei. Sie fröstelt nicht. Schiferli ruft nach ihr. Sie antwortet nicht. Wichtig ist jetzt nur eins. Sie spürt es, weiss es: Das ist ihr Haus.

Bern, 23. Dezember 1813
Anna steht neben Feldmarschall von Bubna in Schiferlis Privathaus an der Gerechtigkeitsgasse. In einem endlosen Defilee ziehen die österreichischen Husaren, Dragoner und Infanteristen, die der Feldmarschall befehligt, an ihnen vorbei.

Die Ereignisse haben sich überschlagen. Ende November standen die alliierten Truppen nach dem Rückzug Napoleons plötzlich vor Basel. Sie war nach Lörrach gereist, wo ihr Schwager, General Mensdorff-Pouilly, ein Manöver zu ihren Ehren abgehalten hatte; mit einem Essen in der Herberge «Drei Könige» in Basel hatte sie sich revanchiert. Ihr Bruder Ferdinand, General in österreichischen Diensten, hatte sie im Brunnaderngut besucht, in dem sie Anfang November eingezogen war.

In der Eidgenossenschaft gingen die Wellen hoch; man befürchtete, in die Kriegshändel hineingezogen zu werden. Die Tagsatzung verkündete die Neutralität der Schweiz und ernannte Niklaus Rudolf von Wattenwyl zum General der eidgenössischen Truppen.

Inzwischen haben sich die Wogen geglättet. Die Berner haben den alliierten Truppen aus Österreich gar die Tore geöffnet: Diesen Morgen hat der Grosse Rat verkündet, die Mediationsakte – die Verfassung aus der Zeit der französischen Besetzung – sei für den Kanton Bern aufgehoben. Die Ultras hoffen nun, mit dem Segen der Alliierten die früheren Untertanengebiete Waadt und Aargau zurückzuerhalten. Sie zweifelt daran. Aber sie ist froh, dass ihre Brüder, der Zar und die neuen Freunde auf der gleichen Seite stehen.

Schiferli hat sie eingeladen, zusammen mit dem Feldmarschall der Truppenparade beizuwohnen. Man hat sie in Bern als Repräsentantin des Zaren gut aufgenommen. Allerdings hat der Zar ihre Briefe mit Vorschlägen in dieser Sache noch nicht beantwortet.

Nun steht sie neben dem Feldmarschall, der das Defilee abnimmt, ohne eine Miene zu verziehen. «Lieber wäre mir ein Kriegsgetümmel wie letzthin bei Leipzig als solch eine Parade», sagt er plötzlich zu ihr, und seine Augen glänzen, als er von der Schlacht erzählt. Wie kann er nur so reden? Gemäss den Erzählungen ihres Bruders Ferdinand war die Völkerschlacht fürchterlich. Eifrig winkt sie den Soldaten zu, die sie überlebt haben. Schüchtern blicken diese zur elegant gekleideten jungen Dame hoch – eine russische Grossfürstin, Schwägerin des Zaren, haben sie gehört. Die Offiziere erweisen ihr die Ehre, indem sie ihre Pferde auf der Höhe des Fensters zügeln und eine Art Knicks vollführen. Sie winkt und winkt.

Auch für Schiferli, der einen Stock tiefer am Fenster steht und die Parade verfolgt, ist es ein guter Tag. Er beherbergt den österreichischen Feldmarschall in seinem Haus. Und Grossfürstin Anna steht im Zentrum der Huldigungen, nimmt die Parade zusammen mit Bubna ab. Man schaut bewundernd zu ihr hoch, winkt ihr zu. Vielleicht bleibt sie in Bern? Das wäre ihm lieb – er wäre nicht mehr hin- und hergerissen, könnte seiner Familie und der Grossfürstin gerecht werden. Er hat eine Idee, wie das zu bewerkstelligen wäre …

Heute hat er die Uniform aus seiner Zeit als Militärarzt angezogen und präsentiert sich dem Publikum mit hochgeschlossenem Uniformkragen, die eine Hand am Säbel, die andere zum Gruss erhoben. Die Zeit der Uniform ist zwar längst vergangen. Er ist nun im Dienst der Grossfürstin. Die Umstände haben ihn dazu geführt – vielleicht könnte man von Schicksal reden. Alles wurde durcheinandergeworfen, auch seine Gefühle. Nun ist sein Leben wieder einigermassen im Lot.

An der Gerechtigkeitsgasse gegenüber Schiferlis Haus hat sich besonders viel Volk versammelt. Die Leute mustern die Soldaten ohne Begeisterung. Jahrelang sind die Franzosen als Herren durch die Stadt gezogen. Nun sind es die Österreicher. Aber sie sind nicht die neuen Herren, zum Glück – Bern wird wieder sein eigener Herr sein. Sie marschieren nur durch die Stadt, um zu zeigen, dass Napoleon und seine Soldaten endgültig besiegt sind – vom russischen Zaren und seinen Alliierten, zu denen die Österreicher gehören. Die schöne Dame dort oben im Fenster, Grossfürstin Anna, ist die Schwägerin des Zaren. Sie wohnt zurzeit im Brunnaderngut, das Jenner gehört. Man kennt sie noch wenig, aber sie tätigt Einkäufe in der Stadt und lässt hier schneidern, sie hat Dienstboten eingestellt und entlöhnt und behandelt sie gut. Ihr wichtigster Angestellter ist Schiferli, der einen Stock tiefer als seine Herrin im Fenster steht, inmitten österreichischer Offiziere. Schiferli ist mit der Tochter des Münsterdekans verheiratet, er war Professor an der Akademie. Jetzt ist er der Oberhofmeister Ihrer Kaiserlichen Hoheit. Ob ihm dieses Amt gut bekommt? Ein «von Schiferli» ist er jetzt – gehört aber keinesfalls zu den Ultras. Er hat das Bürgerrecht der Stadt bekommen, kürzlich. Vielleicht wünscht er sich auch, dass die gewöhnlichen Bürger ein bisschen mehr Einfluss nehmen können? Nahe der Macht ist er auf jeden Fall. Seine Patronin ist mit dem Bruder des Zaren verheiratet, ist aber keine Russin, sondern eine Prinzessin aus Coburg, die Deutsch spricht. Die Dame ist hübsch – sicher werden ihr einige der noblen Herren den Hof machen. Aber sie geniesst den Schutz des Zaren. Und jenen Schiferlis …

In Anna steigt Müdigkeit auf, sie winkt nicht mehr, schaut nur noch bewegungslos zu. Die Pferde mit ihren Reitern tänzeln auf dem Pflaster, unter den Lauben drängen sich die Zuschauer, die die Soldaten in ihren schmucken Uniformen in Augenschein nehmen. Farben wogen durch die Gasse, Geräusche – das Getrappel der Pferde, Zurufe, Klatschen, vereinzelte Buh-Rufe – und Gerüche – Kaminrauch, Pferdeschweiss, Dung. Endlos zieht die Truppenparade an Anna vorbei, bis sie zu frieren beginnt, den übergeworfenen Mantel enger um ihre Schultern zieht und schliesslich froh ist, als der letzte Zug Dragoner durch die Gasse entschwindet.

Am Abend gibt die Stadt für die Gäste ein grosses Diner im «Falken». Das Licht der Kerzen lässt die Gesichter der Damen samten erscheinen, jene der Herren weniger streng. Von den Ultras sind Karl Friedrich Steiger und

Karl Rudolf Kirchberger geladen, von den Gemässigten Niklaus Friedrich von Mülinen. Unter den zahlreichen Diplomaten ist Graf Kapodistrias, der offizielle Vertreter des Zaren.

Anna sitzt zwischen Schiferli und dem Feldmarschall, der grosse Mengen des saftigen Bratens in sich hineinschaufelt. Von Bubna ist kein Mann der Konversation. Aber zwischen zwei Bissen wendet er sich doch zu Anna: «Ich halte viel von Ihren Brüdern. Herzog Ernst wurde für seine Tapferkeit bei Leipzig ausgezeichnet, Prinz Ferdinand kommandierte unsere Vorposten in Mühlheim, und Leopold ist eine wertvolle Stütze der russischen Truppe.»

Sie nimmt das Kompliment dankend entgegen.

Einen Moment hört sie von Mülinen zu, der mit seinen Gegnern Steiger und Kirchberger die Klingen kreuzt. «Wir knüpfen einfach dort an, wo wir 1798 aufhörten», poltert Kirchberger. Die alten Untertanengebiete kommen zu uns zurück, und alles hat wieder seine Ordnung!» – «Wir sind 1798 gescheitert», mahnt von Mülinen. «Wir brauchen eine neue Verfassung, einen neuen Bundesvertrag. Wenn wir die alte Ordnung nur irgendwie wieder herstellen wollen, müssen wir Zugeständnisse machen. Die Waadt und den Aargau werden uns die eidgenössischen Stände kaum zurückerstatten. Vielleicht aber können wir als Ersatz ein anderes Gebiet aushandeln … Und wir sollten auch Landberner in den Grossen Rat aufnehmen, um die Landbevölkerung zu besänftigen.» – «Das Land, das Land», mokiert sich Steiger. «Wir haben den Landleuten zwei Unspunnenfeste ausgerichtet, um sie bei

Laune zu halten. Das war Ihre Idee, von Mülinen. Der Kanton Oberland ist vorbei, die Feste auch. Nun sind wir die Franzosen los, die alte Ordnung kehrt wieder ein. Und diese alte Ordnung will, dass die Stadt allein das Sagen hat!»

Schiferli, der dem Disput zuhört, schüttelt den Kopf, mischt sich aber nicht ein. Er lächelt Anna zu und wendet sich zur Dame auf seiner andern Seite.

Anna kennt seine Ehefrau inzwischen. Sie hat nichts gegen Griton. Frau von Schiferli, in silbergrauem Kleid, mit mandelförmigen Augen und hochgestecktem Haar, aus dem sich einige Zapfenlocken gelöst haben, gibt an diesem Abend ein hübsches Bild ab. Nur der kleine Mund, der manchmal einen bitteren Zug annimmt, gefällt Anna nicht. Ist sie voreingenommen?

Das Thema, das Anna mit Griton verbindet, sind die Kinder. «Wie geht es den Jungen, Frau von Schiferli? Sind Fritz und Moritz wohlauf?», fragt sie.

Griton beugt sich zur Grossfürstin, der Arbeitgeberin ihres Mannes, dieser Dame von verletzlicher Schönheit, die herzlich und distanziert zugleich ist und von der sie nicht weiss, was sie denken soll. Aber sie spürt, dass das Interesse an ihren Kindern echt ist. «Danke für die Nachfrage, Kaiserliche Hoheit. Beide sind gesund. Moritz hat nach Ihnen gefragt, er möchte Sie bald wieder im Brunnaderngut besuchen. Aber ich habe ihm gesagt, dass er sich nicht aufdrängen darf.»

«Er soll doch seinen Vater begleiten, wenn er vor dem Heiligen Abend noch vorbeikommt. Kinder sind bei mir jederzeit willkommen.»

Anna lehnt sich im Stuhl zurück. Auf einmal fühlt sie sich allein inmitten all dieser Leute. Gleich wird sie den Wagen holen lassen und heimfahren. «Heimfahren» nennt sie es – sie lächelt über sich selbst. Das Brunnaderngut gehört Gottlieb von Jenner. Aber sie hat sich schon an das Haus gewöhnt. Und sie kann nicht mehr sein ohne den Blick auf den Fluss.

1814

Bern, Januar 1814

Unruhig durchmisst Anna das Eckzimmer im ersten Stock. In der Eile stösst sie gegen die Armlehne einer der Fauteuils, die Gottlieb von Jenner in diesem Zimmer gelagert hat. Erschrocken reibt sie sich das Bein.

In der Zeitung war zu lesen, dass die Kaiser von Russland und Österreich und der König von Preussen an der Spitze ihrer Elitetruppen in Basel eingeritten sind.

«Bald wird er da sein, Caroline. Leopold hat sich und den hohen Gast für den späten Vormittag angekündigt.»

«Der Eilbote hat sie frühmorgens in Solothurn abgeholt, haben Sie gesagt. Sie benötigen einige Wegstunden bis hierher.»

«Aber jetzt ist schon elf Uhr», fällt Anna ein.

Caroline kann die Ungeduld nachvollziehen. So lange schon hat sich die Herrin um eine Visite von Zar Alexander bemüht. Sein Besuch soll Bern zeigen, dass sie trotz der Trennung von Konstantin noch immer in der Gunst des Kaisers steht. Gibt es denn jemanden, der das in Frage stellt? Erst vor kurzem hat die Herrin dem Defilee der österreichischen Husaren in der Gerechtigkeitsgasse beigewohnt – und man hat ihr Ehrerbietung erwiesen. So schnell zweifelt sie an sich selbst. Dabei ist sie doch eine mächtige, russische Grossfürstin. Und eine schöne und kultivierte Dame dazu, die Herren beugen sich noch so gern über ihre Hand und suchen ihre Nähe. Sie mustert

Annas schmale Taille und das dunkelblaue Kleid nach russischem Zuschnitt. Eigentlich hat die Herrin alle Vorzüge für sich, scheint aber nur selten glücklich und gelassen.

«Da – hörst du? Ist das nicht Hufgetrappel?», ruft Anna.

Caroline horcht mit leicht schief gelegtem Kopf. «Vielleicht haben Sie Recht.» Beflissen beugt sie sich zum Fenster, haucht mit aller Kraft gegen die feinen Eisblumen, die die Scheibe überziehen, kratzt mit den Fingernägeln über das Eis. Dieser Winter ist kalt, das Haus nur schlecht zu heizen. In der Tat knirscht es nun auf den Kieselsteinen im Hof, und im Fenster erscheinen nacheinander drei Wagen. «Ganz viele Herren steigen aus, etliche in Uniform», rapportiert sie atemlos. «Und jetzt Ihr Bruder und der hohe Herr.»

Anna zittert vor Erregung. Sie schlüpft in den Mantel, eilt die Treppe hinunter und reisst die Tür auf, die Etikette missachtend. Leopold kommt ihr entgegen, sie umarmt ihren Bruder, sieht über seine Schulter Alexander, der herantritt. «Alexander. Diesmal treffen wir uns nicht im Sommer im böhmischen Wald, sondern mitten im eisigen Berner Winter.» Sie erschrickt. Alexanders Gesicht ähnelt demjenigen von Konstantin noch weit mehr als im vergangenen Sommer. Und er erscheint ihr kleiner als sonst, wahrscheinlich, weil er in einen dicken Uniformmantel gehüllt ist. Als sie ihm die Hände hinhält zum Willkommen, verzieht sich sein Gesicht.

«Anna – du weisst nicht, wer ich bin? Du erkennst denjenigen nicht, der dir der Nächste sein sollte?»

Konstantin! Sie weicht zurück, stolpert über ihren Mantel und wäre gefallen, wenn Leopold sie nicht aufgefangen hätte. «Sei nett zu ihm», flüstert er in ihr Ohr. «Konstantin hat ein Anliegen, das er dir persönlich vortragen will.»

Sie dreht sich um und gibt Konstantin, um den sich sein Stab geschart hat, die Hand, heisst ihn willkommen. Er lächelt. «Immer noch ungeschickt, die kleine Grossfürstin – aber hübsch wie eh und je.»

Sie hält den Kopf hoch, schreitet den Männern voran ins Haus. Caroline führt Konstantins Begleiter ins Gästewartezimmer und bewirtet sie mit Wein. Anna setzt sich mit Konstantin und Leopold in den behelfsmässig möblierten Salon. Zum ersten Mal schämt sie sich für das allzu einfach eingerichtete Herrenhaus, in dem sie nur zur Miete ist. Aber Konstantin hat keine Augen für die Einrichtung. Nach ein paar Höflichkeitsfloskeln und einigen Worten über den nun günstig verlaufenden Krieg springt er hoch. «Napoleon ist erledigt!», hält er fest und schlägt die Hacken zusammen, «bald marschieren wir in Paris ein.» In Gedanken scheint er schon anderswo, ist mit ein paar grossen Schritten am Fenster. «Diese Wiesen voller Eis und Schnee, der Wald, der Fluss unten – das ist ein wunderbares Übungsgelände. Viel zu lange sassen wir in den Wagen, nun geht es ans Exerzieren!» Er will in die Hände klatschen, um seine Leute herbeizurufen.

Leopold wehrt ab. «Die Männer sind müde, der Tag ist eiskalt. Wir sollten uns heute ein bisschen ausruhen.»

Konstantin blickt einen Augenblick irritiert auf seinen Schwager, lässt dann die Hände sinken. «Leopold will mir keinen Spass gönnen», meint er augenzwinkernd zu Anna. «Manchmal, wenn ich sein hübsches, junges Gesicht mit dem braunen Haarschopf vor mir sehe, fühle ich mich an meine Gattin erinnert. Immer redet er mir gut zu – ich soll vernünftig sein. Er wird es noch weit bringen, er hat sich immer in Griff. Von mir kann ich das leider nicht sagen. Und wenn ich ihm Episoden aus meinem Leben erzähle, läuft er manchmal rot an ...» Er lacht.

Leopold, der den Schwager nur zu gut kennt, lacht mit, beschliesst aber, das Gespräch in eine andere Richtung zu lenken. Anna soll die Frauengeschichten nicht hören. Es ist unnötig, die Schwester jetzt zu verärgern, da der überraschende Besuch sich recht gut anlässt.

In diesem Augenblick betritt Rudolf von Schiferli, zurück aus der Stadt, den Salon. Er begrüsst Konstantin ohne Überraschung. Man weiss in Bern bereits, dass nicht der Zar, sondern sein Bruder bei der Grossfürstin eingetroffen ist – man ist gewieft in diplomatischen Dingen. Das Essen und den Ball, die man im Hôtel de Musique für den Zaren hat geben wollen, wird man nun für seinen Bruder geben – der vielleicht einmal sein Nachfolger wird, wer kann es wissen. Die Einladung, vom Ratsschreiber hastig hingeworfen, legt Schiferli Konstantin vor, und er nimmt sie gern an.

Drei Tage später sitzt Anna wieder im Salon und wartet auf Konstantin, der ihr ganz offiziell seine Aufwartung machen will. Sie hat in den vergangenen Tagen ganz passable Stunden mit ihm verbracht. Beim Essen im festlich geschmückten Hôtel de Musique hat er neben ihr gesessen, den Patriziern anschaulich vom Krieg gegen den gemeinsamen Feind Napoleon erzählt. Als er Andeutungen machte, dass Alexander den Anliegen der Berner nicht gut gesinnt sei, bog Leopold das Gespräch sanft, aber bestimmt in eine andere Richtung. Das Diner – ein zarter Braten mit Gemüse und Kartoffeln, gefolgt von Zitronencrème und verschiedenen Gebäcken – mundete ausgezeichnet.

Im grossen Saal des Hôtel de Musique gibt man im Winter Konzerte und Schauspiele. Als sie sich dafür interessierte, hat man zugesichert, ihr für jede der Aufführungen, die von Wanderschauspielern gegeben werden, eine persönliche Einladung zukommen und ihr eine Loge reservieren zu lassen.

Als die Kapelle aufspielte, forderte Konstantin sie zum Tanz auf. Sie nahm an. Wie unwahrscheinlich das war, was sich dann abspielte: Sie schwebten unter den Lüstern dahin wie zuletzt vor dreizehn Jahren im Winterpalast in St. Petersburg. Dabei ist er doch wohl nach Bern gekommen, um die Scheidungsvereinbarung vorzubereiten? Leopold hat keine Auskunft gegeben und darauf verwiesen, dass sich Konstantin zu gegebener Zeit selbst zum Grund seines Besuchs äussern werde. Das ist noch nicht geschehen. Und nun tanzte sie mit diesem Mann, ihrem Mann, wie wenn die langen Trennungsjahre nicht gewesen wären. Wie wenn es seine Grausamkeiten und ihre darauffolgenden Krankheiten und Alpträume nie gegeben hätte. Er führte sie in seinem etwas hölzernen Stil über die Bühne, und sie tanzten einfach so im Reigen der anderen Paare mit.

An diesem Abend war sie glücklich, alles verlief in geordneten Bahnen, wie es die Umgebung erwartete, sie waren Mann und Frau, die zusammen feierten, gefeiert wurden, es gab kein Verstecken, kein Verheimlichen, es war der ihr angetraute Mann, der an ihrer Seite sass, und ihr Lieblingsbruder Leopold war dabei und Rudolf von Schiferli, für einmal sass er nicht neben ihr, sondern neben Leopold, er gehörte dazu, gehört in ihr Leben, kann an ihm teilhaben, weil er ihr Oberhofmeister ist, von allen anerkannt und geschätzt, er ist der verlässliche Mann an ihrer Seite.

Verlässlich ist Konstantin nicht. Am Tag nach dem wunderbaren Abend im Hôtel de Musique redete er kaum mit ihr, sein Blick mied ihren. Hat er ein schlechtes Gewissen, weil er an die gemeinsamen Jahre in St. Petersburg zurückdenkt? Oder hat er sein Interesse an ihr bereits wieder verloren? Sie kann sein Verhalten nicht deuten. Im Gespräch wendet er sich fast immer an Leopold, der im Regiment sein Untergebener ist, ihn aber in vielem geschickt zu lenken vermag. Und nun hat sich Leopold in sein Zimmer zurückgezogen, damit «das Ehepaar sich in Ruhe aussprechen kann», wie er es genannt hat. Der grosse Moment ist gekommen.

Die Tür öffnet sich, Konstantin tritt ein und setzt sich steif Anna gegenüber. Wird er gleich ein Dokument aus der Tasche ziehen, das sie unterschreiben soll? Scheidungsunterlagen?

Er sieht sie für einmal direkt an. «Ich frage dich ganz offiziell, ob wir unsere Ehe wieder aufnehmen wollen.

Nach mehr als zwölf Jahren wäre es an der Zeit», sagt er förmlich.

Sie schluckt. Träumt sie? Ein anderer Konstantin als derjenige, den sie nur zu gut kennt, sitzt ihr gegenüber, hält noch einmal um ihre Hand an. Beginnt alles von vorne? Waren die vergangenen dreizehn Jahre ein Traum oder ist es die Szene jetzt? Sie schaut zu ihm, er starrt sie unverwandt an. Sie wischt sich über die Stirn. Die Pendule, die auf dem Kaminsims steht, tickt laut, immer lauter, bis sie in ihren Ohren dröhnt. Sie schliesst die Augen, lässt sich in den Sessel zurücksinken.

«Du wirst doch nicht gleich wieder schwach, wenn ich mich ernsthaft an dich wende?», meint er plötzlich scharf. «Du hast mich nie richtig verstanden, gabst mir immer das Gefühl, dass ich mich falsch benehme. Das Gleiche jetzt. Ich meine es ernst. Nun gib schon deine Zustimmung.»

In ihrem Kopf wirbelt es, sie ist unfähig zu sprechen.

«Ich will eine Antwort – jetzt. Ich habe meiner Mutter versprochen, bei dir offiziell um Versöhnung zu ersuchen. Das habe ich jetzt getan, ich habe Maria Feodorownas Willen ausgeführt. Aber es ist wie immer: Meine Mutter hat das letzte Wort. Und meine Gattin versteht mich nicht – auch das ist nichts Neues. Es gibt eine Andere, die mich viel besser versteht – sie müsste nicht überlegen. Jeannette Czetvertynska heisst sie – sie ist Polin und die Schwester der schönen Marija Naryschkina, der Geliebten des Zaren. Du bist schockiert, dass auch Alexander eine Gespielin hat? Dass Elisabeth nicht die Einzige ist? Oh, Elisabeth hat sich auch ein paar Jahre schadlos gehalten – mit Adam Czartoryski, auch er ein Pole. Hat dir nicht sein Bruder einmal den Hof gemacht – und du ihm schöne Augen? Anna, mach mir nichts vor. Auch du hattest Liebschaften, da bin ich mir sicher. Wir sehen über alles hinweg – und beginnen in Russland noch einmal neu. Wir sind wieder offiziell ein Paar, dem Schein ist Genüge getan. Auch mein Bruder will, dass die Formen gewahrt bleiben. Also sei es. Wie lautet dein Entscheid?»

«Ich kann dir jetzt keine Antwort geben», stammelt sie.

Konstantin erhebt sich, geht wutentbrannt zur Tür. «Überleg es dir: Ja oder Nein. Ich werde dich morgen noch einmal fragen – ein letztes Mal.»

Anna schliesst kein Auge in dieser Nacht. Sie kennt die Antwort. Aber es wird noch einmal alles aufgewirbelt in ihr. Russland, die kurzen Tage und langen Nächte. Am Morgen erhebt sie sich gequält.

Konstantin hat bereits gefrühstückt, er geht im Korridor auf und ab. Bevor sie ihn in den Salon bitten kann, tritt er vors Haus. Er klatscht in die Hände, trommelt die Männer seiner Garde zusammen und ruft laut: «Heute ist der Tag der grossen Wasserweihe in Russland. Wir haben keinen Priester hier, der sein Kreuz ins Wasser taucht. Trotzdem werden wir das Wasser weihen.»

Was hat er vor? Wie dumm, dass Leopold nicht da ist – an diesem letzten Tag des Aufenthalts ist er in die Stadt gefahren. Anna stellt sich ans Fenster des Salons. Konstantin treibt die Männer durch den Schnee zur Aare hinab. Am Rand des Flusses stellen sie sich auf, Konstantin gestikuliert wild. Anna erschrickt. Konstantin hat offenbar in eigener Regie eine Weihung des Wassers vollzogen und will nun seine Männer zwingen, ins geweihte Nass zu springen! Die Männer – die meisten in Uniform – zögern. Aber dann springt einer in die Fluten, und weitere folgen ihm nach. Die Männer kämpfen im eisigen Wasser, werden vom Fluss mitgetrieben. Auf diejenigen, die noch zögern, redet Konstantin ein, verlangt wohl ultimativ diese Mutprobe von ihnen, und nun stürzen auch sie sich in den Fluss. Ein allerletzter Mann steht noch am Ufer – mit einer verächtlichen Geste stösst ihn Konstantin ins Wasser. Dann beobachtet er, wie sich die Männer weiter unten an Gras und Büschen festkrallen und auf allen vieren ans Ufer kriechen, schlotternd vor Kälte. Er klopft ihnen lachend auf die Schulter, treibt sie vor sich her den Hang hoch, lacht noch immer, als sie in der Scheune verschwinden, die Mäntel bereits steifgefroren.

Konstantin tritt zu Anna in den Salon und klopft sich auf die Schenkel. «Meine Männer sind wieder richtige Männer. In den letzten Tagen und Wochen, fern vom Kriegsgeschehen, wurden sie verzärtelt. Jetzt sind sie bereit für den Einsatz. Du hast gesehen – sie gehorchen mir wie Hunde. Und wie nasse Hunde sehen sie jetzt auch aus», er grinst, schaut sie herausfordernd an. «Wieso blickst du so vorwurfsvoll? Habe ich wieder einmal deinen Geschmack nicht getroffen?»

«Willst du dich nicht setzen?», fragt sie.

«Ich nehme deinen Entscheid stehend entgegen. Was hast du mir zu sagen?»

«Die Antwort lautet Nein, Konstantin. Ich will dich nicht unglücklich machen. Mich auch nicht.»

«Ha – so ist das also! Es geht hier nicht um Glück oder Unglück – man tut seine Pflicht. Aber du hast gesprochen. Hätte ich etwas anderes erwarten sollen?» Er geht zur Tür, dreht sich noch einmal um: «Nur noch etwas: Schreibe meiner alten Mutter und meinem Bruder und lass sie wissen, dass ich alles versucht habe, um diese Sache ins Reine zu bringen, aber du hast abgelehnt. Adieu, Anna.»

Brunnadern, Juli 1814

Anna tritt vor das Haus und ist einmal mehr überwältigt vom Licht und der Sonne und dem satten Grün. Sie hat sich im Winter im Brunnaderngut eingelebt, in einer kargen, kalten Zeit. Der Besuch von Konstantin hat dazu gepasst.

Im Frühjahr sind die Alliierten nach Napoleons Niederlage und Abdankung in Paris einmarschiert – mit ihnen Alexander und Leopold und sicher auch Konstantin. In Brunnadern hatten sich die Schneeflecken aufgelöst, das Gras auf den Wiesen begann zu spriessen, die Rosskastanien vor dem Haus trieben grosse Blätter aus, die ersten Blumen blühten. Das Keimen und Spriessen, Blühen und Duften nahm kein Ende und hält auch jetzt noch an.

Die Natur wuchert auf dem Gut, Jenner und seine Frau haben sich kaum um Garten und Umgebung gekümmert. Anna hegt Ideen und Träume, dass das Brunnaderngut ganz anders aussehen könnte. Aber es gehört ihr nicht – sie ist hier nur zur Miete und geniesst einfach diese sommerliche Fülle.

Und sie hat Freude an einem ganz besonderen Gast. Nein – kein Gast. Sie schaut zum Brunnen, wo ein kleiner Junge im Sonnenschein spielt. Es ist Eduard, ihr Sohn. Aber er weiss nicht, dass sie seine Mutter ist. Sie hat ihn in ihre Nähe geholt und wird ihn nicht mehr hergeben. Wie gern würde sie auch Hilda bei sich haben, aber das ist unmöglich. In unbeholfen geschriebenen Brieflein erfährt sie ab und zu von Pinchen oder deren Schwester, dass es dem zweijährigen Mädchen gut geht. Annas Augen ruhen auf Eduard – sie freut sich an dem, was möglich ist.

Ein Pferd mit einem Reiter sprengt die Auffahrt herauf, es ist ein Eilbote. Sie entlöhnt ihn und wiegt den Brief, der die Handschrift ihrer Mutter trägt, in der Hand. Was kann das für eine Nachricht sein, die so eilig übermittelt wird? Unruhig erbricht sie das Siegel, faltet den Brief auf, überfliegt die Zeilen: Fürst Carl zu Leiningen, schreibt die Mutter, sei im Alter von etwas über fünfzig überraschend verstorben. Sie lässt den Brief sinken. Ihre jüngere Schwester Victoire mit den noch kleineren Kindern ist – noch nicht achtundzwanzig – Witwe geworden.

Hat auch Victoire kein Glück? Sophie hat diesen April einen ihrer Söhne verloren. Antoinette stört sich immer mehr an der Einsamkeit in ihrer Ehe im abgeschiedenen Heim in Weissrussland. Und sie selbst? Sie hat den Aufruhr um Konstantins Besuch mit einer nachfolgenden Krankheit bezahlt, von der sie sich nur mit viel Mühe erholt hat.

Im April hat sie auf Schloss Bruchsal Elisabeth getroffen. Die Schwägerin hat ihr Alexanders Meinung wiedergegeben: «Gerade weil er dich so schätzt, ist Alexander sehr enttäuscht, dass du Konstantin zurückgewiesen hast. Du bist die Einzige, die seinem Bruder entgegengehalten hat. Er dachte, dass du bereit wärst, deine Rolle wieder aufzunehmen, weil dein Leben ohne Konstantin ja nicht einfach ist.» Sie hat die Meinung des Zaren zur Kenntnis genommen. Die Schwägerin und Freundin selbst begegnete ihr verständnisvoll. Auch ihre Mutter Auguste unterstützt den Entscheid, nicht in ein «glänzendes Elend» – das war ihr Ausdruck – zurückzukehren. Leo dagegen bedauert ihn, Antoinette ebenfalls. Die andern Geschwister haben geschwiegen, und sie ist froh darüber.

Und nun dieser Schicksalsschlag. Die kleine Schwester steht ihr nah. Im zweiten Winter nach ihrer Rückkehr aus Russland, als ihre Anfälle von Schwermut nachliessen und sie sich nur noch selten ins Zimmer einschloss, hat sie oft mit Victoire gesungen, am Klavier begleitet von einem virtuosen Klavierspieler namens Carl Maria von Weber. Sie haben in Schloss Ehrenburg «Oberon» von Wieland aufgeführt, mit ihr selbst als Feenkönigin Titania.

In jenem Winter erkrankte Victoire an Röteln. Sie sass oft bei ihr, las ihr vor und erzählte Episoden aus Russland, über die sie sonst schwieg. Die Schwester, ihr hübsches Gesicht mit roten Pusteln verunziert, hörte aufmerksam zu. Ende 1803 nahm Victoire den Antrag des viele Jahre älteren Fürsts zu Leiningen an, eines ruhigen, charakterlich gefestigten Mannes.

Und nun das. Das Leben ist nicht planbar.

Aber man kann es in die Hände nehmen. Sie will es tun.

Ein Gemisch von Licht und Schatten fällt auf den gekiesten Boden unter den Kastanienbäumen, und in den Halbschatten fährt in diesem Moment eine Kutsche und hält knirschend an. Eduard läuft auf die Kutsche zu und hopst auf und ab vor Freude, als zwei Knaben aussteigen und hinter ihnen ihr Vater Rudolf von Schiferli. «Fritz und Moritz, kommt sofort zum Brunnen», ruft Eduard. Fritz, ein in sich gekehrter, nachdenklicher Junge von acht Jahren, bleibt in sicherem Abstand stehen. Moritz, der aufgeweckte Sechsjährige, leistet der Aufforderung Folge und quietscht vergnügt, als ihn der gleichaltrige Eduard mit Wasser bespritzt. Die beiden laufen um den Brunnen, versuchen sich zu haschen, während Fritz nachdenklich mit dem Fuss ein paar Kieselsteine hin und her schiebt.

Schiferli führt Anna in den Schatten, sie setzen sich. «Ich habe eine gute Nachricht», sagt er und blinzelt ihr zu.

Seit Schiferli diesen Frühling in den Grossen Rat gewählt wurde, hat er Zugang zu vielen wertvollen Informationen. Anna blickt ihn erwartungsvoll an.

«Die Stelle des Oberamtmanns in Interlaken ist für nächstes Jahr neu zu besetzen. Gottlieb von Jenner will sich dafür bewerben und hat gute Aussichten, ernannt zu werden. In diesem Fall wird er aus Bern wegziehen.»

«Dann könnte das Brunnaderngut mir gehören – ich werde es erwerben!» Anna springt hoch und vollführt einen Freudentanz.

Eduard und Moritz beobachten sie überrascht, juchzen dann plötzlich, auch wenn sie den Grund für die Fröhlichkeit nicht kennen. «Kaiserliche Hoheit hat deinen Vater geschickt, um mich aus dem Erziehungsinstitut zu holen. Ich habe keinen Vater und keine Mutter. Aber jetzt kann ich bei ihr sein und bei euch. Ich gehe nicht zurück nach Yverdon», sagt Eduard wichtig.

«Du bleibst bei uns», bestätigt Fritz, der aufgehorcht hat, ein bisschen von oben herab. «Von mir aus können wir meinen Vater teilen.»

«Vater teilen, Vater teilen», rufen die kleineren Jungen und rennen nun in der anderen Richtung um den Brunnen herum.

«Kindsköpfe.» Fritz wendet sich angewidert ab und legt sich neben dem Haus ins Gras, schaut in die Wolken, die rasch über den Himmel ziehen.

«Vielleicht verlangt Jenner einen Preis, den Sie nicht zahlen können», versucht Schiferli Annas Enthusiasmus zu dämpfen. Er wirkt auf einmal angespannt.

Ihre braunen Augen funkeln, die Wangen sind gerötet. «Ich werde den Preis zahlen, auch wenn ich mein letztes Hemd hergeben muss», sagt sie bestimmt. «Kommen Sie mit mir ins Haus. Wir werden gleich jetzt an Herrn Baumann in Bollwiller schreiben. Ernst hat mir letzthin diesen Herrn aus dem Elsass empfohlen, der sich mit Gartengestaltung bestens auskennt. Ich werde ihn hierherholen, und er wird mir einen Entwurf für einen englischen Garten liefern.»

«Sollten wir nicht warten, bis …»

«Nein, wir warten nicht», bescheidet Anna.

Bern, Oktober 1814

Gottlieb von Jenner hat sie bei der Begrüssung kaum angeschaut. Nun sitzen sie Notar Wyttenbach gegenüber, und Jenner blickt starr zu diesem hin, sie sieht nur seine Silhouette. Das ist wohl Absicht. Er schämt sich für sein hässliches Gesicht, das ist stadtbekannt. Das einzige Porträt, das er von sich hat fertigen lassen, zeigt ihn ebenfalls nur von der Seite. Anna lächelt. Auch von der Seite sieht man seine Froschaugen und die aufgeworfenen Lippen, die ihm ein naives Aussehen geben. Aber sie wird sich nicht täuschen lassen, Schiferli hat sie gewarnt. Jenner – ein Enkel des grossen Mediziners, Naturforschers und Dichters Albrecht von Haller – sei ein harter und schlauer Verhandlungspartner; das habe er gegenüber den Franzosen in Paris bewiesen. Er ist es, der einen Teil des Staatsschatzes für Bern gerettet hat. Lange hat man ihm misstraut, gar gemunkelt, er habe von den Goldbarren, mächtigen Goldketten und schweren, mit Louis d'Or gefüllten Beuteln für sich abgezweigt. Aber Jenner hat die Unterstellungen widerlegt, ist rehabilitiert und nun wieder für Ämter im Staat Bern genehm.

Im Raum ist es absolut still, man hört nur die kratzende Feder des Schreibers. Es gibt einen kurzen Unterbruch, wenn die Feder im Tintenfass verschwindet, dann kratzt sie von neuem übers Papier. Wenn der Anlass nicht so wichtig wäre, hätte Anna gelacht, denn auf einmal hört sie deutlich, wie Jenners Magen knurrt. Das Knurren wiederholt sich. Jenner ist es offensichtlich peinlich, er versucht abzulenken, indem er mit den Füssen scharrt. Dies wiederum missfällt dem Notar, irritiert sieht er auf und misst Jenner mit einem strafenden Blick. Erschrocken sieht dieser zu ihr hin und vergisst, dass er ihr nun sein einfältiges Gesicht in vollem Licht darbietet, und sie muss sich abwenden, um ihre Heiterkeit zu verbergen.

Endlich legt Wyttenbach die Feder nieder. Mit schleppender Stimme liest er noch einmal vor, was er aus dem Vertragsentwurf, den Schiferli mit Jenner ausgearbeitet hat, ins grosse, vor ihm liegende Grundbuch eingetragen hat: «Die Grossfürstin Anna Feodorowna von Russland erwirbt von Gottlieb Abraham von Jenner das Brunnaderngut für 100 000 Schweizer Franken. Das Gut umfasst das Herrenhaus für 10 000 Franken, das Bauernhaus für 12 000 Franken, das Pächterhaus für 5000 Franken und die Scheune mit Wagenremise für 15 000 Franken. Im Weiteren kauft Ihre Kaiserliche Hoheit zwei Brunnen mit ihrer Quelle, Felder von 30 Jucharten, das Gelände von rund 50 Jucharten mit Wiesen, Feldern, Gebäudegrundstücken und Gärten, einen Wald von ungefähr 16 Jucharten und drei kleine Inseln in der Aare von ungefähr 14 Jucharten.»

Der eintönige Singsang des Schreibers, der nun die Zahlungsbedingungen herunterleiert, macht Anna schläfrig. Ach, diese Zahlen sind so öde, so langweilig. Aber dann stellt sie sich das Gut vor, und ihre Augen glänzen. Als der Schreiber ihr das Grundbuch hinschiebt, wirft sie schwungvoll ihren Namen hin. Jenner braucht länger für die Unterschrift, weil er alles noch einmal durchsieht, bevor er seinen Namen unter die Zahlen setzt. Notar Wyttenbach streut Sand über die Unterschriften und schliesst das Buch, sie sind entlassen.

Aus der Amtsstube treten sie in den strahlenden Oktobertag hinaus. Anna hat nur ein Bedürfnis: sofort zurück nach Brunnadern – das nun endlich ihr gehört, ihr ganz allein. Sie dreht sich zu Jenner, will ihm die Hand zum Abschied reichen. Er räuspert sich mit abgewandtem Gesicht: «Sie schulden mir die erste Tranche des Kaufpreises – 10 000 Franken bekomme ich mit Abschluss des Vertrags, das haben wir eben unterschrieben.»

Anna lächelt. «Ich habe einen Vorschlag, Herr von Jenner. Sie kommen zu mir zum Mittagessen – in Ihr altes Heim, das nun mein neues ist. Und dann, nach dem Essen, wird Ihnen Herr von Schiferli die 10 000 Franken auszahlen, bar in die Hand. Er regelt alle Geldsachen für mich, sicher hat er diesen Betrag für Sie bereitgestellt. Sind Sie einverstanden?»

Jenner sagt zu. Schiferli wird mit ihnen essen, mit ihm kann er sich gut unterhalten, vor ihm muss er sein Gesicht nicht verstecken. Aber diese schöne Frau, Grossfürstin Anna, noch jung, mit dem lieblichen Antlitz, dem feinen Lächeln, das sie dauernd auf den Lippen hat, macht ihn verlegen. Er fühlt sich grob und unansehnlich neben ihr, glaubt, die falschen Worte zu wählen und sie mit seinem Aussehen zu beleidigen. Trotzdem nimmt er das Angebot an, in ihrer Karosse mitzufahren.

Der Wagen, dem vier Pferde vorgespannt sind, ist gut gepolstert, und sie gleiten sanft über die Untertorbrücke, den Muristalden hinauf, die Muriallee entlang und biegen schliesslich beim Egelmösli in Richtung Brunnaderngut ab. Jenners Laune hebt sich mehr und mehr, als er an das gute Geschäft denkt, das er eben abgeschlossen hat.

Die Grossfürstin war so auf sein Gut erpicht, dass sie ihm wohl jeden Preis gezahlt hätte, wenn nicht ihr Oberhofmeister korrigierend eingegriffen hätte. Aber er ist zufrieden – mehr als zufrieden. Bald wird er ohnehin aus Bern, das ihm viele Sorgen bereitet hat, nach Interlaken wegziehen, in die Nähe der Berge.

Als sie an Kühen mit bimmelnden Glocken vorbeifahren, die in diesen frühen Oktobertagen das letzte Gras abrupfen, erinnert er sich an eine Geschichte, und auf einmal macht ihm das Gespräch keine Mühe mehr. «Haben Sie schon gehört, dass ich Madame Bonaparte einen ganz besonderen Wunsch erfüllt habe? Sie wollte als Zierde fürs Gelände bei Schloss Malmaison eine Herde Kühe anschaffen, wie sie sie in der Schweiz gesehen hatte. Ich nahm die Bestellung entgegen und beschaffte die Kühe auf dem landwirtschaftlichen Gut von Oberst von Wurstemberger. Sie befanden sich mitsamt dem Hirtenpaar auf dem Weg nach Paris, als mir eine Eingebung kam. Ich schrieb Joséphine Bonaparte ein Kärtchen und offerierte die Kühe als ein Geschenk der Stadt Bern. Und wissen Sie was? Umgehend erhielt ich Audienz beim Ersten Konsul Napoleon Bonaparte, die man mir vorher verweigert hatte, Napoleon zeigte sich plötzlich wohlwollend gegenüber Bern, und so gelangten die noch vorhandenen Obligationen, welche die Franzosen beim Einmarsch beschlagnahmt hatten, wieder in den Besitz der Stadt.»

«Grosszügigkeit lohnt sich», stellt Anna fest. «Sie sind ein gewiefter Diplomat, Herr von Jenner. Was passiert wohl mit den Kühen in Malmaison nach dem kürzlichen

Tod der Kaiserin? Ich habe Josephine im Herbst 1810 in Lausanne getroffen, das war im Jahr ihrer Scheidung.»

Jenner räuspert sich. Das Thema Scheidung ist ihm unangenehm, weil man in Bern über den Status der Grossfürstin rätselt. Ist sie nun getrennt oder vielleicht doch schon geschieden? Nein – eine Scheidung ist undenkbar, das hätte man in Bern vernommen. Noch Anfang Jahr hat man für Konstantin und seine Gattin einen grossen Empfang gegeben, von Versöhnung war die Rede. Aber dann ist der Grossfürst ohne Ergebnis abgereist – seine Frau hat die Wiedervereinigung anscheinend abgelehnt. Dass man eine solche Stellung – mit der Aussicht, vielleicht später sogar Zarin zu werden – ausschlagen kann … Es ist nicht einfach, die Dame, die neben ihm in der Kutsche sitzt, zu verstehen. Aber ihm soll ihr Entscheid recht sein, denn sonst hätte er sein Gut nicht so leicht verkaufen können.

Sie sind vor dem Brunnaderngut angelangt und entsteigen der Karosse. Die junge Ehrendame tritt heran und wird mit dem Auftrag für ein grosses Mahl zur Köchin in die Küche geschickt. Herr von Schiferli begrüsst den Gast und macht seine Herrin darauf aufmerksam, dass sie das Geld, das Herrn von Jenner nach Abschluss des Kaufvertrags zustand, im Salon hat liegen lassen.

«Ach, die Geldsache werden die beiden Herren nach dem Essen erledigen», sagt Anna leichthin. «Jetzt will ich Herrn von Jenner zeigen, wie ich sein Gut verändern will.» Schiferli muss den Plan des elsässischen Architekten holen und ihn auf dem Gartentisch auslegen. Der Plan, sieht

Jenner überrascht, ist mit dem 3. September 1814 datiert – die Grossfürstin hat ihn erarbeiten lassen, bevor er seine Einwilligung zur Veräusserung gegeben hat und das Gut verschrieben war! Vielleicht hätte er noch mehr Geld herausholen können? Dafür ist es nun zu spät.

Die Grossfürstin ist kaum zu bremsen, als sie von ihren Absichten erzählt – es sprudelt richtiggehend aus ihr heraus. Für das Herrenhaus plant sie einen Innenausbau und ein Empireportal. Nebenan soll eine Orangerie mit Gartensaal, Säulenfassade und einer geschwungenen Aussentreppe entstehen. Zusätzlich zu den Gewächshäusern will sie ein Treibhaus und eine Ananaskultur einrichten. Die Stallungen und die Heubühne sollen ausgebaut und mit eleganten Bogentüren versehen werden, und eine grosse Wagenremise ist geplant. Das Ökonomiegebäude wird mit einem Taubenhäuschen und einem Geflügelhof ergänzt. Im Küchengarten werden Zwergapfelbäume und Birnen an Pyramiden wachsen. Verschiedene Baumgruppen sollen im Gelände Akzente setzen und verschlungene Wege das Gut und den Wald durchziehen.

Jenner brummt der Kopf. Brunnadern wird bald nicht wiederzuerkennen sein. Eine andere Welt entsteht hier nach dem Geschmack dieser aparten Dame. Ihre Augen leuchten, als sie mit dem Finger über den Plan fährt, sie bläst sich eine Strähne aus dem erhitzten Gesicht, blickt ihn fragend an. Er richtet sich auf, sucht nach den angemessenen Worten, um ihrem Enthusiasmus zu begegnen. Bevor er sie gefunden hat, erscheint die Ehrendame, kündet an, das Mahl sei aufgetragen, und bittet zu Tisch.

1815

Coburg, Januar 1815

Anna schlägt die Augen auf, angenehm überrascht von der Wärme, die sie umgibt. Im neuen Kachelofen in ihrem Zimmer in der Ehrenburg knackt es, die Zofe hat wohl eben angefeuert. Der Umbau des Schlosses ist noch immer nicht vollzogen – die napoleonischen Kriege sind dazwischengekommen, das Geld fehlt. Nur die Fassade des alten Silberbaus, eines der ältesten Teile des Schlosses, ist fertig überholt. Ernst hofft, dass der Wiener Kongress ihm Entgelt zusprechen wird, das der Verliererstaat Frankreich den Siegermächten zu zahlen hat. Die in Berlin bestellten Kachelöfen sollen diesen ersten Winter nach den Kriegen erträglich machen.

Wie würde sie im Brunnaderngut schlottern … Der Umbau ihres Gutes unter der Leitung von bernischen Baumeistern ist in Gang. Jetzt im Winter wird der Innenausbau vorangetrieben, die Arbeiten im Gelände haben im Herbst begonnen und werden im Frühjahr fertiggestellt. Schiferli ist bereits wieder aus Coburg abgereist, um die Arbeiten zu überwachen.

Ihr Körper fühlt sich wohlig warm an. Wie anders ist dieser Aufenthalt in Coburg als frühere … Heimatlos hat sie sich gefühlt, nur mehr geduldet im Schloss ihrer Kindheit, nachdem der Vater 1806 gestorben war. Ihre Geschwister haben sich ein Leben geschaffen, nur sie hat ihres zurückgelassen, ging als Reisende, Ruhelose durch die

Jahre. Aber nun ist vieles anders. Sie hat ihr eigenes Gut, ihr eigenes Daheim. Es muss nur noch ihren Wünschen entsprechend ausgestattet werden. Dieser Winter in Coburg macht Sinn, und sie wird ihn zu nutzen wissen.

Gleich wird sie aufstehen, denn es gibt noch viel zu tun. Der 19. Januar ist der Geburtstag ihrer Mutter Auguste – sie feiert ihren 58. Geburtstag. Anna hat die ganze Familie ins grosse Zimmer nebenan geladen, das ihr als Salon dient. Sie hat für die Mutter eine Überraschung vorbereitet. Die Mutter liebt Kinder, und sie liebt Musik – beides wird sie ihr bieten.

Aufgeregt klingelt sie nach Pinchen. Die Zofe tritt ein, hilft ihr in Korsage und Kleid und schliesst die unzähligen Häkchen und Ösen. Beim Hochstecken der Haare zeigt sie sich ungeschickt, immer wieder löst sich eine widerspenstige Strähne und fällt der Herrin ins Gesicht. «Ach, Pinchen», stöhnt Anna, nimmt der errötenden Zofe die Haarklammern aus der Hand und befestigt die Frisur selbst. Sie dreht den Kopf, mustert sich im Frisierspiegel und erhebt sich. Aufmunternd klopft sie Pinchen auf die Schulter. «Ich bin ja so froh, dass du da bist und unsern kleinen Gast mitgebracht hast.»

Um 10 Uhr öffnet Anna die Flügeltür ihres mit Blumen geschmückten Salons. Fast alle Geschwister sind versammelt: die hochschwangere Sophie und ihr Mann Emanuel, Antoinette, die für einmal mit ihren Kindern dem weissrussischen Winter entflohen ist, Victoire sowie Ernst und Leopold, die vor Weihnachten vom Kongress in Wien zurückgekehrt sind. Nur Ferdinand, der sich in Wien aufhält, fehlt.

Der von Anna bestellte Geiger hebt zur Tanzmusik an. Anna schickt als erstes Pärchen einen dunkelhaarigen Jungen mit einem kleinen Mädchen an der Hand vor die Zuschauer, er ist als Älpler gekleidet, sie steckt als Sennerin in einer winzigen Tracht. Die beiden überbringen der Jubilarin ihre Gaben – Milch, Käse, ein besticktes Musselintuch und Berner Trachtenbilder. Die Mutter bedankt sich gerührt, Anna hat Tränen in den Augen.

Man hat den aufgeweckten Eduard – von dem die Familie weiss, dass er ihr Sohn ist, aber niemand ihn so nennt – gut aufgenommen. Und Hilda? Sie ist nur ein zeitweiliger Gast, Pinchen hat sie in Lichtenfels bei der Tuchhändlerfamilie geholt. Eduard hat den Narren gefressen an dem zarten, kleinen Mädchen, hat aber natürlich keine Ahnung, dass sie seine Halbschwester ist. Am Hof gilt Hilda als das Kind einer früh verstorbenen Ehrendame, das von der Grossfürstin protegiert wird. «Hilda kennt wie ich ihre Eltern nicht. Ich möchte mit ihr zusammen auftreten», hat Eduard treuherzig zu Anna gesagt. Nun macht er ein paar Tanzschritte mit dem Mädchen, das sich wie ein Trachtenpüppchen an seiner Hand dreht, und verbeugt sich. Das kleine Paar wird heftig beklatscht. Sophie, die als Einzige die ganze Wahrheit kennt, blinzelt der Schwester zu.

Anna winkt das nächste Pärchen heran – es sind Victoires Kinder Karl und Feodora. Feodora ist Annas Patenkind und hat ihren Namen in Anlehnung an den Namen ihrer Patin erhalten. Die beiden treten in altdeutscher Tracht auf und überreichen der Grossmutter eine kleine, kostbare Truhe mit Wollknäueln. Victoire, ganz in Schwarz gekleidet nach dem Verlust ihres Mannes, sitzt starr auf ihrem Stuhl.

Es folgen Sophies Söhne Hugo und Alphons als Kosakenpaar auf Holzpferden, zwei von Antoinettes Söhnen verkleidet als italienische Fischer, dann ihre grösseren Kinder Marie und Alexander als steifes, altfranzösisches Paar. Die sechzehnjährige Marie ist grossgewachsen und mit ihren herben Zügen ein Ebenbild ihrer Mutter. Ungelenk macht sie ein paar Tanzschritte vor den Zuschauern. Ernst und Leopold, die Freude haben an anmutigen Frauen, wenden sich gelangweilt ab.

Der Geiger spielt einen letzten Tanz mit einer schmelzenden Melodie und geht voran. Die Kinder folgen ihm, bezirzt von den Tönen, hinaus aus dem Zimmer, und auch die Gäste bewegen sich in Richtung des Speisesaals. Annas Blick ruht auf dem kleinsten Pärchen. Ihre Kinder sind Teil des Kinderumzugs und wie selbstverständlich mit dabei. Wie schön das ist, wie wohltuend …

Ein Räuspern schreckt sie aus ihren Gedanken. Ernst. Der Bruder ist allein mit ihr zurückgeblieben. «Du kannst auf Eduard stolz sein», sagt er, «ich wünschte mir sehr, einen solchen Sohn zu haben.»

Sie hat diesen Sohn und hat ihn gleichzeitig nicht. Ernst weiss das. Er ist ein Mann, kann es besser machen. «Du bist einunddreissig, noch nicht verheiratet. Vielleicht willst du das ändern?», sagt sie lächelnd. Bis jetzt ist ihr herzoglicher Bruder – gross, gut aussehend – von einer

Blume zur andern geflattert. Die Liebschaften haben sich im In- und Ausland abgespielt. In Paris war er mit einer griechischen Tänzerin liiert, hat Leo erzählt.

Ernst spricht auf einmal sehr eindringlich. «Da ist ein Mädchen in Paris, die Nichte eines Advokaten, den ich kenne: Sophie Fermepin, sie ist noch nicht sechzehn und somit gleich alt wie Antoinettes Tochter, die wir vorher bewunderten.» Er lacht sarkastisch. «Sophie ist das pure Gegenteil von Marie: klein, hübsch, charmant. Ich überlege mir, sie nach Coburg zu holen.» Jetzt hat er es ausgesprochen, vor seiner Schwester, die selbst ein unkonventionelles Leben führt.

«Du willst das Mädchen heiraten?», fragt Anna ungläubig.

«Nein, sie ist bürgerlich – ich verzichte nicht auf mein Herzogtum. Aber meine Gefühle für sie sind echt.» Er zögert. «Nur so zum Spass haben Sophie und ich in einer Kirche in Paris geheiratet – oder besser gesagt, wir haben Hochzeit gespielt. Wir waren nur zu zweit, niemand weiss davon. Sie hat mir versprochen, nie einen andern zu heiraten. Es war schwierig, dieses junge, unerfahrene Mädchen zu erobern. Aber jetzt gehört sie mir, sie liebt mich», fügt er trotzig an.

Anna erschrickt. «Du wirst in Coburg kaum eine französische Geliebte halten können – das wäre bald stadtbekannt. Und das Mädchen machst du nur unglücklich, weil du sie nicht heiraten kannst.» Ihre Augen weiten sich. «Und wenn sie plötzlich schwanger wird?»

«Ach was, das wird nicht passieren.» Plötzlich ist er des Gesprächs überdrüssig. Es ist besser, mit Männern über solche Dinge zu reden – wenn überhaupt. Trotzdem ist er froh, dass er sich Anna anvertraut hat. «Komm», sagt er, nimmt Haltung an und ist nun wieder ganz der Herzog und Gastgeber, «wir stossen mit den andern auf Mutters Geburtstag an.»

Mit grossen Schritten eilt er voraus durch den Salon, in dem eine dicke Schicht Staub liegt; eben bringen Maler die neue Stuckatur an. Im Vorzimmer steht auf einem Tisch ein Modell der Ehrenburg mit offenem Dach, die Salons im zweiten Stock sind mit winzig kleinen Möbeln bestückt. Ernst greift hinein und fischt einen Tisch, eine Kommode und eine Waschstellage heraus, drückt sie Anna in die Hand. «Da, nimm sie als Muster. Du liebst schöne Dinge, hast Gefallen gefunden an diesen hübschen Modellen aus Paris mit dem Schwanenmotiv, nicht wahr? Lass dir in Bern für dein Schweizer Gut ähnliche Möbel anfertigen. Stühle musst du keine in Auftrag geben – ich habe mehr als genug bestellt. Man wird im Coburger Schloss und im Berner Herrengut auf den gleichen Stühlen sitzen.»

Sie nickt, mit ihren Gedanken auf einmal im Brunnaderngut. Coburg hat eine gewisse Ähnlichkeit mit Bern. Ihr Gut ist zwar nicht grossartig wie ein Schloss und hat keine neugotische Fassade, wie sie Ernst für die Ehrenburg plant. Aber im Innern wird es Anklänge geben – eine Verbindung zwischen der alten und der neuen Heimat.

Coburg, April 1815

Anna geht in ihrem Salon in der Ehrenburg auf und ab. Mitte April ist vorbei, und noch immer hält sie sich in Coburg auf. Staub und Baulärm setzen ihr zu. Genau davor ist sie geflohen – und hat nun doch Tag für Tag das Hämmern und Klopfen in den Ohren.

Hartnäckiges Kopfweh hat sich eingestellt, ihr Kopf droht zu zerspringen. Schiferli, ihr Leibarzt und Vertrauter, ist nicht da – jemand anderem vertraut sie sich nicht an. Sie vermisst ihn, sein Wesen, seine Wärme, den Rückhalt, den er ihr gibt. Er überwacht in Bern den Umbau, klagt über zu wenig Geld. Dabei hat sie doch schon im vergangenen Oktober beim Kauf des Guts einen weiteren Teil ihres Schmucks nach Russland geschickt, zuhanden des Zaren: Er sollte die wertvollen Perlen und Edelsteine, die aus ihrer russischen Zeit stammen, für sie veräussern lassen. Einmal mehr hört sie nichts von ihm. Die ausbleibenden Nachrichten verstärken ihr Kopfweh, gleich wie die Nachrichten aus Bern, in denen von Fehlern und Verzögerungen die Rede ist. Noch immer sind das Herrenhaus und die Orangerie eine Baustelle, und auch die Gestaltung des Geländes ist noch nicht vollendet. Klar ist nur, dass alles viel mehr kosten wird als angenommen. Schiferli verzweifelt fast. Wie gern wäre sie hingereist und hätte ihn unterstützt. Aber er rät ab, vertröstet sie auf den Sommer.

Ernst und Leopold sind nach Wien zurückgekehrt. Dort tagt seit September 1814 der Wiener Kongress; es geht darum, nach der Niederlage von Napoleon die Grenzen

Europas neu festzulegen. Die Delegierten beraten unter dem Vorsitz des österreichischen Aussenministers Fürst von Metternich.

Anna hat von den Brüdern dies und jenes gehört von den Verhandlungen im Palais am Ballhausplatz. Man sei nicht mehr vereint wie im Kampf gegen Napoleon, sondern jedes Land verfolge nun seine eigenen Interessen; auch Frankreich, vertreten durch Talleyrand, mische wieder mit. Es werde palavert und getanzt in Wien. Und zwischendurch kreuze man die Klingen – so der Zar und Fürst Metternich. Metternichs Ziel sei ein starkes Mitteleuropa unter der Führung Österreichs; Alexanders Ziel, einen Grossteil Polens zu erringen. Preussen wolle seine Vormachtstellung in Deutschland stärken, wogegen sich die kleineren deutschen Staaten wehren würden. Das erklärte Hauptziel des Kongresses sei die Restauration der politischen Zustände vor Napoleon, als die Umwälzungen anfingen.

Ernst, der verdienstvoll für die alliierten Siegermächte gekämpft hat, hofft, das Coburger Herzogtum mit zusätzlichen Ländereien arrondieren zu können. Die Schweiz kämpfe um die Neutralität, ihre Landesgrenzen und die neuen Kantone Wallis, Neuenburg und Genf, hat er erzählt. Sie hat ergänzt, dass wichtige Vertreter Berns noch immer mit einer Rückgewinnung der Waadt und des Aargaus liebäugelten. Der Zar stelle sich gegen dieses Anliegen, hege aber Bewunderung für das schweizerische Staatengebilde, habe sie seinen Briefen entnommen. Es sei ihr nicht klar, wie stark er sich für die Neutralität der Schweiz einsetzen werde.

Der Bruder hat ihr vor der Abreise versprochen, diesem Thema beim Zaren Nachdruck zu verleihen. Nebenbei will er ihn auch auf den Schmuckerlös ansprechen.

Ihre eigene Stellung ist zu prekär für eine Reise nach Österreich. Grossfürstin Anna, getrennt, von einigen Gerüchten umwoben, wäre im Zentrum der Macht kaum erwünscht. Andere russische Grossfürstinnen – ihre Schwägerinnen – sind in Wien präsent, tanzen mit den Herrschern Europas, trumpfen mit ihren Beziehungen auf. So Maria Pawlowna, die kleine Schwester von Alexander und Konstantin, verheiratet mit dem Prinzen Karl Friedrich von Sachsen-Weimar. Coburg rivalisiert schon seit langem mit Weimar, dessen Hoftheater unter der Leitung des Dichters Goethe einen exzellenten Ruf geniesst. Vielleicht holt Grossfürstin Maria für ihr verarmtes Herzogtum einiges heraus? Wie gern würde sie selbst sich für Bern und Coburg einsetzen, die Orte, die ihr am Herzen liegen.

Ach – solche Gedanken sind nutzlos.

Vielmehr müsste sie beschäftigen, dass Europa nicht zur Ruhe kommt. Im März ist Napoleon aus Elba nach Paris zurückgekehrt und dort begeistert empfangen worden. Man vermutet, dass er bereits wieder eine Armee zusammenstellt, um von neuem gegen die Alliierten vorzurücken. Hört das nie auf? Werden neue Kriege Europa verwüsten und die Verhandlungen in Wien hinfällig?

Dieser Frühling ist in allem nur eine Last. Sie vergräbt den Kopf in den Händen, hofft, dass das Pochen endlich aufhört.

Vielleicht ist sie eingenickt. Auf jeden Fall schreckt sie hoch, als plötzlich die Tür des Salons aufgestossen wird. Eduard stürzt herein, mit hölzernem Schild und Schwert in der Hand, verfolgt von Hugo und Alphons. «Kaiserliche Hoheit», sagt Eduard wichtig, «ich bitte Sie um Schutz vor diesen wilden Rittern.» Bevor sie antworten kann, korrigiert er sich: «Aber nein, eigentlich kann ich mich selbst verteidigen.» Blitzschnell dreht er sich um, schlägt seinen Gegnern mit gezielten Schlägen die Schwerter aus der Hand. Scheppernd rutschen die Holzschwerter über das Parkett, und Eduard stellt sich mit Schild und gezücktem Schwert davor, damit Hugo und Alphons sie nicht wieder aufnehmen können. Die beiden ergeben sich achselzuckend, und Eduard senkt lachend seine Waffen, schlägt Sophies Söhnen kameradschaftlich auf die Schulter. Dann verbeugt er sich vor Anna: «Kaiserliche Hoheit, wir ziehen ab», meldet er, und schon rennen die drei aus dem Salon, die Tür fällt ins Schloss.

Eduard – er ist der einzige Lichtblick in diesem Frühjahr. Wie schön wäre es gewesen, aus seinem Mund das Wort «Mutter» zu hören statt «Kaiserliche Hoheit». Aber auch so kann sie einiges für ihn tun. Solange sie in Coburg sind, kann sich Eduard dem Unterricht von Hugo und Alphons anschliessen, die drei haben sich befreundet. Bald wird es einen Wechsel geben, sie freut sich schon jetzt unbändig: Eduard wird mit ihr in die Schweiz reisen und künftig mit Schiferlis Söhnen unterrichtet werden.

Aber man muss vorausdenken. Eduards offizieller Familienname «Schmidt-Löwe» ist ein bürgerlicher Name – dieser Name schliesst ihn vom Adel aus, wo er aufwächst.

Eine Verbindung zu den Bürgerlichen, deren Name er trägt, hat er jedoch nicht. Er ist weder Fisch noch Vogel.

Anna geht zum Sekretär, zieht einen Briefbogen hervor, malt mit der Feder schwungvoll das Datum 17. April 1815 hin und adressiert den Brief an ihren Bruder Ernst. Sie überlegt kurz, beginnt dann zu schreiben, erwähnt Leopold, der sie in diesem Anliegen an Ernst verwiesen hat, und fährt fort: «*... so bitte ich Dich, Herzenslieber, nun die Gefälligkeit für mich zu haben, Dich für die Sache zu interessieren und verwenden; meine Gründe dagegen mündlich.*» Sie blickt auf. Niemals wird sie schriftlich die wahren Umstände schildern – man weiss nie, unter welche Augen ein Brief gerät. Sie wird ihr Anliegen umschreiben, und zwar so, dass Ernst die Geschichte und die Angaben weiterverwenden kann. Er schätzt Eduard, hat es ihr selbst gesagt. «*Schiferli hat nämlich bei seiner Familie einen jungen Menschen, dessen Vormund er ist und den er mit seinen Söhnen erziehen lässt. Dieser junge Mensch ist das Vermächtnis einer mir und Dir auch nicht ganz unteueren Freundin ... Er heißt jetzt Eduard Schmidt. Für seine künftigen Versorgungsrechte wäre es ihm notwendig, dass er je eher, je lieber geadelt würde. Da wollte ich Dich nun bitten, Du Liebster, ob Du die Güte haben wolltest, Schritte dafür zu tun. Denn ich glaube, der österreichische Adel wird nur für Verdienste gegeben, oder bei Empfehlung, von höheren Personen. Wenn das Individuum als Dein Bekannter und protégé gilt, so lässt sich die Sache ganz natürlich machen.*» Anna seufzt. Wie schwer ihr das fällt, diese gewundene Sprache, dieses Reden um den Brei herum. Aber sie hat den Brief begonnen und wird ihn zu Ende führen. «*Dich* *selbst, lieber Ernst, hätte ich um diese Gefälligkeit angesprochen, wenn ich nicht gefürchtet hätte, dass diese Erhöhung hier fabriziert gar zu sehr im Augenblick le secret de la comédie würde. Das Prädikat ‹Edler von› würde einstweilen das Passenste sein, als das weniger Hochkommende. Der Name müsste nun freilich dort gegeben werden, aber ein hübscher so viel als möglich. – Willst Du, liebe Seele, Dich dieses Anliegens annehmen, so erweißt du mir einen wichtigen Liebesdienst, für welchen ich Dir innigst erkenntlich wäre.»* Erschöpft schliesst sie den Brief, unterzeichnet und versiegelt ihn. Er wird Ernst in Wien erreichen, vielleicht kann er dort gleich das Nötige veranlassen.

Sie greift sich an die Stirn. Die Schmerzen haben zugenommen, feurige Blitze zucken durch ihren Kopf. Sie zieht die Vorhänge, legt sich aufs Sofa. Sie hat ihren Sohn vor Augen. Eduard Schmidt-Löwe, Edler von … Irgendetwas. Das wird besser klingen, damit kann Eduard bestehen. Die Gesellschaft ist gnadenlos, wenn man zwischen die Schranken fällt. Ernst wird ihr helfen. Schliesslich hat auch sie immer ein offenes Ohr für ihn.

Brunnadern, August 1815

Endlich hat Anna wieder Augen für die Welt um sie herum. Der lang erwartete Betrag aus Russland ist eingetroffen – eben hat sie Ernst von dieser Erlösung geschrieben. Die finanziellen Probleme haben alles andere – Eduards Zukunft, den Ärger mit den Lieferanten, die Verzögerungen beim Innenausbau – in den Hintergrund gedrängt. Schiferli hatte keine Mittel mehr, um die Rechnungen zu zahlen. Es drohte die vorzeitige Verstossung aus ihrem kleinen Paradies, das gerade erst im Entstehen begriffen war. Wie zermarternd es sein kann, ohne Geld zu sein … Beide haben sie schlaflose Nächte verbracht. Schiferli machte ihr Vorwürfe, dass sie zu grosszügig geplant habe, ohne sich mit ihm abzusprechen. Dann war der Schmuckerlös plötzlich da, ein Bote überbrachte ihn. Allerdings hatte sie mehr erwartet als die 45 000 Gulden. Trotzdem – sie sind ihre Rettung. Fast gleichzeitig sind nun auch die letzten Räume bezugsbereit. Endlich hat sie Grund zum Feiern.

«Caroline», ruft sie durchs Haus, «bitte komm zu mir!» Wo bleibt sie, ihre Hofdame? Ungeduldig geht Anna auf und ab. Geduld ist nicht ihre Sache.

Mitte Juni hatte sie nicht mehr warten mögen. Sie liess ihre Kutsche bereitstellen, den Wagen mit den Schwanenhals-Stühlen beladen und reiste aus Coburg ab. Mit ihr in der Kutsche sassen Ehrendame Caroline Wasner, Eduard und eine Gouvernante, die ihn begleitete. Eduard zappelte – er vermisste seine Freunde Hugo und Alphons, freute sich aber auf die Schiferli-Söhne, speziell auf den lebhaften Moritz. Auch Anna konnte kaum stillsitzen – Bilder des umgestalteten Brunnadernguts zogen an ihren Augen vorbei. Wie würde ihre neue Heimat aussehen? Sie legte ihre Hand auf jene von Eduard – dass er mitreiste, war entscheidend für ihr Hochgefühl. Der Duft von Heu und Blumen begleitete ihre sechstägige Reise, in den kurzen, hellen Nächten schlief sie kaum.

Schliesslich bogen sie in den Brunnadernweg ein. Der Kutscher hielt den Wagen auf ihren Befehl bereits in der Einfahrt an, sie machte die letzten Schritte zu Fuss. Ein wunderbarer Duft empfing sie: Orangen- und Zitronenbäumchen säumten die Wege, blühten und trugen bereits kleine Früchte. Vor dem Haus fand sie einen japanischen Schnurbaum, dessen Früchte Perlschnüren ähneln. Weitere Bäume schmückten das Gelände, zu kleinen Inseln zusammengefasst. Auf der Hofseite entdeckte sie das neue Eingangsportal im Empirestil, unter den Rosskastanien plätscherte der neugestaltete Brunnen, an der Fassade der grossen Scheune prangte ein grosses Rundbogenportal. Wie neu und schön ihr Herrenhaus war – nichts mahnte mehr an Jenner.

Schiferli begrüsste sie herzlich. Eduard zog ihn an der Hand. «Nun zeige mir schon, Herr von Schiferli, wo ich mit euch wohnen werde!» «Gleich», vertröstete ihn Schiferli, «wir haben die Wohnung im Pavillon über den Gewächshäusern bezogen, Fritz und Moritz warten auf dich.» Er drehte sich zu ihr und entschuldigte sich für die noch fehlenden Arbeiten in der Orangerie und im Herrenhaus.

Jetzt, Ende August, ist das Werk vollendet. Auch politisch ist die Welt wieder in Ordnung: Im Juni haben die Alliierten Napoleon in der Schlacht bei Waterloo endgültig besiegt. Seit dem Abschluss des Wiener Kongresses sind die Grenzen Europas neu festgelegt. Der Schweiz hat man die Neutralität zugesichert, die Feier zum neuen Bundesvertrag hat Anfang August in Zürich stattgefunden. Bern hat anstelle der alten Untertanengebiete den Jura erhalten, und es ist Gottlieb von Jenner, den man als neuen Oberamtmann des Fürstbistums Basel in Pruntrut handelt. Der gute Jenner – er würde Brunnadern kaum wiedererkennen …

Wo steckt Caroline nur? Sie ruft noch einmal nach ihr – endlich erscheint sie auf der Treppe.

«Ich habe einige Ihrer Kleider in die Wandschränke im Dachstock eingeräumt, Kaiserliche Hoheit. Gestern war das nicht möglich, die Schränke rochen noch zu sehr nach frischer Farbe», erklärt sie.

«Gut. Jetzt nimmst du dir ein bisschen Zeit», bestimmt Anna. «Ich führe dich durchs Haus, wie wenn du mein Gast wärst. Wir fangen oben an.» Der Messingtannzapfen des Treppenpfostens liegt angenehm in ihrer Hand, sie geht der Ehrendame voran in den ersten Stock. «Den Dachstock mit den Wandschränken und den Kammern für Köchin und Zofe brauchen wir nicht zu besichtigen. Hier sind mein Schlafzimmer und deins, uns wohlbekannt. Aber du kennst den Salon und das Schlafzimmer meines Bruders Leopold noch nicht.» Sie öffnet die Türen in ein grösseres und ein kleineres Zimmer. «Er hat sich für den Herbst angekündigt, wird weitgehend selbst einrichten.»

Leichtfüssig huscht sie über die Seitentreppe hinunter ins Erdgeschoss. «Komm!» Sie winkt Caroline heran und stösst die Tür auf: «Der Salon, die Wände mit blauer Seide bespannt, die Decke mit Puten und Blumengirlanden bemalt. Der Raum wirkt südländisch, findest du nicht? Die blauen Überzüge der Mahagonimöbel und die bestickten

Fauteuils passen dazu. Du suchst nach Spiegeln? Bitte!» Sie schliesst die Türen und verstummt.

Die Flügeltüren spiegeln Carolines rotblondes Haar und staunenden Ausdruck und daneben ihr eigenes, blasses Gesicht, von dunklem Haar umrahmt. Feine Linien akzentuieren ihre Augen- und Mundwinkel.

Bald ist sie vierunddreissig. Lebt seit vielen Jahren getrennt, hat Konstantin zurückgewiesen, eine Scheidung ist nicht in Sicht. Sie steckt fest in der immer gleichen Situation. Kein neues Leben für Anna. Oder doch – hier, in diesem Haus, das sie selbst gestaltet hat? Es bleibt die Abhängigkeit vom Zaren, ja. Wie soll sie ihr Leben sonst finanzieren? Abhängig sein von der Mutter oder von Ernst? Niemals. Ein selbstbestimmtes Leben innerhalb gewisser Grenzen also.

Anna legt eine Hand auf das Spiegelglas, die andere auf die Wand. Das ist ihr Haus – jeden Gegenstand hat sie ausgewählt. Diese Mauern halten ihr Leben zusammen. Sie nimmt die Hände weg. Auf der verspiegelten Tür bleibt ein Abdruck.

Sie lächelt und dreht sich zu Caroline, umarmt die junge Frau. «Die Führung geht weiter! Hier ist das gelbe Kabinett mit Zugang zum Garten. Siehst du, wie die Sonne einfällt? Das anschliessende Zimmer gehört Herrn von Schiferli: Er liebt Rot, darum ist es mit roter Seide bespannt. Du riechst Tabak? Manchmal stopft er sich eine Pfeife, geht im Zimmer auf und ab, bevor er sich an den Schreibtisch setzt und seine Korrespondenz erledigt. Es folgen das Besuchszimmer und gegenüber das Eckzimmer mit der blauen Himmelsdecke.»

Anna geht voran über die Treppe ins Untergeschoss, stösst die Tür auf. «Der Speisesaal, mein Prunkstück, nimmt die ganze Südseite ein. Die Wände sind mit rosa Stuckmarmor verkleidet, die Möbel schwarz – aber durch die neu ausgebrochenen Fenstertüren fällt viel Licht.» Sie öffnet eine der Türen, blickt einen Moment auf die Aare, auf der zwei Kähne flussabwärts gleiten.

Ihr Kahn gleitet auch ruhig dahin – zum ersten Mal in ihrem Leben. Es ist so schwierig, das Gleichgewicht zu halten in einem schaukelnden Schiff. Endlich scheint es ihr zu gelingen. Sie hat sich ein Zuhause geschaffen, hat Leute um sich versammelt, die sie mag, kann in Bern eine Rolle spielen, die ihr angemessen ist.

Sie dreht sich um. «Nun komm schon», fordert sie Caroline auf, zieht ihr weisses Kleid an den Seiten hoch und läuft hinüber zur Orangerie.

Das Kleid bauscht sich um die schmale Gestalt. Caroline folgt der Herrin zum Gartensaal mit den grossen Fenstern. Endlich lächelt und scherzt die Grossfürstin wieder. In den vergangenen Wochen ist sie mit gesenktem Blick herumgegangen, hat sich stundenlang mit dem Oberhofmeister über Rechnungen gebeugt, ist immer blasser geworden. Sie befürchtete, die Kopfwehanfälle, die die Herrin in Coburg quälten, würden wiederkommen. Und einige Male geschah es. Wenn diese stechenden Schmerzen über die Grossfürstin herfallen, erträgt sie keinen Lärm und keine Farben, sie zieht sich in ihr Zimmer zurück, legt sich auf die weisse Bettdecke und starrt stundenlang bewegungslos an die Decke oder schliesst die Augen. Als Einzige darf sie, Caroline, ab und zu den

‹Elfenau, Maison de Campagne de son Altesse Impériale Madame la Grande Duchesse Anne de Russie›, kolorierter Stich von Gabriel Lory fils (1784–1846), 1827

Kunstmuseum Bern, Legat C. L. Lory, Inv. S 2161

‹Vue prise dans le Jardin d'Elfenau›, kolorierter Stich von Gabriel Lo
fils (1784–1846), 1827

Gravé par J. Hürlimann.

IN D'ELFENAU,

Grande Duchesse Anne de Russie.

Kunstmuseum Bern, Legat Lory, Inv. S 2162

Bernisches Historisches Museum, Bern, Inv. 36662 / Foto: Nadja Frey

Anna Feodorowna, um 1800 (Schloss Oberhofen)

Bernisches Historisches Museum, Bern, Inv. 38891 / Foto: Nadja Frey

Rudolf Abraham von Schiferli, gemalt von David Sulzer, 1820 (Schloss Oberhofen)

Raum betreten, sie füllt den Wasserkrug, giesst Wasser ins böhmische Trinkglas, entfernt sich geräuschlos.

Die Herrin liebt Sonnenlicht, in diesem Zustand aber sperrt sie es aus. Das Licht dringt dann nur gefiltert durch die weissen Vorhänge, denn hell soll es trotzdem sein, die Herrin erträgt nichts Dunkles in ihrem Schlafzimmer, sie fühlt sich sonst an die russischen Paläste erinnert, wo sie ihr Gemahl oft eingesperrt hat. Und wenn diese Erinnerungen hochkommen, ist es um sie geschehen, nicht nur die Schmerzen hämmern in ihrem Kopf, sondern die Schwermut legt sich über sie, und es dauert Tage oder Wochen, bis sie aus diesem Zustand in die Welt zurückkehrt.

Aber jetzt ist alles anders. Die Herrin zieht sie hinaus aufs Gras vor dem Gartensaal, Mutwille blitzt in ihren Augen, sie streift die Schuhe ab und fordert sie auf, dasselbe zu tun. Übermütig fasst sie Caroline bei den Händen, und im letzten Licht des Tages bewegen sie sich zusammen über den Rasen. Die Herrin tanzt nur, wenn sie sich gelöst und glücklich fühlt, das ist nun der Fall, sie drehen sich um und um, das Herrenhaus, die Orangerie und die Gewächshäuser gleiten vorüber und die hohen Bäume der Allee.

Plötzlich taucht Schiferli in der Dämmerung auf. Er bleibt stehen und scheint sich nicht sattsehen zu können an der fliessenden Bewegung, den schwingenden Gewändern. «So tanzen Elfen», murmelt er vor sich hin.

Die Grossfürstin hält inne. Sie flüstert Schiferli etwas zu, und dieser winkt Brica heran. Der junge Kammerherr macht sich an einem Tischchen im Innern des Saals zu schaffen und ruft alsbald die Herrschaften herein. Im eindunkelnden Saal leuchtet ein transparentes, in einen Holzrahmen gespanntes Bild, hinter dem Brica Kerzen angezündet hat.

Das zart aquarellierte Bild zeigt Brunnadern nach dem Umbau. Das Gut scheint belebt, in den Fenstern flackert Licht, die kleinen Wellen der Aare glänzen. Carolines Augen weiten sich beim Anblick dieses kleinen Wunders.

Die Herrin, die im Eingang in ihre Schuhe geschlüpft ist, greift nach dem Arm des Oberhofmeisters. «Vor ein paar Wochen besuchte ich in der Berner Marktgasse das Kabinett des Malers Franz Niklaus König. Ich war begeistert von seinen transparenten Bildern und gab ihm eins in Auftrag. Heute Morgen hat es König höchstpersönlich hier abgegeben. Ist es nicht zauberhaft?» Der Oberhofmeister nickt, ohne seinen Blick vom kleinen Wunderwerk zu lösen. «Und Sie, lieber Schiferli», fährt die Grossfürstin mit funkelnden Augen fort, «haben mir eben die Idee gegeben, wie mein Gut heissen soll. Aber das behalte ich für mich – es soll eine Überraschung sein.»

Brunnadern, 23. September 1815

Es ist der Tag der Einladung zum Geburtstag der Grossfürstin. Im Speisesaal riecht es nach Suppe und Fleisch, der Kerzenschein der voll bestückten Kristalllüster erhellt die Gesichter und wirft Akzente auf die kostbaren Kleider der Damen. Das Stimmengewirr geht auf und nieder, es wird gelacht, geredet und gegessen, die Bediensteten huschen umher. Anna sitzt mittendrin und beobachtet das Treiben. Ein Glücksgefühl erfüllt sie. Dieses Haus hat sie sich geschaffen, sie hat es mit Leben gefüllt. Dieser Geburtstag ist seit langem der erste, den sie geniesst. Für einmal hat sie Grund zum Feiern.

Fast dreissig Gäste haben den Einladungskarten, die Schiferli im Namen von «Madame la Grandeduchesse Anne» verschickt hat, Folge geleistet. Man ist neugierig auf das neu eingerichtete Brunnaderngut, auf die Grossfürstin selbst, auf die Bräuche, die in diesem Haus herrschen. Geht es hier nach russischen Gepflogenheiten zu und her? Nein, Anna Feodorowna ist ja eigentlich eine deutsche Prinzessin, Juliane von Sachsen-Coburg. Man spricht mit ihr Deutsch oder Französisch, in Französisch ist auch die Menükarte abgefasst, die vor jedem Gast liegt.

Der Tisch biegt sich fast unter der Last der Schüsseln und Platten. Als Vorspeise haben die Gäste «Coulis à la Reine» und «Soupe aux écrevisses avec morilles» gekostet, nun haben die Bediensteten «poisson, rôti de boeuf jardinière, côtelettes d'agneau, saucisses, salmis de canard, vol-au-vent à la financière, macaroni à l'italienne, poussins grillés, purée de pois frais aux croûtons et laitues au jus» aufgetragen. Zum Auftakt des reichlichen Mahls ist Champagner kredenzt worden, den Hauptgang begleiten Weine aus dem Waadtland.

Die Grossfürstin spart nicht an der Berner Gesellschaft – im Gegenteil. Das Herrenhaus atmet eine andere Atmosphäre als unter dem knausrigen Gottlieb von Jenner, der nun als erster Berner Oberamtmann in Pruntrut weilt. Der Speisesaal mit den gerundeten Fensterflügeltüren wirkt grosszügig mit den Spiegeln und Lüstern und raffiniert mit seinen versteckten Geschirrschränken. Überhaupt: Das ganze Haus ist neu und zeitgemäss eingerichtet und trägt den Stempel der Grossfürstin, die Bern an ihrem Savoir-vivre teilhaben lässt. An dieser Dame kann man sich orientieren, sie könnte ein Vorbild sein für so manche Patrizierin.

Die Gastgeberin sitzt zwischen den Schultheissen von Mülinen – er ist von neuem im Amt – und von Wattenwyl, die von ihren Ehefrauen begleitet sind. Schiferli, seine Frau und Graf Kapodistrias sitzen gegenüber, zu beiden Seiten haben sich Vertreter der wichtigsten Berner Patrizierfamilien niedergelassen. Das Gespräch hat sich bis jetzt um den Geburtstag der Grossfürstin gedreht, um ihre Familie in Coburg und um ihr neu eingerichtetes Gut, wofür sie viele Komplimente erhält. Grossfürstin Anna ist vierunddreissig geworden, hat man in Erfahrung gebracht, sieht aber jünger aus, trotz ihren von Melancholie gezeichneten Zügen.

Während man sich über den Hauptgang beugt, vom Braten, den Lammkoteletts und Würsten isst, sich des Geflügels, des Fischs und aller übrigen Beilagen annimmt, wird auch das Gespräch gewichtiger. Man bedauert, dass die Schweiz gemäss den Beschlüssen des Wiener Kongresses auf das Veltlin, Chiavenna, Bormio und die Stadt Mülhausen hat verzichten müssen und dass Bern den Aargau und die Waadt nicht zurückerhalten hat. Man befürwortet dagegen, dass das ehemalige Fürstbistum Basel, das Fricktal, die Herrschaften Rhäzüns und Tarasp und einige Gemeinden rund um Genf zur Eidgenossenschaft gestossen sind, die mit den neuen Kantonen Wallis, Neuenburg und Genf nun erstarkt ist.

«Der wichtigste Erfolg ist jedoch die Anerkennung unserer immerwährenden, bewaffneten Neutralität», hält der amtierende Schultheiss Niklaus Rudolf von Wattenwyl fest. «Wir haben am Kongress für unsere Neutralität und die Unabhängigkeit von den europäischen Grossmächten gekämpft. Aber es brauchte auch einflussreiche Stimmen hinter den Kulissen, die zu diesem Erfolg beitrugen. Ich möchte unserer Gastgeberin den Dank aussprechen, sie war und ist für uns ein wichtiges Bindeglied zu ihrem Schwager, dem Zaren Alexander von Russland.»

Anna lächelt, sie sieht zerbrechlich aus in ihrem hellblauen Seidenkleid mit dem silberfarbenen Schal.

«Wenn wir schon beim Dank sind», meint Niklaus Friedrich von Mülinen, «so gehört er auch dem Grafen Kapodistrias. Er, der russische Gesandte, hat mit seinen Vorschlägen dazu beigetragen, dass der neue Bundesvertrag unter den Kantonen zustande kam. Und beim Wiener Kongress hat er als Vertreter des Zaren ein gewichtiges Wort für die Neutralität der Schweiz eingelegt.»

Kapodistrias bedankt sich mit einer angedeuteten Verbeugung.

Schiferli lenkt zu bernischen Themen über. «Wir können stolz sein, dass Bern – zusammen mit Zürich und Luzern – zum Vorort ernannt wurde», stellt er fest. «Unsere beiden Schultheissen werden 1817 und 1818 die eidgenössische Tagsatzung in Bern präsidieren – das höchste Amt in der Schweiz!» Ehrerbietiges Gemurmel füllt den Speisesaal.

Ich bin stolz auf dich, Rudolf von Schiferli, denkt Anna. Als Mitglied des Grossen Rates nimmst du an der Politik teil und bist mir ein wichtiges Bindeglied zur Berner Regierung – und noch viel mehr als das.

Als das leere Geschirr des Hauptgangs abgeräumt ist, ergreift sie das Wort: «Mein Dank gehört meinem Oberhofmeister Rudolf von Schiferli, der meine Geschäfte umsichtig und mit grossem Einsatz führt. Ohne ihn sässen wir nicht hier – er leitete den Umbau und erreichte die Fertigstellung in diesem Sommer. Ich habe hier ein neues Zuhause gefunden. Wie schön mein Gut geworden ist, ersehen Sie auf einen Blick im Transparent, das Franz Niklaus König geschaffen hat.» Sie weist auf das Bild, das Kammerherr Brica gemäss ihrem Befehl auf der Truhe aufgestellt und mit Kerzen erleuchtet hat. Entzückte Ausrufe sind zu hören.

«Und nun kommen wir zur Nachspeise. Meine Köchin und ihre Gehilfinnen haben für Sie «groseilles, crème fouettée, crème macédoine et gâteau de Cobourg aux noix et au chocolat» vorbereitet, wie Sie der Speisekarte entnehmen können. Besonders möchte ich Ihnen den feuchten Coburger Schokoladekuchen empfehlen, den ich schon als Kind über alles geliebt habe. Guten Appetit, meine Damen und Herren.»

1816

Bern, April 1816

Im Saal des Äusseren Standes erklingt eine Haydn-Symphonie. Anna hat mit Schiferli in der Loge Platz genommen, die man der Grossfürstin für das Osterkonzert reserviert hat. Die Töne umspülen sie – draussen rauscht der Regen, drinnen die Musik. Die Bernische Musikgesellschaft wurde im vergangenen Jahr gegründet. Bern hat sich 1815 neu konstituiert und eine neue Kantonsverfassung gegeben, die regierenden Familien sind an die Macht zurückgekehrt. Zu den 200 Grossräten der Stadt kommen nun 99 Grossräte vom Land hinzu, hat sie von Schiferli gehört. Einiges ist anders geworden in der Politik, Europa neu geordnet, Bern ebenfalls. So auch ihr eigenes Leben.

Der erste Winter im umgebauten Brunnaderngut war schneereich und kalt. Dick fielen die Flocken vor den Fenstern, häuften sich an, blieben in Walmen liegen, packten die Umgebung in weiches, wohltuendes Weiss. Oft stand sie am Fenster und nahm die Schneelandschaft, durch die der schwarze Fluss seine Bahn zog, in sich auf. Den Flocken folgte die Kälte, der Schnee erstarrte zu Eis. 1814 schien vor ihr auf, ihr erster, prekärer Winter im Brunnaderngut, den sie mit wenig Personal im nur schlecht heizbaren Herrenhaus gefristet hatte. Und im Januar damals der Auftritt von Konstantin, der zur Jahreszeit passte. Im vergangenen Jahr hat sie die Kamine erneuern lassen, und die Dienstboten heizten tüchtig ein. Personal gibt es nun genug: Schiferli hat eine Gouvernante, Köchinnen, Kammerzofen, Lakaien, Kutscher, Stallburschen, Gärtner, Jäger und einen Nachtwächter eingestellt.

Nur selten, wenn sie aus ihrem Schlafzimmer in die Schneelandschaft starrte, lastete das Weiss, das alles zu verschlucken schien, auf ihr, und sie legte schützend die Arme um sich. Die Zofe schloss dann die Fensterläden, zündete ein paar zusätzliche Kerzen an und füllte Öl nach in der Lampe, und wenn sie sich ins Bett legte, brachte Caroline ein kleines Kissen gefüllt mit Kirschsteinen, das sie im Ofenloch des Kachelofens aufgewärmt hatte, und mit der wohligen Wärme des Kissens fiel ihr der Schlaf leichter.

Die Schlussakkorde klingen aus, Beifall rauscht durch den Saal. In die Loge gegenüber hat sich, etwas verspätet, Schultheiss von Mülinen mit seiner Frau gesetzt – die beiden winken ihr zu, sie winkt zurück. Madame Meisner, die korpulente Frau des Kapellmeisters, setzt zu einer Arie an. Ihre Stimme hat eine schrille Note, Anna wendet sich ab. Sie selbst ist einmal am Coburger Hof vor grösserem Publikum aufgetreten, hat die Rolle der Rosette in Cherubinis Oper «Der Wasserträger» gesungen. Bereits als kleines Mädchen hat sie Musikunterricht erhalten und in Russland weiter an ihrer Stimme gearbeitet. Ihre Stimme trage und sei wohlklingend, sagte man ihr, und sie hat den öffentlichen Auftritt genossen. Dass sie sich in jener Rolle glücklich verheiratete, war eine Ironie des Schicksals.

Ihr Blick wandert und bleibt an Schiferli hängen. Entspannt sitzt er da, die Augen halb geschlossen. Manchmal, wenn er sie mit Zahlen konfrontiert oder über einen Lakai schimpft, der sich unbotmässig verhält, ist sein Blick streng. Wenn er aber mit seinen Söhnen oder mit Eduard spricht, hört er geduldig zu und verzeiht ihnen kleine Streiche oder Vorwitzigkeiten. Jetzt ist er ganz auf die Musik konzentriert, sein Blick nach innen gerichtet. Rudolf von Schiferli. Wo wäre sie ohne ihn? Er sitzt im Grossen Rat, ist ihre Verbindung zum offiziellen Bern, neben den Gesandten Russlands. Schiferli hat ihren Sohn in seine Familie aufgenommen, er steht ihrem kleinen Hof vor und ihr zur Seite, wann immer sie ihn braucht. Anna setzt sich gerade hin. Er ist auch der Ehemann von Griton.

Sie wendet sich Professor Meisner zu, der nun auf seinem Violoncell ein Adagio spielt.

Marguerite – Griton. Sie lebt mit Schiferli, ihren Söhnen und Eduard in der Wohnung über dem Gewächshaus. Es kommt vor, dass Eduard zu Schiferli «Papa» sagt. Man korrigiert ihn liebevoll: Schiferli sei sein Vormund, der Freund seines verstorbenen Vaters. Hat er Griton schon als «Mama» bezeichnet? Der Gedanke ist Anna zuwider. Nein – sie kann es sich nicht vorstellen. Eduard hat offiziell keine Mama, ist aber ihr selbst sehr zugetan. Er lebt in Gritons Haushalt, weil es nicht anders geht.

Griton. Ab und zu richtet sie ihre grossen, fragenden Augen auf Anna und spitzt die schmalen Lippen. Anna weicht dem Blick aus. Im Gegensatz zu früher gesteht sie es sich jetzt ein: Griton, die Frau an seiner Seite, ist hübsch. Sie ist ohne Ambitionen, fügsam, steht hinter ihrem Mann zurück. Und doch spürt Anna manchmal Widerstand von der Tochter des verstorbenen Münsterdekans: Der fragende Blick gilt dem Lebenswandel der Grossfürstin. Ahnt sie etwas von Eduards wahrer Herkunft? Griton kann ihr nichts anhaben, und Eduard wird seinen Weg gehen. Aber Hilda … Hilda ist noch immer bei der Tuchhändlerfamilie, nicht zuletzt, weil Anna fürchtet, dass Gritons Blick an Hilda haften bliebe, wenn sie nach Bern käme. Gewisse Ähnlichkeiten sind nicht abzusprechen. Ach, Hilda. Sie vermisst das kleine Mädchen, ihre ferne Tochter.

Meisner verbeugt sich, wird beklatscht, und auch Anna klatscht ausdauernd. Die Sängerinnen und Sänger des Chors versammeln sich, Musikdirektor Edmund von Weber gibt den Einsatz zu einem Thema aus Haydns «Schöpfung», die Solisten erheben ihre Stimmen, die Musik kommt feierlich und gewaltig daher, triumphierend schmettern Chor und Solisten immer von neuem «und seiner Hände Werk» in den Saal.

Anna ist ergriffen, wie manchmal im orthodoxen Gottesdienst: Etwas in ihr zieht sich zusammen, sie fühlt sich ganz klein, streckt unwillkürlich die Hand aus, um sich am Geländer der Loge festzuhalten. Wer ist sie denn? Eine Grossfürstin? Eine Kleinfürstin, wenn schon, überhaupt keine Fürstin – ein kleines, menschliches Wesen, das nach mehr strebt. Dabei ist das menschliche Leben so nichtig. Und doch kann man sich ihm nicht verschliessen, man bringt so viele Jahre hienieden zu. Man muss sich einen Weg suchen, einen schmalen oder breiten, einen, der gerade verläuft oder mäandert. Und dann gibt es Eingriffe von oben, die man nicht voraussehen kann. Man muss sich ergeben. Oder doch kämpfen, vorwärtsstreben?

Leopold kommt ihr in den Sinn. Im Herbst hat er sie besucht, ungewöhnlich bleich ist er bei ihr eingetroffen, hat sich in den blauen Salon gesetzt und leise zu ihr gesagt: «Ich glaube, ich liebe Charlotte. Und es hat nichts damit zu tun, dass sie Thronfolgerin ist.» Charlotte Augusta, Prinzessin von Wales und künftige Königin von England, hat sich in ihren kleinen Bruder verliebt! Und er sich in sie! Im Gefolge des Zaren war Leopold im Frühjahr 1814 nach London gereist. Die Prinzessin hatte damals gerade einem wichtigen Anwärter auf ihre Hand, Prinz Wilhelm von Oranien aus den Niederlanden, eine Absage erteilt, weil sie nichts für ihn empfand. Leopold hingegen – jung, gut aussehend, ein Kriegsheld – beeindruckte die Prinzessin. Die beiden trafen sich in den vergangenen eineinhalb Jahren mehrmals, Gefühle wuchsen. Charlotte setzte sich gegen anfänglich grossen Widerstand durch, vergangenen Januar verkündete man in England die Verlobung, und Ende Februar wurde Leo begeistert in Dover empfangen. Die Vermählung in Carlton House ist für den 2. Mai angesetzt.

Die Hochzeit wird ohne sie stattfinden, die Reise ist weit, und sie weiss auch nicht, ob sie, mit ihrem unklaren Status, willkommen wäre. Leopold hat sich nicht geäussert. Wird er je wieder seine Zimmer bei ihr beziehen? Das ist nicht wichtig. Es zählt nur, dass Leo, ihr kleiner Bruder, die beste Partie in Europa macht und zum Prinzgemahl in England aufsteigt. Wäre dieser Aufstieg denkbar gewesen, ohne sie, die russische Grossfürstin? Kaum. Unmöglich. Es ist verrückt: Persönliches Unglück kann für andere zu Glück werden.

Oh, Leopold ist nicht der erste unter den Brüdern, der heiratet. Am vergangenen 30. November hat Ferdinand, der seit langem in Wien ansässig ist, die reiche Erbin Antonie Kohary geheiratet. Ferdinand ist für seine Ehe zum Katholizismus konvertiert – wie sie damals zum orthodoxen Glauben.

An ihrem Glauben hat sie nie gezweifelt. Leider gibt es in Bern kein orthodoxes Gotteshaus. Gerade an Ostern wäre es ihr ein Bedürfnis gewesen, den Gottesdienst aufzusuchen.

Welche Angst hat sie um Ferdinand ausgestanden in der Schlacht von Wagram! Nun ist er reich und kann in Ruhe seine Kriegsverletzung auskurieren. Es hätte keinen Sinn gemacht, nach Wien zu reisen für diese Hochzeit, als der Winter bereits angebrochen war. Eine offizielle Einladung lag ihr nicht vor. Sie hat Antonies Bildnis gesehen – eine nette, hübsche Frau, die den Bruder bestimmt glücklich machen wird.

Gedankenverloren bleibt sie sitzen, als der Beifall für die «Schöpfung» längst verklungen ist und das Publikum für die Pause ins Foyer strömt. Schiferli hat sich erhoben, er räuspert sich. Sie schaut zu ihm auf, lächelt, verlässt an seiner Seite die Loge.

General Niklaus Rudolf von Wattenwyl, der jährlich alternierend mit von Mülinen in Bern regiert, tritt ihr entgegen, am Arm seine Gattin. Man begrüsst sich, lobt die Aufführung der Berner Musikgesellschaft, vor allem den zuletzt erklungenen Teil der «Schöpfung» und Musikdirektor Edmund von Weber, der dem Orchester den Takt vorgab.

«Ich denke gern an seinen Bruder zurück. Der junge Carl Maria von Weber begeisterte uns in Coburg mit seinem virtuosen Klavierspiel. Inzwischen ist er ja Operndirektor in Prag. Meine Schwester Victoire fand ihn entzückend – wenn nicht seine Adlernase gewesen wäre.» Anna lacht.

«Etwas Virtuosität könnte unserem Herrn von Weber nicht schaden», bemerkt Luise-Elisabeth von Wattenwyl spitz.

In Bern kennt man die Defizite des Musikdirektors, der auch am Klavier aufspielt. Man ist erst in den Anfängen mit der Musikgesellschaft – und nicht in Wien oder Prag.

Eine Glocke unterbricht das Gespräch und verkündet das Ende der Pause. Anna kehrt an ihren Platz zurück und hört in die «Harmonie» hinein, die nun gespielt wird. Dann lässt sie sich von den leichten, luftigen Tönen eines Quartetts von Mozart mittragen, und ihre Gedanken wandern von neuem.

In diesem Frühling ist Ernst wieder nach Paris zu seiner geliebten, bürgerlichen Sophie gefahren. Die beiden können nicht zusammenkommen. Kennt sie das nicht? Der Bruder hat ihr als Geschenk für den neuen Wohnsitz eine Bronzeuhr aus Paris versprochen. Sie wartet immer noch darauf, wartet auch auf den Bruder, dem sie noch einmal Eduards Schicksal ans Herz legen will. Mutter Auguste zeigt Ungeduld, weil ihr Sohn, der Herzog, immer noch keine Frau hat; sie befürchtet, dass Ernst oberflächlich sei und sich verliere.

Hat die Mutter das nicht auch für sie befürchtet? Ja. Sie bekennt sich schuldig. Sie hat Irrungen und Wirrungen erlebt. Aber bereut sie sie? Einiges schon, anderes nicht. Man hat sie in dieses Leben gestossen. Und sie lebt es noch. Eben erst hat sie sich zur Ruhe gesetzt, wenn auch auf weniger behagliche Weise als Ferdinand. Vielleicht kommt diese Ruhe zu früh? Ein Aufbruch ist immer noch möglich. Scheidung? Das Wort macht ihr Angst, der Vorgang ist hässlich. Aber wenn sie ihn hinter sich hätte, wäre vielleicht ein Neuanfang möglich. Ein neuer Mann, eine Familie. Ein Leben, wie man es üblicherweise führt. Ohne Wenn und Aber, ohne Versteckspiel. Wie schön das wäre.

Das Andante und Allegro von Romberg fliessen an ihr vorbei, dann folgt als Ausklang und österliches Thema ein Chor aus «Christus am Ölberge» von Beethoven. «Auf, auf», fordern die Sängerinnen und Sänger.

Noch ein bisschen benommen erhebt sie sich mit dem Publikum, spendet Applaus. Der Musikdirektor verbeugt sich zu ihr und den Schultheissen. Neugierig beäugen die Konzertbesucher die noble Dame und tuscheln, als sie ihre Loge verlässt und in Begleitung von Schiferli dem Ausgang zustrebt.

Das Konzert am Ostersonntagabend wird zugunsten der Armen gespielt, sie nimmt ihre Börse hervor und leert sie in einer grosszügigen Geste – unter dem Stirnrunzeln des Oberhofmeisters – in die bereitgestellte Schale für Spenden. Der Musikdirektor küsst ihr begeistert die Hand, der Sekretär der Musikgesellschaft verfolgt mit glänzenden Augen die Goldmünzen, die in die Schale kullern, und verspricht, dass eine Serenade zu ihren Ehren gegeben werden soll.

Anna tritt nach draussen in die Zeughausgasse, wird von Regen und Dunkelheit empfangen. Zum Glück steht ihr Wagen bereit, die Laternen leuchten einladend, Schiferli hilft ihr hinein, und der Kutscher fährt los. Der Regen trommelt aufs Kutschendach, die Fassaden der Häuser verschwimmen vor ihren Augen. Beim Rathaus biegt der Wagen ab, sie fahren über das nasse Pflaster die Kramgasse und Vordere Gasse hinunter und nähern sich dem Untertor. Die Aare ist stark angeschwollen; in Brunnadern haben die Schneeschmelze und der viele Regen entlang des Flussbetts bereits Überschwemmungen ausgelöst. Die Bäume am Muristalden, den sie nun hinauffahren, haben noch keine Blätter ausgetrieben. Anna wickelt ihren Mantel enger um sich.

«Ich vermisse den Frühling», sagt sie zögernd.

«Er müsste längst da sein», bestätigt Schiferli. «Dieses Jahr ist alles anders. Das kostet uns zusätzliche Mittel. Sie haben vorhin den ganzen Inhalt Ihrer Börse gespendet. Wir brauchen aber das Geld. Diesen Winter haben wir innerhalb von sechs Tagen ein Klafter Ofenholz verbraucht. Noch immer heizen wir. Ich denke auch an all die Lichter, die wir im Haushalt verschwenden: Lichter für die Karossen, für die Laternen, Lichter für den Morgen und die Nacht.»

«Die Armen frieren und hungern – Spenden sind wichtig», hält sie fest. «Dieser Frühling ist keiner – wir müssen ihm Lichter entgegensetzen.» Der Wagen ist in die Allee eingebogen, rumpelt die kleine Anhöhe hinauf und hält vor dem Herrenhaus. Die Laternen auf den beiden Pfosten vor dem Portal und etliche Fenster leuchten. Sie sieht triumphierend zu ihm. «Das Gut der Grossfürstin heisst mit hellem Licht willkommen. Dieses Geld reut mich nicht.»

Brunnadern, Juli 1816

Anna sitzt draussen vor dem Gartensaal der Orangerie. Es ist einer der wenigen Tage in diesem Jahr ohne Sommer, an dem sich die Sonne zeigt. Die vielen Niederschläge und Unwetter haben zu Überschwemmungen geführt. Immer wieder ist Schnee bis in tiefe Lagen gefallen, einige Male hat sogar der Gurten, der Berner Hausberg, über Nacht eine weisse Haube bekommen. Das Gras ist kaum gewachsen, das wenige Heu auf den Wiesen verfaulte. Es gibt keine goldgelben Felder mit Korn und Weizen, eine katastrophale Missernte droht. Nicht nur die Schweiz ist betroffen, auch Süddeutschland und weite Teile Mitteleuropas leiden. Die Mutter, die sich für September zu einem Besuch bei Anna in Bern angekündigt hat, schreibt von ähnlichen Zuständen in und um Coburg.

Sie hat einen Stickrahmen in der Hand, stickt nach einer Vorlage aus der Zeitschrift «Journal des Dames et des Modes» eine Rose auf den Stoff, der den Rücken eines Sessels zieren soll, die Nadel mit dem roten Garn taucht auf und ab. Ein zitronengelber Schmetterling setzt sich auf den Rahmen. Sie beobachtet den zarten Flaum auf seinen Flügeln, ihr leichtes Zittern. Als er davonfliegt, blickt sie ihm nach und lässt die Arbeit in den Schoss sinken. Einfach so davonfliegen, sich um nichts kümmern. Nicht erdenschwer sein, sondern frei, offen.

Im Frühsommer hat sie es versucht.

Für einmal ist sie ohne Schiferli aufgebrochen, hat nur eine Ehrendame aus Coburg mitgenommen, die sie gelegentlich auf Reisen begleitet. Triumphierend ist sie aus Bern abgereist – endlich öffnete sich ihr wieder das Tor zur Welt. Freiheit. Abenteuer? Ein bisschen. Sie hat sich – inkognito – mit den Schwestern Antoinette und Victoire in einem kleinen böhmischen Bad getroffen; nur Sophie, die sich erschöpft fühlte, hat abgesagt.

Sie unternahmen viele Spaziergänge, obwohl auch in Böhmen das Wetter zu wünschen übrigliess. Niemand wusste, dass es sich bei den drei Damen, die in der besten Pension vor Ort abstiegen, um Grossfürstin Anna Feodorowna von Russland, Herzogin Antoinette von Württemberg und die verwitwete Fürstregentin Victoire zu Leiningen handelte.

Der Besitzer der Pension, ein junger, unverheirateter Mann und früherer Husarenoffizier, leistete ihnen Gesellschaft. Er scherzte mit ihnen und zeigte ihnen seine Künste als Reiter. Ja, Anna gesteht es sich ein: Sie entwickelte eine Schwäche für ihn – weil er Linev ähnelte. Er fand Gefallen an den beiden jüngeren Schwestern, machte Anna im Versteckten Komplimente. Einmal lockte er sie unter dem Vorwand, ihr einen neu erworbenen Kupferstich zu zeigen, in seine Wohnung – und versuchte sie zu küssen. Das kurierte sie von ihrer Verliebtheit – der

Mann schien ihr zu draufgängerisch. Trotzdem blieb ein prickelndes Gefühl zurück, das sie lange nicht mehr gespürt hatte.

Die drei Schwestern redeten viel und oft zusammen; das vertraulichste Gespräch ergab sich im Bad.

Im Frauenbad war ein eigenes Abteil für sie reserviert. Anna fand sich an jenem Tag als Erste ein. Sie beobachtete, wie die walkürenhafte Antoinette und die feingliedrige Victoire in ihren Unterkleidern und Badehauben ins heisse Wasser stiegen und durch den Dampf auf sie zuwateten. In einer Ecke liessen sie sich nieder, zwischen sich ein sanft schaukelndes Tablett mit Tee und Gebäck, das die Bedienstete gebracht hatte.

Antoinettes Gesicht war rot angelaufen von der Hitze. «Im Sommer – inmitten der blühenden Natur – ist es schwieriger, das Unglück zu ertragen», sagte sie. «Seit dem Ende des Krieges kann ich es meinem Mann nicht mehr recht machen. Wenn wir zu Hause sind, ist er unruhig, und wenn wir auf Reisen gehen und uns irgendwo einquartieren, hat er an allem etwas zu mäkeln: das Bett sei zu hart oder voller Ungeziefer, das Wetter schlecht und das Essen miserabel.» Antoinette überlegte. «Ich war während der Zeit der Kriege oft allein, habe alles mit mir allein abgemacht. Und wisst ihr was? Ich fühle mich jetzt, da er wieder bei uns ist, fast einsamer als vorher. Aber was soll ich tun? Es gibt kein Entkommen aus der Ehe.» Sie schlug sich auf den Mund, lief noch röter an. «Entschuldigt meine Offenheit. Die Hitze löst mir die Zunge.»

Das Wasser plätscherte um die drei Schwestern, Anna schenkte Tee nach. Victoire nahm einen grossen Schluck.

«Nicht nur du bist einsam», erklärte sie. «Mein verstorbener Mann hat mich oft bevormundet. Carl war ja so viele Jahre älter und erfahrener als ich. Aber er gab mir Sicherheit im Leben. Als Regentin muss ich nun alles selbst entscheiden, und meine Berater flüstern mir oft gegensätzliche Meinungen ins Ohr. Jeder scheint nur auf seinen Vorteil erpicht.» Sie schlug die Augen nieder. «Ich bin unsicher, weiss nicht, ob ich es richtig mache. Nur gut, dass mein Sohn mir die Last in ein paar Jahren von den Schultern nehmen wird. Jetzt ist er noch ein Junge. Er braucht eine gute Ausbildung, und manchmal bräuchte er eine strenge Hand.» Tränen liefen auf einmal über Victoires Gesicht.

Antoinette, die sich wieder in der Hand hatte, meinte: «Du musst tapfer sein, Victoire. Denk doch an Anna. Die Grossfürstin hat das schwierigste Schicksal von uns allen – stimmts nicht, Julchen? Du bist allein und doch nicht allein, bist immer noch mit Konstantin verheiratet. Ich höre so einiges, wenn wir uns in Petersburg aufhalten. Dein Mann ist ja jetzt Generalstatthalter im russischen Teil Polens – und führt dort anscheinend ein Lotterleben. Ich weiss nicht, ob es immer noch die Czetvertynska ist. Auf jeden Fall zieht er herum und hält Gelage ab. Daneben versucht er, die Polen mit militärischer Strenge im Zaum zu halten.» Antoinette hatte sich ins Feuer geredet, sie schlug mit der flachen Hand aufs Wasser. «Er missachtet, dass die Ehe heilig ist.»

Ihr Gesicht wurde weicher, das Kinn faltete sich in ein Doppelkinn. «Ich wäre froh, wenn ich für meine siebzehnjährige Marie endlich eine ansprechende Partie in

Aussicht hätte. Es geht nicht allen so gut wie Leo, der die Thronfolgerin Englands heiratet und sie auch noch zu lieben scheint. Man muss lernen, sich zu begnügen.» Auf einmal wurde ihr Ton scharf. «Du machst unserem Hausherrn schöne Augen, Julchen, das ist nicht angebracht! Du hattest deine Chance, warst die Auserwählte. Später hast du uns enttäuscht, hast einen Fehltritt mit Seigneux gemacht, unter uns können wir es ja sagen. Jetzt hast du einen ernsthaften Oberhofmeister an deiner Seite. Bescheide dich. Du bist noch nicht einmal geschieden – und lässt die Scheidung wohl besser sein, denn geschiedene Frauen haben einen geringen Wert. Auch eine Grossfürstin muss lernen, sich zu begnügen.» Antoinette fuhr sich über die Stirn. «Es wird mir zu heiss hier.» Majestätisch platschte sie durchs Wasser, liess sich zuoberst an der Treppe von den Bediensteten in ein grosses Tuch hüllen und verschwand in der Garderobe.

Das Wasser wogte noch eine Weile, ebbte dann aus. «Sie meint es nicht so – du kennst Antoinette», entschuldigte sich Victoire für die Schwester. «Für mich warst du immer ein Vorbild: hübsch, gut gekleidet, zuvorkommend, nett zu den Dienstboten. Und wenn du niedergeschlagen warst, hast du es nicht andere entgelten lassen, sondern dich in dein Zimmer eingeschlossen. Wunderbar hast du gesungen damals, als wir in der Ehrenburg Cherubini inszenierten. Ja, du führtest keine gute Ehe. Aber du kannst nichts dafür – das Schicksal war dir nicht gewogen. Du warst auch der Grund, dass ich den viel älteren Carl heiratete, bei dem ich wusste, was mich erwartet. Ich wollte nicht das gleiche Schicksal erleiden wie du. Nun bin ich allein. Du bist noch immer mein Vorbild, Julchen, schaffst es weit besser allein zu leben als ich. Du hast ein neues Heim, einen neuen Lebensort, den du dir selbst gewählt hast. Du bist jemand – man kennt dich nicht einfach als Anhängsel eines Mannes.»

Anna umarmte ihre kleine Schwester. Beide lachten, und dann spritzten und platschten sie im Wasser und jagten einander. Antoinette, bereits angezogen, spähte durch die Tür des Bades und beobachtete kopfschüttelnd die zwei Badenixen, die übermütig im Bad herumtollten. Auch sie bekam Spritzer ab, denn die jüngeren Schwestern hatten die ältere entdeckt und bezogen sie in ihr Spiel ein, die Schärfe von Antoinettes Ton war vergessen und vergeben.

Das ist alles vorbei, sie ist zurück in Bern. Anna seufzt, nimmt den Rahmen hoch und stickt von neuem an der Rose. Sie hat vor, einen Brief an Elisabeth zu schreiben, ihre Vertraute, die Gattin des Zaren. Ob sie sich für die Scheidung eingesetzt hat? Manchmal keimen Zweifel in ihr auf. Es ist wohl immer noch Alexanders Mutter, Maria Feodorowna, die am Hof bestimmt. Sie ist strikt gegen eine Scheidung in der Familie. Und Elisabeths Stellung ist schwach, weil sie keine Kinder vorweisen kann. Alexander hat keine Nachkommen aus seiner Ehe. Dafür hat er mit Maria Naryschkina drei Kinder gezeugt, an denen er hängt. Alle Welt weiss davon. Vielleicht wäre seine Faszination für die Naryschkina längst erloschen, wenn er eigene Kinder hätte? Bei einem Ableben Alexanders würde Konstantin nachfolgen. Er würde ein ähnliches Terrorregime wie sein Vater Paul errichten. Und sie wäre die Zarin an seiner Seite? Niemals.

Ich muss jetzt endlich die Scheidung erreichen, denkt sie. Meine Mittel und meine Stellung darf ich dabei nicht verlieren. Ich bin bald fünfunddreissig. Der letzte Moment, um neu anzufangen. Oder träume ich nur – ist es zu spät? Ich werde Elisabeth wegen der Scheidung schreiben. Einmal mehr.

Anna hört Schritte, Schiferli quert den Rasen in Richtung seines Arbeitszimmers. Sie nicken einander zu, plaudern aber nicht wie noch vor kurzem üblich. In letzter Zeit zeigt sich der Haushofmeister wieder einmal verbittert über die Finanzen und kleinen Ärgernisse des Hauswesens und kennt kaum mehr ein anderes Thema. Wo ist der souveräne Professor der Medizin, ihr kompetenter Leibarzt, der feinfühlige Mann, den sie einmal im gelben Haus näher kennen und lieben gelernt hat? Der Mann, der die Dinge in die Hand nimmt, gleichzeitig aber eine weiche, verträumte Seite hat? Steif, mit gesenktem Kopf, schreitet er durch den Garten.

Plötzlich taucht Eduard auf, er zieht Schiferli an der Hand. «Bitte, ich habe die Aufgaben gelöst, Moritz ist noch dran. Ich darf doch draussen zeichnen, nicht wahr?» Anna bemerkt, dass er die Malkreiden und Papier unter dem Arm trägt. Schiferli fährt Eduard mit der Hand durchs Haar. «Wenn es der Hauslehrer erlaubt, bin ich einverstanden. Du bist ja fast so weit in den Fächern wie Fritz, habe ich gehört – da kann Moritz nicht mithalten.»

Eduard strahlt, setzt sich an den Gartentisch in Annas Nähe und breitet seine Utensilien aus. Er blinzelt in ihre

Richtung. «Ich störe doch nicht, Kaiserliche Hoheit?» Sie schüttelt lächelnd den Kopf.

Er beugt sich übers Blatt, schaut zum Gartensaal, skizziert. Nach einer Weile schiebt er das Blatt beiseite, blickt zum Herrenhaus, zeichnet konzentriert, rollt dabei die Zunge im Mundwinkel.

Anna lässt die Arbeit in den Schoss sinken und schaut ihn an, ihren bald achtjährigen Sohn, dem das dunkle Haar widerspenstig in die Stirn fällt. Nach einer Weile erhebt sie sich und tritt hinter ihn. «Darf ich sehen?»

Ein bisschen widerwillig stimmt er zu. Auf dem Blatt, das er in Arbeit hat, ist die Fassade des Herrenhauses mit den vielen Fenstern zu sehen, den weissen Fensterläden im Erdgeschoss und dem stattlichen Portal, den Laternenpfosten beidseits der Treppenstufen und den Oleandern und Zitronenbäumchen, die den Eingang schmücken. Das Haus ist gut erfasst, Eduard ist begabt im Zeichnen.

«Das ist Ihr Haus», erklärt er, «und auf dem Blatt daneben sieht man die Orangerie, die wir alle im Sommer als Gartensaal nutzen.» Er zieht zwei weitere Blätter hervor. «Ich habe schon gestern gemalt. Hier sind die Ananaspflanzen, die im Treibhaus wachsen. Sie tragen heuer kleinere Früchte als im letzten Jahr. Und in dieser Wohnung, im Pavillon, wohne ich.»

«Wohnst du gern bei Familie Schiferli?»

«Das ist mein Zuhause», meint er fast tadelnd. «Ich habe auf der Welt nur Papa Schiferli, seine Frau, Fritz und Moritz.»

«Und mich – hast du nicht auch ein bisschen mich?», fragt sie mit Herzklopfen.

«Sie geben Papa Arbeit, er macht alles für Sie. Darum wohnen wir hier. Und manchmal dürfen wir Sie begleiten.» Er schaut Anna ins Gesicht. «Letzthin hatte ich einen komischen Traum, in dem ich Sie Mama nannte. Ich kann mich nicht richtig erinnern – nur eine Treppe scheint vor mir auf.»

«Ach – das bedeutet nichts. Du hast fantasiert.»

Er wendet sich ab und dem Bellen auf der anderen Seite des Rasens zu, läuft zu Schiferlis grossem Hund und umarmt ihn. Ein Pfiff ertönt, das schwarze Tier befreit sich und rennt pfeilschnell in Richtung der Allee, wo Moritz wartet. «Pluto hört mehr auf die Schiferli-Buben als auf mich», stellt Eduard fest.

«Du hast die Aufgaben schneller gelöst, Moritz versteht mehr von Pluto. Man kann nicht alles haben. Weisst du was? Du hast doch gern Musik. Komm mit mir ins Haus, ich spiele dir etwas auf dem Spinett.»

Eduard strahlt. «Sie spielen nur für mich? Ich mag es, wenn die Finger über die Tasten tanzen und schöne Töne aus dem Instrument kommen …»

Er legt seine Hand in ihre, und sie gehen zum Herrenhaus und betreten durch die Gartentür das gelbe Kabinett. Anna zieht für ihn einen Stuhl heran und setzt sich ans Spinett, das im vergangenen Herbst in der letzten Möbellieferung aus Coburg zusammen mit ihren gesammelten Musikheften und Noten eingetroffen ist. Sie sucht im Stapel der Noten, und er hilft mit, entziffert die Titel. «Auszug aus der Zauberflöte, Auszug aus Elise», buchstabiert er, «Titus-Marsch von Mozart, Begräbnismarsch von Beethoven, Marsch des Generals Bonaparte.» – «Das wollen wir nicht hören», sagt Anna, «ich kann das auch nicht alles spielen.» Die Mappe mit den Polonaisen, Menuetten und Kontra-Tänzen, die der Komponist Koslovsky dem Zaren anlässlich seiner Krönung präsentiert hat, legt sie zur Seite – das ist ein Geschenk Alexanders. Sie blättert durch die Sonaten, Sonatinen und vier- und zweihändigen Stücke von Cherubini, den sie besonders schätzt, und wählt einige Polonaisen aus. Sorgfältig setzt sie die Finger auf die Tasten und setzt zum Spiel an.

Eduard horcht auf die Töne, die aus dem Spinett aufsteigen, einzelne Klänge erst, die dann mit andern zusammenfinden, sie hüpfen und purzeln, verbinden und trennen sich, jagen einander und enden in einem gemeinsamen Abschluss.

Anna setzt zu einer zweiten, etwas langsameren Polonaise an, schaut nun weniger auf die Noten und mehr auf ihren Sohn, der ganz in der Musik aufgeht.

Die Töne rufen wogende Tanzpaare vor Eduards Augen, wie er sie diesen Frühling einmal im Salon beobachtet hat, man hatte die Möbel zur Seite gerückt, und die vornehmen Damen und Herren bewegten sich zu ähnlicher Musik, sie lösten sich in Reihen auf und fanden wieder zusammen, drehten sich als Paare umeinander, und er hat die Augen nicht von der Kaiserlichen Hoheit lösen können, die ihm die schönste unter den Damen schien, wie sie am Arm verschiedener Herren dahinglitt.

Sie lächelt ihn an, und er rutscht näher, legt den Kopf an ihre Schulter.

Anna spielt wie im Traum die nächste Polonaise, spielt weiter und weiter – bis plötzlich ein Geräusch zu hören ist und sie abrupt innehält. Moritz läuft vor der Fenstertür über den Rasen, er treibt einen Ball vor sich her, stoppt ihn, holt aus und kickt ihn in hohem Bogen über den Rasen. Pluto läuft jaulend hinter dem mit Schnüren umwickelten Stoffball her. Eduard richtet sich auf, Anna sieht ein Funkeln in seinen Augen und sagt: «Geh, schliess dich Moritz an.» Er springt davon, ohne zurückzuschauen. Sie lässt die Hände sinken. Die beiden Jungen entfernen sich, spielen wohl vor dem Gartensaal weiter, wo der Ball nicht den Hang hinunterrollt. Es ist ganz still im Haus, ein Moment der absoluten Ruhe.

Dann hört sie Schritte auf der Treppe, die Küchengehilfin macht mit einer kleinen Glocke die Runde durchs Haus und ruft zum Essen. Ein Blick auf die goldene Bronzeuhr, die Ernst wie versprochen aus Paris mitgebracht hat, zeigt ihr, dass schon Mittag ist. Wie schnell die Zeit vergeht … In solch kostbaren Momenten wie eben möchte sie sie anhalten.

Sie erhebt sich. Nach dem Mittagessen wird sie mit Schiferli zwei Anträge an die Stadt Bern formulieren. In Zukunft wird eine grössere, gusseiserne Glocke zu den Mahlzeiten ertönen – dazu braucht sie die Erlaubnis der Stadt. Und sie will den neuen Namen für ihr Gut eintragen lassen, den sie schon eine ganze Weile mit sich trägt: Elfenau soll es heissen.

Elfenau, 30. September 1816

Es ist später Abend. Nachdenklich sitzt Auguste in ihrem Schreibkabinett an diesem letzten Tag, den sie bei ihrer Tochter Juliane verbringt. Während des vierwöchigen Aufenthalts flog ihre Feder abends über die Blätter ihres Tagebuchs. Heute ist alles anders, die Feder stockt, sie legt sie nieder und starrt in die Flamme der Kerze. Dann blättert sie in ihrem Tagebuch zurück.

Sie liest die Zeilen, die sie gleich nach ihrer Ankunft geschrieben hat. Julchen war ihr mit der Ehrendame bis Kirchberg entgegengereist – voller Freude schlossen sie sich in die Arme. Wie gespannt war sie auf das neue Gut ihrer Tochter. Ihre Erwartungen wurden nicht enttäuscht.

2. September: *Der Weg hier her geht oben am Stalden hin, vor Bern, das im Thal liegt, vorbey; und Elfenau ist, dießen Berg abgerechnet, nicht über eine ¼ Stunde von der Stadt. Daß Hauß ist gar hübsch und die Umgebungen unendlich freundlich.*

Die Elfenau mahnt sie ein bisschen an Schloss Fantaisie bei Bayreuth, wo ihre Tochter Antoinette wohnte, bevor ihr Mann nach Weissrussland berufen wurde. Natürlich ist ein Herrenhaus nicht mit einem Schloss gleichzusetzen. Aber Schlösser haben auch ihre Nachteile: Sie sind gross, schlecht zu heizen und brauchen ständig Unterhalt. Ernsts Umbau der Ehrenburg ist noch immer nicht abgeschlossen. Gern überlässt sie ihm und seiner künftigen Frau das Schloss. Kürzlich ist sie ins Bürglass-Schlösschen umgezogen, ein kleiner Palast unweit der Ehrenburg, vergleichbar in der Grösse mit dem Herrenhaus in der

Elfenau. Die Lage über dem Fluss, die Einbettung in die weite Parklandschaft, der Blick auf das Panorama der Schweizer Schneeberge verleiht Julchens neuem Besitz allerdings etwas Einzigartiges. Das Herrenhaus ist mit Geschmack eingerichtet. Ihr selbst hat man ein Schlafzimmer zugewiesen und dieses Schreibkabinett im Erdgeschoss mit weiss lackierten Wänden, Kupferstichen und wunderbarer Aussicht. Sie schlägt die Seite um.

4. September: *Wie ich wieder in mein geliebtes Cabinet komme, sehe ich zu meinem Entzüken, und zum ersten mal seid ich hier bin, die herlichen Schnee Berge in hellsten Sonnen Glanz, die hohe Jungfrau ragte über die Waldbäume her vor, die Frau, die Blümlys-Alp, das Dolten Horn und andre, deren Nahmen ich nicht weiß, zogen sich mehr rechts über den Nießen und dem dunkeln Stockhorn und glänzten wie Erscheinungen aus einer andern Welt mit ihren ewigen Eiß über die nie nähern Waldberge herein.… Am trüben Nachmittag fuhren wir noch spazieren jenseits der Thuner Straße zwischen einer Menge Campagnen durch. Der Thee wird meist in einem gar freundlichen Eckzimmer der untern Etage getrunken, es ist boisirt, und auf den leicht grau laquirten Wänden hängen Englische Kupferstiche.*

Ja, das Wetter dieses Jahr. Es beeinträchtigte auch ihren Aufenthalt in der Schweiz. Am 5. September hat sie notiert: … *dießer Monat fängt recht kläglich an, und auch hier, wie bey uns, liegt noch viel Getreyde auf den Feldern. Die Theurung ist schon jetzt bedeutent.*

Auguste schaut durchs Fenster in die Dunkelheit. Man sagt, dass in einigen Gegenden Hunger herrsche. Ein Schweizer Fuhrknecht hat ihr erzählt, er habe Kinder gesehen, die Gras gegessen hätten. Nun, die Leute in Julies Umgebung sind nicht betroffen. Ihre Tochter geht grosszügig um mit den Dienstboten, und diese bringen ihr Verehrung entgegen. Schiferli, der ihnen auf die Finger schaut und keinen unnötigen Rappen ausgibt, gehen sie eher aus dem Weg. Sie selbst hat in Bern keine Not gesehen, die Leute scheinen ihr gut gekleidet.

Am 8. September, nach einem Sonntagsausflug, hat sie geschrieben: ... *der Regen strömte herunter. Wie alles fort war, fuhren wir doch noch in den trüben Abend hinein; im Sontags Staat machten es die Land Bewohner eben so; es war Markt geweßen. Ich kenne nichts Hübscher's wie ein wohlgebautes Berner Landmädchen, in ihrer schwarzen antiquen Tracht; es giebt ausgezeignet schöne darunter; recht wiederwärtig sticht das triviale Bauern Kostüm der Männer, ihre langen, gelblichen Röke und gemeine plumpe Gestalten gegen die idealisch gekleideten Weiber ab ...*

Am 9. September erhielt Julchen die offizielle Erlaubnis, ihr Gut «Elfenau» zu nennen. Seither ruft die Elfenau-Glocke die Gäste zu den unkomplizierten Essen unter der Markise vor dem gelben Kabinett, den Mittagsmahlzeiten im Gartensaal der Orangerie oder den offiziellen Diners im Speisesaal mit den grossen Flügeltüren. Diese hält Julie wenn immer möglich offen, damit die Gäste die Sicht auf die schöne Landschaft und den Fluss Aare frei haben, der wegen des vielen Regens mächtige Fluten dahinwälzt. Die Tochter hat viele Bekannte und Freunde in Bern und Umgebung. Der Schultheiss von Wattenwyl, der preussische Gesandte Gruner, der englische Diplomat Stratford Canning und der französische

Gesandte Graf Talleyrand waren mit ihren Gattinnen in der Elfenau zu Gast, man hat parliert, diniert, promeniert und später Gegenbesuche in der Stadt und auf den Campagnen gemacht. Man hofiert Grossfürstin Anna, begegnete auch ihr, der Mutter der Grossfürstin und Herzogin von Sachsen-Coburg, ehrerbietig.

Nach viel schlechtem und wechselndem Wetter traten sie die geplante Reise nach Interlaken in die Nähe der Berge doch noch an.

19. September: *Nach einem unbedeutenten Gewitter gestern Abend hat es wieder die ganze Nacht durch geregnet, aber schon am frühen Morgen bekämpfte die Sonne den leichten Nebel, und ein Berg nach dem andern stieg glänzent auf der weißen Nebel Hülle hervor; und wie wir um 10 ausfuhren, war das Wetter wunderschön; wir hatten zwey Wägen: Julchen und ich in dem einen, und Schifferly mit Brica in dem andern. Der Morgen war lieblich; in alle Bergschluchten zog sich der Nebel zurück, und nur leichte Silber Flöckgen schwebten um die Felß Häupter des Nießen und der Stockhorn Kette.*

Sie nahmen die angenehme Strasse von Bern nach Thun, schifften sich dort auf dem grün schimmernden Wasser der Aare ein und wurden neuerlich von Regen überrascht.

An der Ländte beim Neuhaus drängten sich Marktleute, welche Rinder, Schafe und quietschende Schweine auf Barken verluden. In Unterseen herrschte buntes Jahrmarkttreiben; lauter festlich gekleidete Landleute drängten sich im Städtchen. Der Kutscher machte sie auf eine junge Frau aufmerksam:

Auf der Brüke zwischen Unterseen und Aarmühlen begegnete uns die weit Berühmte schöne Schifferin vom Brienzer See; nie habe ich eine schönre Blondine gesehen. Wie dieße LielienHaut, die rein griechischen Züge und die hohe Anmuht des ganzen Gesichts wohl in eine BaumHütte des Oberhaßly Thals kommen? Unter feinen schwarzen Augenbraunen lachen schöne blaue Augen, und zwischen Rosen Lippen Perlen Zähne, und in die schön gerundete Wange drüken sich Grübchen, und etwaß sanft sinniges im schönen Gesicht scheint gar nicht zum Schiffermädchen zu passen … Julchen rief sie an den Wagen, und eine Rosen Gluht überzog daß reitzente Gesicht; in der schwarzen Berner Tracht sah sie wie ein idealisches Gemählde aus … heyrathete sie in ihren Stand, obgleich vornehmere Freyer um ihre Hand warben; ihr Mann, ein hübscher junger Kaufmann aus Unterseen, sieht mir ein wenig grob aus und soll eifersüchtig sein.

Auguste schaut von ihrem Tagebuch auf. Die blonde Schifferin neigte sich der etwas älteren, dunklen Julie zu, die in der Kutsche sass. In den beiden Gesichtern hatte sie, Auguste, etwas Ähnliches gelesen. War es eine gewisse Enttäuschung vom Leben?

Sie verabschiedeten sich von der Schifferin. Ihr Mann fasste sie herrisch am Arm – ein bisschen verwirrt, mit gesenktem Kopf, folgte sie ihm. Julie schüttelte den Kopf, wie wenn sie etwas loswerden müsste.

Ach, Julchen. Wird sie je über den Alptraum hinwegkommen, den sie mit Konstantin in Russland erlebte?

Konstantin hat sie, Auguste, in den vergangenen Jahren zweimal in Schloss Ehrenburg besucht. Wollte er sich über die Mutter der Tochter annähern? Sie selbst kann nur sagen: Im Gespräch war er ganz nett – nur selten blitzte Mutwilligkeit auf. Wenn sie nicht Julies Erzählungen vor Augen gehabt hätte, wäre es schwierig gewesen, seinem Charme zu widerstehen.

Auguste kehrt mit ihren Gedanken zur Reise zurück. Im grossen Wirtshaus in Interlaken schliefen sie schlecht, weil das Landvolk den ganzen Abend und die halbe Nacht auf dem Vorplatz tanzte, trank und schäkerte. Am folgenden Morgen entschädigte der blaue Himmel für das Ungemach. Vom Pavillon auf der Anhöhe genossen sie einen wunderbaren Blick auf die Berge, die Seen und das Dorf Unterseen, das wie ein Klein-Venedig zwischen den Armen der Aare im Wasser zu schwimmen schien. Um 12 Uhr schifften sie sich im Neuhaus ein und erreichten bei klarem Wetter um 7 Uhr abends die Elfenau.

Am 23. September feierten sie Julies 35. Geburtstag. Sie hat festgehalten: *Möge der herrliche Tag heute daß Vorbild des heute angefangenen Jahrs für mein gutes, gutes Julchen sein! Gesundheit und ein frohes, zufriednes Herz ihr jeden Tag verschönern; sie hat den Hafen der Ruhe, nach dem sie sich so lange sehnte, gefunden; Vater im Himmel! erhalte und schütze ihr einfaches harmloses Glük, daß kein neuer Sturm in ihrem Leben es zerstöre …*

Die Hausgenossen überreichten ihr Geschenke. Gemeinsam frühstückten sie in der mit Blumen dekorierten Orangerie und nahmen dort später auch das Mittagsmahl ein. Ein paar Herren aus Bern spielten auf, andere – unter ihnen Schultheiss von Wattenwyl – überbrachten ihre besten Wünsche. Die schönste Überraschung erwartete Julie im Wald: Während der Tage in Interlaken war dort ein kleines Holzhaus errichtet worden, wie sie es sich schon lange gewünscht hatte. Und auch der Vorliebe ihrer Tochter für das Theater kam man entgegen: Am Abend wurde eine Posse nach einem Stück von Kotzebue gegeben; Caroline Wasner spielte in einer schwarzen, Frau von Schiferli in einer blonden Perücke, es wurde viel gelacht.

Sie unternahmen weitere Ausflüge, wenn es das Wetter erlaubte. Gestern, am zweitletzten Tag ihres Aufenthalts, gab Julchen für alle Dienstboten einen kleinen Ball, die Leute trugen ihre Tracht, es wurde Musik gespielt und getanzt. Im Tagebuch hat sie unter dem 29. September eingetragen: *Ach, ich gehe unaussprechlich ungern von hier weg, wo ich so unendlich froh und glücklich war, so recht nach meinen Geschmack frey und ungenirt … es ist einem so um und um wohl, in Julchens liebvoller Nähe, sie ist so gut, so höchst angenehm, so sorglich, mir Freude zu machen, ohne es zu scheinen. Nie werde ich die frohen, ganz die Sorgen freyen Tage in dießer anmuthigen Wohnung des Friedens und der Ruhe vergeßen!*

Auguste blickt auf. Das dunkle Fenster, bemerkt sie plötzlich, spiegelt ihr Bild: eine ältere Frau, hochgestecktes Haar, vorgeschobenes Kinn, entschlossener Blick. Seit zehn Jahren ist sie Witwe, hat das Leben in die eigenen Hände nehmen müssen. Aber schon vor dem Tod von Franz war sie es, die sich um die Kinder, ihre Erziehung und Verheiratung kümmerte. Bei Sophie, Antoinette, Ferdinand und Leopold ist es ihr ganz ansprechend gelungen; sie sind gut verheiratet und leidlich glücklich. Ferdinands Frau erwartet demnächst das erste Kind. Einige Sorgen hat ihr nur Ernst bereitet, der immer noch unverheiratet ist. Nun hat sie aber für ihn eine wunderbare Partie in Aussicht und hofft auf Erfolg. Auch für Victoire, die leider seit zwei Jahren verwitwet ist, gibt es Pläne. Davon hat sie Julie nichts erzählt – zu schmerzhaft wäre es für sie, die sich in dieser Richtung keine Hoffnung mehr machen kann.

Julchen ist und bleibt ihr Sorgenkind. Auguste starrt ins dunkle Fenster. Auf einmal scheint ihr die Frau, die sie dort erblickt, fremd und böse. Wieso nur nahm sie das Angebot der Zarin Katharina an und fuhr mit ihren drei Töchtern nach Russland? Andererseits: Welches Fürstenhaus in Europa hätte das Angebot abgelehnt? Kurz zuvor hatte das Haus Baden eine seiner Töchter nach Russland verheiratet: Louise von Baden wurde zu Elisabeth, der Gattin Alexanders.

Tatsache bleibt: Sie übergab Julchen – damals ein vierzehnjähriges Kind, hübsch, lebhaft, mit Liebreiz – an Konstantin, einen Mann mit schwierigen Erbanlagen, wechselhaft, cholerisch und unberechenbar. Sie verschloss ihre Augen, obwohl es Warnzeichen gab: Konstantins Unbeständigkeit, seine Launen und die Geisteskrankheit seines Vaters, des späteren Zaren Paul. Hegte Konstantin je Gefühle für Julchen? War sie nicht eher ein Spielzeug für ihn, eine hübsche Puppe, mit der man spielte oder die man wegwarf, je nach Laune?

Aber waren denn bei den Ehen ihrer anderen Kinder Gefühle im Spiel? Eine anfängliche Verliebtheit und Respekt – das schon. Gerade ihre weichherzigste Tochter jedoch überliess sie diesem Mann ohne Gefühle. Vielleicht hätte sie sie in Coburg zurücklassen sollen? Wie hätte sie denn Julie übergehen können, die herausstach aus den Töchtern – und dann auch wirklich auserwählt wurde?

Fragen über Fragen. Nur eines ist ziemlich klar: Ohne diese Ehe hätte Zar Alexander während der napoleonischen Wirren keine schützende Hand über Sachsen-Coburg gehalten. Vielleicht gäbe es ihr kleines Herzogtum nicht mehr.

Auguste setzt sich gerade hin. Am Vergangenen lässt sich nichts ändern. Und zu sagen ist: Auch Julie hat Fehler begangen.

Als sie sich von ihrer Trennung 1801 erholt hatte, ging sie in ihrem Gefühlsüberschwang eine Liebschaft mit einem Husarenoffizier ein. Als dieser sich endlich entfernt hatte, wurde der Haushofmeister ihr Geliebter. Diese Liebschaft zeitigte Folgen, auch wenn sie nur ungern daran denkt: Da ist Eduard – Julies Sohn. In den vergangenen Tagen hat sie ihn besser kennen gelernt. Der Junge ist intelligent und aufgeschlossen, er ähnelt im Aussehen ihrem Sohn, Herzog Ernst. Sie wird Ernst bitten, sich um den Jungen zu kümmern. Das ist in Julchens Sinn, auch wenn sie nie darüber gesprochen haben.

Und da gibt es auch noch Hilda, ein herziges, kleines Mädchen. Offiziell weiss sie, Auguste, nichts von diesem Kind. Hilda kennt ihre Mutter und ihren Vater nicht. Und dabei muss es wohl bleiben, man kann nicht alles geradebiegen.

Auguste schiebt diese allzu privaten Gedanken zur Seite und blickt nochmals ins dunkle Fenster. Die Herzogin, die sich dort spiegelt, kann im Grossen und Ganzen mit sich zufrieden sein. Sie lächelt sich ermutigend zu.

Es ist ihr ein Anliegen, noch ein paar Zeilen zum letzten Tag ihres Besuchs bei Julie niederzuschreiben. Sie nimmt die Feder und fügt unter dem 30. September an:

… Nachmittags war's ziemlich hübsch; ich besuchte noch alle meine Lieblings Plätze im Wäldchen; und nur das rauschen dörr fallenter Blätter, oder von jenseits der Aar das ferne harmonische Geläute der Kuhgloken störte die tiefe Stille. Der Abend Himel wurde schon gelb, wie ich aus dem Wald auf den freyen Weg trat, dunkle Nebel Wolken verhülten die Alpen, nur der felsige Nießen stand wie eine schwarze Piramide über den Wäldern, freundlich schimmerte der Abend Himel in der Aar; auf der ganzen Gegend lag der Herbst so ernst und wehmüthig, und der Gedanken, daß es das letzte mal war, daß ich die liebe Gegend durch wanderte, machte mich traurig …

Sie beugt sich über die Kerze und bläst sie aus.

1817

Elfenau, Januar 1817

Ein unglaublicher Tumult, Geschrei, Geläufe. Es ist kalt, Nacht, die Öllampen und Kerzen flattern vom ständigen Durchzug. Etwas Schreckliches hat sich ereignet.

Sie steht mit Elisabeth vor der Treppe im Michael-Schloss, die zu den Gemächern von Zar Paul führt. Das Geschrei kommt von Maria Feodorowna, die zu ihrem Mann will, mit eigenen Augen will sie sehen, ob Paul wirklich tot ist, ermordet von Verschwörern. Die Palastwache steht breitbeinig auf der Treppe, lässt sie nicht vor. Sie kreischt, trommelt mit den Fäusten auf den Brustpanzer des Soldaten, der keine Miene verzieht, beschimpft ihn auf Deutsch als Ungeziefer. Auch Elisabeth erreicht nicht, dass die Schwiegermutter passieren darf, sie führt sie zu einem Sofa, redet auf sie ein, versucht, sie zu beruhigen. Maria Feodorowna schreit weiter, schlägt die Hände vor die Augen, wiegt sich vor und zurück. Anna ist unfähig, etwas zu tun, sie bewundert Elisabeth, die ruhig bleibt, redet und handelt in diesem schrecklichen Wirrwarr.

Konstantin, verschlafen, erscheint an der Seite von Subow, dem Liebhaber der verstorbenen Zarin Katharina.

Subow schwankt, wie wenn er betrunken wäre, vielleicht ist er es auch. Die beiden werden von der Wache durchgelassen.

Wenig später schreitet Konstantin die Treppe herunter, kommt auf sie zu. «Er ist tot», sagt er, und Maria Feodorowna hört auf zu schreien, nimmt die Hände vom Gesicht. «Sie sitzen um seine Leiche herum, Adlige, Offiziere, alle sind betrunken. Wahrscheinlich fanden sie nur so den Mut, ihn zu ermorden, nachdem er sich geweigert hatte, die Abdankungsurkunde zu unterzeichnen», stellt er fest. «Alexander liegt im Nebenzimmer und weint. Vielleicht hat er von den Plänen gewusst – ich nicht. So wird er nun Kaiser. Ich werde mein Regiment aufsuchen und zu den Männern sprechen als Bruder des neuen Kaisers.»

«Nicht Alexander – ich werde regieren», ruft Maria Feodorowna.

«Mutter, du überschätzt deine Macht!» Konstantin lächelt süffisant und eilt davon.

Maria beginnt hysterisch zu heulen, sie will nicht mehr den toten Paul sehen, sondern ihre geliebten Kleinen, die beiden Grossfürsten Nikolaus und Michail, fünf- und dreijährig. Elisabeth verhandelt mit dem Wächter, und er lässt Maria Feodorowna in die Gemächer der Kinder.

Elisabeth und Anna umarmen sich, sie haben schon so viel Leid gemeinsam durchgestanden. Dann löst sich Elisabeth, ihr Ausdruck ist beherrscht: «Ich gehe zu meinem Mann – Alexander braucht mich.» Die Palastwache lässt die neue Kaiserin passieren.

Anna sinkt aufs Sofa, sie schlottert, ist nur notdürftig gekleidet, weil man sie aus dem Schlaf gerissen hat, aber sie weist die Ehrendame zurück, die sie in ihr Gemach führen will. Das Stimmengewirr, das Kommen und Gehen halten an.

Sie sitzt noch immer da, erstarrt, als das Tageslicht an diesem 12. März 1801 in die weisse Winterlandschaft von St. Petersburg einfällt. Das Volk habe die Todesnachricht mit Genugtuung aufgenommen, verbreitet sich im Saal. Niemand wird sich mehr vor dem Zaren in den Schnee werfen müssen, niemanden wird er mehr willkürlich strafen können. Das menschenverachtende Regime von Zar Paul ist Vergangenheit.

Auch Anna beginnt zu begreifen, der Druck in ihrer Brust lockert sich. Noch immer sitzt aber die Kälte in ihren Gliedern. Die Szenerie um sie herum überzieht sich mit Grau und versinkt langsam.

Zitternd erwacht Anna. Das Betttuch fühlt sich klamm an, sie öffnet die Augen. Weissblaue Dämmerung liegt im Zimmer. Das ist nicht St. Petersburg, zum Glück, sondern die Elfenau, ihre sichere Insel. Die Zeit in Russland liegt viele Jahre zurück. Ab und zu wird sie noch von ihr heimgesucht. Letzthin hat sie geträumt, dass sie die Augen aufschlägt und eine Ratte vor sich hat, Konstantin hält sie am Schwanz und lässt sie mit hämischem Grinsen über ihrem Gesicht baumeln. Im Winter überraschen sie solch hässliche Träume häufiger – vielleicht, weil in ihren Erinnerungen Russland mit Winter verbunden ist.

Immer schneite es, Eis lag auf den Strassen und sie konnte nicht fliehen, weil Konstantin sie einsperrte und der Schnee ihre Fluchtwege zudeckte. Aber nach Zar Pauls Ermordung kam der Sommer und ihre Flucht gelang – mit der Zustimmung von Alexander und auch von Konstantin, der genug hatte von ihren Ermahnungen und

Vorwürfen und Krankheiten. Sie war ihm zuwider und er ihr. Er hatte sie einmal zu viel gequält.

Sie versteht nicht, dass er vor drei Jahren hier in der Elfenau aufgekreuzt ist. Er hat von vorne beginnen wollen, wo es doch unmöglich ist, weil sie nicht vergessen hat, niemals vergessen kann, die Alpträume kehren wieder und im Winter besonders heftig. Trotzdem hat sie sich eine Weile von ihm einnehmen lassen, hat tatsächlich geglaubt, er habe sich geändert, bevor er ihr das Gegenteil bewiesen hat.

Vorsichtig setzt sie die Füsse auf den Boden. Ihre Sicht ist klar, das Kopfweh, das sie noch gestern ins Bett gezwungen hat, weg. Sie macht die paar Schritte zum Fenster und zieht den Vorhang zurück. Schnee liegt auf den Wiesen und Abhängen der Elfenau, dahinter zeichnen sich die Berge ab, Eiger, Mönch, Jungfrau und die Blümlisalp, und Niesen und Stockhorn, verschneit. Eine atemberaubende Aussicht, kaltblau in der Morgendämmerung, einige Sterne flimmern über dem Panorama.

Wärmend legt sie die Arme um sich, geht zum Bett zurück. Soll sie Caroline rufen, die nebenan schläft, damit sie ihr das Säckchen mit Kirschsteinen aufwärmt?

Es ist nicht diese Wärme, die sie vermisst. Sie wäre gern neben einem Mann erwacht, hätte in sein schlafendes Gesicht geschaut, mit den Fingern über seine Stirn gestrichen. Der Mann hätte die Augen aufgeschlagen und seine Arme um sie gelegt. Welcher Mann?

Manchmal denkt sie noch an die Abende und Nächte mit Rudolf zurück, damals, 1811, im gelben Haus nahe beim Wäldchen. Das Zusammensein im Zeichen des Kometen hat sie gewärmt, in seinen Armen hat sie sich sicher gefühlt. Vielleicht hätten sie zusammenkommen können. Wenn da nicht die Standesunterschiede gewesen wären. Ernst hat Schiferli inzwischen zum Baron erhoben. Auch Sophie hat einen Baron geheiratet. Aber das ist an der Grenze zur Mesalliance – darum sind Bestrebungen im Gang, dass Emanuel demnächst den Grafentitel erhält.

Was sollen diese Gedanken? Sie hätte Schiferli so oder so nicht heiraten können – er war damals bereits verheiratet und hatte zwei kleine Jungen. Und sie selbst war mit Konstantin verheiratet – ist es jetzt noch, auf dem Papier.

Im Herbst hat sie ihren 35. Geburtstag gefeiert, als die Mutter zu Besuch weilte. Mit dieser Jahreszahl scheint ihr das Liebesleben abgeschlossen. Es ist zu spät. Eine Scheidung: für wen, für was? Geschiedene Frauen haben einen geringen Status – Antoinette hatte Recht. Und sie kann es sich nicht leisten, ihre Lebensgrundlage, die Apanage aus Russland, zu verlieren.

Keine Scheidung also – nicht mehr. Aber eine tiefe Verbundenheit mit Rudolf, der ihr in allem der Nächste ist. Immer noch?

Die Leichtigkeit des Anfangs hat sich verloren. In letzter Zeit betritt sie sein Arbeitszimmer nur ungern. Kaum schaut er von seinen Briefen und Rechnungen auf, und wenn doch, mustert er sie vorwurfsvoll, weil sie wieder einmal Ausgaben getätigt hat.

Ach, Rudolf. Seine Augen sind leer, wenn sie sich gegenüberstehen. Sie kehrt sich von ihm ab. Dabei hat sie ihn geliebt – Rudolf ist Hildas Vater. Aber sie kann das

Kind nicht zu sich nehmen, gerade weil er der Vater ist. Dafür ist er für Eduard da, der sich einen Vater wünscht und ihn in seinem Vormund gefunden hat. Wie kompliziert ihr Leben doch ist …

Zu Eduards Vater, Seigneux, hat sie keine Verbindung mehr. Nach seiner Entlassung durch Leopold hat er Gerüchte über ihren Lebenswandel gestreut.

Sie hatte sich ihm hingegeben, nachdem er ihr lange Zeit den Hof gemacht hatte. Und kam nicht mehr von ihm los, nach Eduards Geburt schon gar nicht. Oh – Jules-Emile umschmeichelte sie, er war charmant, witzig, ein Bonvivant. Aber er war auch launisch, und wenn sein Jähzorn oder die Eifersucht Oberhand gewannen, verspürte sie manchmal Angst vor ihm wie früher vor Konstantin. Erst als sie mit Rudolf Schiferli einen ganz anderen Mann kennen lernte, hatte sie die Kraft, ihn aufzugeben.

Anna streicht eine Falte des leeren Kissens neben ihr glatt. Es ist nicht Seigneux, der ihr fehlt. Linev, der Husarenoffizier, erscheint vor ihren Augen.

Einen Traum hat sie mit ihm gelebt. Auf seinem Schlitten, zwischen seinen Beinen, ist sie sicher übers Eis geglitten, für einmal hat ihr der russische Winter nichts anhaben können. Dann – mitten in diesen Traum – platzte die schreckliche Mordnacht. Linev fügte sich in ihren Tross, als sie Petersburg verliess, er reiste mit ihr nach Coburg. Offiziell stand er den Wachen ihres kleinen Hofstaates vor. Inoffiziell war er ihr ständiger Begleiter, reiste mit ihr nach Strassburg und in andere Städte.

Eine Art Flucht war es gewesen, vor sich selbst, vor ihrer Familie, um mit ihm in Hotels und Pensionen abzusteigen, wo niemand sie kannte. In der Nacht ein paar versteckte Stunden des Glücks, gefolgt von vielen Tagen des Unglücks, der Marter, der Vorwürfe an sich selbst. Verzweifelte Briefe an Elisabeth, um eine Scheidung zu erreichen. Das Scheitern dieser Pläne. Schliesslich die Fahrt nach Berlin, eine letzte heimliche Begegnung, Küsse, Umarmungen, verzweifelt schmiegte sie ihr Gesicht in seine Hand. Gegen Morgen schlich er sich aus dem Zimmer, er wollte nach Russland heimkehren. Sie hörte, wie sich die Zimmertür schloss, war wie erstarrt, konnte nichts tun, sie hatte ihn schon zu lange aufgehalten, das war kein Leben für ihn, sie beide hatten keine Zukunft. Als sich die Erstarrung löste, wühlte sie den Kopf ins Kissen, und als sie sich endlich erhob, glaubte sie, nie mehr weinen zu können.

Sie wandte sich den Amüsements von Berlin zu, Theater, Konzert, Salons. Nie hat man sie mehr bewundert und für sie geschwärmt als gerade dann, als sie abgrundtief verzweifelt war. Von Ivan Linev hat sie nie wieder etwas gehört.

Fahles Licht im Zimmer. Anna ist immer noch kalt, sie rollt sich zusammen wie ein Kind im Mutterleib. Es ist sinnlos, die Kälte durchdringt sie trotzdem. Sie ist allein auf der Welt, ganz allein, sie spürt sich nicht, ihr Körper ist ihr fremd. Sie streift den Ärmel zurück, hebt den Arm hoch, weiss und fremd ragt er in die Luft, ist das ihr Arm? Sie legt die Finger der andern Hand auf den Arm, die Fingerspitzen sind wie kalte Punkte auf ihrer Haut. Und nun drückt sie die Nägel ins Fleisch, zieht sie über den Unterarm, endlich spürt sie etwas, Schmerz durchzuckt sie, auf dem Arm erscheinen rote Linien. Das ist etwas, ein Lebenszeichen, sie ist nicht tote Materie, sie lebt, das Blut pulsiert in ihren Adern, in ihrem Arm. Hastig setzt sie sich auf, greift nach einem Tuch auf dem Nachttisch, wischt die feinen Blutspuren weg.

Es klopft, sie zieht den Ärmel hoch, keinen Moment zu früh. Caroline, leuchtend wie die Morgensonne mit ihrem rotblonden Haar, steht in der Tür. «Oh, Sie sind schon wach!», stellt sie fest. Sie schüttelt die Kissen in Annas Rücken auf, überreicht ihr ein warmes Kirschsteinsäckchen und entfernt das erkaltete. Caroline riecht nach Lavendelwasser, nach frischer Wäsche, wie eine Brise streicht sie durchs Zimmer. Anna kommt sich verjüngt vor in ihrer Gegenwart, sie versteht ihre Stimmung nicht mehr, und auch nicht das Kratzen, das sie ihrem Körper zugefügt hat. Die Kirschsteine wärmen ihren Bauch, sie wechselt ein paar Scherzworte mit Caroline. Bald wird ihr die Ehrendame mit geschickten Fingern das Kleid zuhaken, sie wird bereit sein für den Tag.

Caroline legt eine Einladung vor sie hin, und Annas Laune hebt sich noch mehr, als sie die Umrandung bemerkt, einen Theatervorhang. Der Vorhang wird sich wieder heben – auch für sie. Man kann sich ablenken, es gibt Genüsse im Leben, die darüber hinwegtrösten, dass sie hier ist, in diesem neuerlich eisigen Winter, dass sie nicht nach Coburg hat fahren können, um den 60. Geburtstag ihrer Mutter im Kreis der Familie zu feiern.

Das Programm, das sie in Händen hält, ist nach ihrem Geschmack: Am Freitag, 31. Januar soll Schiller gegeben werden – «Wallensteins Lager» und einige Szenen aus «Wilhelm Tell». Die Aufführung wird wie üblich im Hôtel de Musique stattfinden, wo sie für die Saison eine Loge gemietet hat. Sie wird das dramatische Schicksal Wallensteins miterleben, der im Dreissigjährigen Krieg die kaiserlichen Truppen gegen die Protestanten anführte. Und dann Wilhelm Tell zuschauen, wie er unerschrocken gegen den fremden Vogt kämpft und die Eidgenossen hinter sich schart. Sie liebt es, wenn sich der samtene Vorhang hebt, sie in fremde Welten eintaucht und alles um sich herum vergisst.

«Caroline, du kommst am 31. Januar mit uns ins Theater.» Die Ehrendame errötet freudig. «Und bringe die Einladung auch zu Frau Schiferli, ich möchte sie ebenfalls einladen.» Griton von Schiferli hat an ihrem Geburtstag im Stück von Kotzebue mitgespielt. Anna weiss, dass Griton das Theater liebt. Und noch mehr liebt sie es, sich an der Seite ihres Mannes in der Berner Gesellschaft zu zeigen, denn meist sieht man ihn ohne Ehefrau als Begleiter der Grossfürstin.

«Die Aufführung wird zum Besten der Armen gegeben», stellt sie fest und gibt Caroline das Blatt zurück.

Diese schlägt die Augen nieder. «Es ist so schrecklich – der Hunger, das Elend. Auch mein Dorf ist betroffen. Der Preis für ein Mütt Hafer hat sich verdoppelt, der Preis für ein Mäs Weizen oder Roggen fast verdreifacht. Und doch müssen die Eltern zukaufen, denn die Ernte war gering. Sie kratzen die letzten Batzen zusammen, damit die Mutter für die Familie Brot backen kann und auch die Tiere nicht hungern.»

Anna erschrickt. «Caroline, warum hast du mir das nicht früher gesagt? Ich werde Herrn von Schiferli anweisen, dass er deinen Eltern vom Getreide schickt, das er für die Elfenau erworben hat. Es darf nicht sein, dass deine Familie Not leidet.»

Caroline dankt überschwänglich.

Anna fühlt sich unbehaglich. Wie kommt sie dazu, sich selbst zu bemitleiden? Andere haben es viel schwerer als sie.

Elfenau, Juni 1817

Wie im Traum geht sie durchs Haus. Eben ist sie aus der Stadt zurückgekehrt, und der Schreck sitzt ihr noch in den Gliedern.

Die Szene, die sie vor dem Käfigturm erlebt hat, war widerlich. Eine Menschenmenge hatte sich dort versammelt, Arm und Reich, Jung und Alt. Ein paar Marktstände waren aufgeschlagen, Kinder hatten eine Mauer erklettert, um eine bessere Sicht zu haben. Bessere Sicht auf was? Sie hat dem Kutscher befohlen, anzuhalten. Vor dem Gefängnisgebäude war eine Plattform aufgebaut. Ein Delinquent sass auf einem Stuhl, gefesselt und bewacht von einem Wärter. Der Scharfrichter hielt ein Eisen in der Hand, dessen Ende glühte. «Was geschieht hier?», fragte sie entsetzt. Ihr Kutscher, der ruhige, besonnene Anton, hat sich umgedreht, und in seinen Augen lag der Ausdruck einer Katze, die mit der Maus spielt. «Ein Dieb wird gebrandmarkt. Das wird ihm das Handwerk legen. Gleich nach der Brandmarkung wird man ihn ins Gefängnis werfen, ins Schallenwerk. Dort bleibt er dann, vielleicht sein ganzes Leben lang.» Die Menge johlte auf, denn nun näherte der Scharfrichter das glühende Eisen der Stirn des gefesselten Diebes.

«Schnell – weg!», hat sie geschrien, Anton hat widerwillig mit der Peitsche geknallt, weil er den wichtigsten Teil des Schauspiels nun verpassen würde, und die Kutsche ist über den Bärenplatz davongerollt. Trotzdem hat sie noch das tierische Brüllen des Gepeinigten und das Gekreisch und Gegröle der Zuschauer gehört. Der Wagen ist um die Ecke in die Judengasse gebogen, der Lärm verklungen.

Sie hat gefroren, trotz der sommerlichen Temperaturen. Wie grausam die Menschen doch sein können … Straft ihr Bruder Ernst, der Herrscher über Coburg, auch auf diese grässliche Weise? Sie schliesst es nicht aus. Ernst regiert mit harter Hand. Der kostspielige Umbau der Ehrenburg, der noch nicht abgeschlossen ist, hat die Staatskasse schwer belastet. Das Geld fehlte für anderes, für die Armenpflege zum Beispiel. Die Anliegen des Volkes zählen wenig für den Herzog. Ein repräsentativer Schlossbau, sagt er, komme auch den Coburgern zugute. Schliesslich pflege man eine enge Verbindung zum Zaren, und Bruder Leopold sei mit der künftigen Königin von England verheiratet.

Verstimmt ist sie in die Elfenau zurückgekehrt, hat die Einkäufe – darunter kostbare Perlschnüre zum Schmuck ihres Haars – in eine Ecke geworfen.

Der Wind bläht die Vorhänge, die Luft ist mild, die Sonne scheint. Endlich wieder, nach dem trostlosen Jahr 1816.

Aber vergebens für sie. Verloren streift sie durch die Zimmer. Das im Sommer erfrischende Blau des Salons scheint ihr kalt, die goldenen Puten ein nutzloser Firlefanz. Die mit gelber und roter Seide bespannten Wände der angrenzenden Kabinette – übertrieben, eitel. Ihr Kleid raschelt leise, als sie über die Treppe nach unten eilt, den Speisesaal betritt. Das viele Schwarz erstickt sie fast, die Luft ist abgestanden. Sie stösst die Flügeltüren auf, hat aber keinen Blick für das satte Grün der Parklandschaft. Gleich eilt sie aussen am Herrenhaus hoch und wieder ins Haus hinein, ins gelbe Kabinett. Die Tür zu Schiferlis Arbeitszimmer ist geschlossen. Sie selbst hat den Schlüssel im Schloss gedreht.

Sie kann ihn nicht mehr ertragen. Seine Vorwürfe. Seine Kleinlichkeit. Ja, es ist Kleinlichkeit, es gibt kein anderes Wort dafür. Er spricht nur noch von Zahlen, von den Kosten der Häuschen am Eingang der Allee, die sie kürzlich erworben hat, und von allen anderen Kosten. Er diskutiert nicht mehr über Musik, über Theater, über Politik mit ihr. Auch ihre Gesundheit ist ihm kein Anliegen mehr.

Das ist nicht mehr der Rudolf, den sie kennt. Verbittert übt er sein Amt aus. Melancholie zeichnet sein Gesicht. Ein Hypochonder ist er geworden, der sich stets über etwas beklagt. Niemand kann es ihm recht machen. Die Dienstboten gehen ihm und seiner oft bissigen Kritik aus dem Weg. Auch sie selbst weicht ihm aus, denn er nimmt ihr die Freude an ihrem Werk. Die Elfenau ist keine Insel mehr, wo Elfen tanzen, sondern ein Ort der Sorgen, der Belastung und seelischen Not.

Anna setzt sich an ihren Sekretär. Sie klappt die Lade herunter, greift nach Papier und Feder und entwirft in aller Eile einen Brief an Leopold in Claremont. Leo wird sie verstehen – er kennt Schiferli und auch sie selbst bestens. Gerade erlebt er das Glück seines Lebens – seine geliebte Charlotte erwartet ein Kind. Trotzdem wird er ihre Zeilen mit Anteilnahme lesen. Er wird verstehen, dass sie es nicht mehr aushält, dass es zu ihrem und Schiferlis Besten ist, wenn sie ihn von seinem Amt entbindet. Natürlich wird sie ihren Haushofmeister nicht einfach entlassen; sie wird ihn mit einer angemessenen Summe entschädigen. Ist das nicht die einzig vernünftige Lösung? Es gibt keine andere.

Sie setzt ein schwungvolles «Anna» unter die Epistel, streut viel zu viel Goldsand über die Schriftzeichen, bläst den Sand weg, faltet den Brief und versiegelt ihn. Dann ruft sie nach dem Boten, übergibt ihm den Brief und schickt ihn mit einem grosszügigen Trinkgeld los.

Zurück im gelben Kabinett setzt sie sich ans Spinett, wühlt in den Noten, kann sich aber für nichts entscheiden. Sie lässt die Finger über die Tasten gleiten – manchmal fliesst ihr eine Melodie zu. Die paar Noten, die sie anschlägt, enden in einem Missklang. Sie dreht sich auf dem Hocker um, starrt auf die Tür zum Arbeitszimmer des Haushofmeisters. Eigentlich müsste sie sich erleichtert fühlen. Sie hat sich alles von der Seele geschrieben und einen Entschluss gefasst. Aber ihre Glieder sind schwer, kaum kann sie sich erheben.

Endlich rafft sie sich auf und geht vors Haus. Dort unten fliesst die Aare dahin. Es ist nicht mehr der reissende Fluss vom letzten Jahr, der das Wiesland überschwemmt hat, sondern der grüne Sommerfluss, den sie aus früheren Jahren kennt. Kähne gleiten dahin, der eine hat Früchte und Gemüse geladen, der andere Dachschindeln und Ziegel, auf einem dritten drängen sich Ziegen. Von Flössern gesteuerte Baumstämme, zu lockeren Flossen verbunden, treiben im Wasser. Ein üblicher Tag, ein fast normaler Sommer. Nur ihr Kahn schlingert.

Als sie sich umdreht, erblickt sie Schiferli. Er steht am Fenster seines Arbeitszimmers. «Ich habe vor einigen Tagen Ihrem Bruder Leopold geschrieben», sagt er und schaut an ihr vorbei. «Ich weiss nicht mehr, wie ich meine Aufgabe erfüllen kann.»

«Auch ich habe Leo einen Brief geschrieben», bemerkt sie. «Er soll entscheiden.» Fast wäre sie hingegangen und hätte ihm die Hand gedrückt – er sieht so verzweifelt aus. Stattdessen lächelt sie ihm zu, bis sich sein gequälter Ausdruck lockert, er etwas weniger steif dasteht. Dann geht sie hinein, setzt sich noch einmal ans Spinett. Und nun fliessen die Töne, sie fliessen in Kaskaden aus ihr heraus, über ihr Gesicht, den Kasten des Spinetts, sie tropfen auf den Boden und sammeln sich dort zu kleinen Inseln.

Lichtenfels, August 1817

Die vier vorgespannten Pferde traben auf das Städtchen Lichtenfels zu. Bisher ist sie mit Caroline an ihrer Seite gereist. Für diesen letzten Tag hat sie Schiferli in ihre Kutsche gebeten; der Kammerherr, Caroline, eine Zofe und ein Lakai folgen im zweiten Wagen. Steif ist Schiferli zugestiegen, ein bisschen förmlich haben sie sich unterhalten.

Als sie das Städtchen vor Augen hat, sprudelt es plötzlich aus ihr heraus: «Erinnern Sie sich an Lichtenfels, Ende November 1811?»

«Wie könnte ich es vergessen? Damals hat sich mein Leben verändert.»

«Bereuen Sie, dass Sie die Aufgabe an meiner Seite übernahmen?»

«Nein», sagt er bestimmt. «Manchmal vermisse ich die Zeit als Garnisonarzt, als es um Leben und Tod ging. Ich vermisse auch die Zeit als Professor für Chirurgie und Gynäkologie und meine Praxis: Ich half vielen Kindern ins Leben. Wo stände ich jetzt, wenn ich 1809 nicht am Lazarettfieber fast gestorben wäre? Ich musste eine leichtere Tätigkeit suchen, fand sie als Hofrat beim Herzog von Mecklenburg-Schwerin. Und dann sind wir uns begegnet und ich wurde von Ihnen zum Oberhofmeister ernannt.»

«Zum Oberhofmeister einer Grossfürstin, die mit dem Geld um sich wirft? Die man wie ein Lehrer seine Schülerin stetig ermahnen muss?»

Eine Wolke zieht über sein Gesicht. «Kaiserliche Hoheit, ich habe mich in den Briefen an Ihren Bruder ausgesprochen. Ich habe Fehler gemacht, war zu kleinlich Ihnen gegenüber. Die Sorgen sind mir über den Kopf gewachsen.»

«Auch ich habe Fehler gemacht. Es war mir zu wenig bewusst, welch grosse Arbeit Sie leisten. Erst als wir uns fast entfremdet hatten, stellte ich fest, wie unersetzlich Sie für mich sind.»

«Es tut gut, das aus Ihrem Mund zu hören. Prinz Leopold hat mir in seinen Briefen Ihre hohe Wertschätzung versichert. Aber ich glaubte nicht richtig daran. Sie wollten mich ja entlassen.»

«Ich wollte Sie von einer Aufgabe entbinden, die für Sie und mich zu einer Bürde geworden war. Zu einem Berg, der sich zwischen uns auftürmte. Der Berg war so hoch, dass es uns nicht mehr möglich war, einander in die Augen zu sehen.»

«Ihr Bruder hat mich umgestimmt. Vorhin sagten Sie, dass ich für Sie unersetzlich sei. Diese Bestätigung brauchte ich. Mein Platz ist an Ihrer Seite. Es gilt noch, was ich damals sagte.»

«Danke. Und bitte lege nicht jedes meiner Worte auf die Goldwaage. Du weisst, wie gern ich manchmal widerspreche. Leopold hat es dir bestätigt. Ich sehne mich nach offenem Gedankenaustausch und mag keine engen Vorschriften. Wir könnten es wieder gut haben, Rudolf – wie in den besten Zeiten. Oh», sie schlägt sich die Hand vor den Mund, «es tut mir leid, ich habe dich geduzt – vielleicht, weil wir gerade durch Lichtenfels fahren. Ich bleibe beim Vornamen, solange wir hier sind. Hier wohnt unsere Tochter.» Sie beugt sich vor, zeigt auf ein Schaufenster. «Da – der Laden des Tuchhändlers. Anscheinend ist sie oft im Laden, beobachtet, wie das Tuch abgemessen wird, fährt mit der Hand bewundernd über die kostbaren Stoffe. Das hat Pinchens Schwester erzählt. Wir müssen uns für Hilda einen Weg überlegen. Obwohl sie in dieser

Familie gut aufgehoben ist, möchte ich nicht, dass sie eine kleine Tuchhändlerin wird.»

«Du sprichst mir aus dem Herzen – Anna, Kaiserliche Hoheit.»

Die Kutsche rumpelt aus Lichtenfels heraus in Richtung Coburg.

Sie lächelt. «Wir werden das angehen – Herr von Schiferli. Und jetzt freue ich mich auf die Ehrenburg, auf Ernst und seine Luise. Es war mir nicht möglich, an ihrer Hochzeit in Gotha teilzunehmen.» Sie schaut aus dem Fenster über das stopplige Gelb der Felder – in diesem Jahr ist endlich wieder Getreide herangereift.

«War es der Zwist zwischen uns, der Sie gehindert hat, hinzufahren?», fragt Schiferli.

«Ja, mag sein. Aber auch Bern hat mich festgehalten, die Eröffnung der Tagsatzung Anfang Juli, das Konzert im Münster, die Feier.»

«Es ist eine grosse Anerkennung, dass Sie dort als Ehrengast geladen waren.»

«Ich sehe noch vor mir, wie die eidgenössischen Gesandten und Diplomaten aus dem Münster strömten, wie die festlich gekleideten Herren, angeführt von Fahnenträgern, an stramm stehenden Soldaten vorbeischritten, wie die Leute applaudierten. Die Gesandten marschierten dann am Zeitglockenturm und am – dieses Jahr leider leeren – Kornhaus vorbei zum Saal des Äusseren Standes. Der Saal hat mit dem Umbau gewonnen – die gelbe Lyoner Seide kleidet die Wände vortrefflich. Und Niklaus Rudolf von Wattenwyl ist ein würdiger Präsident der Tagsatzung.»

Schiferli nickt. Er hat Anna beobachtet in ihrem Erzähleifer. Zum ersten Mal seit längerem hat er sie richtig wahrgenommen. Sie wirkt noch immer jugendlich mit ihrem gewinnenden Lächeln, dem schlanken Körper, der in einem schlichten Reisekleid steckt. Das ist die Anna, die er kennt. Aber es gibt auch Unterschiede: Ihre Augen sind umschattet, das zarte Gesicht ist spitz geworden, die Gestalt fast mager. Wie hat ihm das entgehen können? Trägt er Schuld an diesen Veränderungen? Er ist nicht nur ihr Oberhofmeister, sondern auch ihr Leibarzt, ihr Freund. Ihr Wohlergehen ist doch sein Ein und Alles. Wie hat er es aus den Augen verlieren können? Sie ist ihm so vertraut – vertrauter als Griton, deren Launen ihm in letzter Zeit Rätsel aufgeben. Er hat sein Leben Anna gewidmet. Sie vertraut ihm, braucht ihn – und er sie.

Coburg, August 1817

Im renovierten Bürglass-Schlösschen, wo Mutter Auguste jetzt residiert, ist einen Tag später eine kleine Teegesellschaft versammelt: Ernst und seine junge Frau Luise, Anna und Schiferli, Ferdinand und Antonie mit dem kleinen Stammhalter Ferdinand – und Sophie, die vier Tage, nachdem sie Sohn Arthur an ihrem 39. Geburtstag geboren hat, bereits wieder auf den Beinen ist, um den Kleinen ihrer Familie zu zeigen.

Die Amme bringt den kleinen Arthur, durchscheinend und noch nicht ganz von dieser Welt, in den Salon, kurz öffnet er seine blauen Augen. Anna verlangt nach dem

Kleinen, nimmt ihn in die Arme. Sie kann sich nicht sattsehen an diesem kleinen Wesen, dem sie in wenigen Tagen Patin sein soll – wenn das Kind ein Mädchen gewesen wäre, hätte es Juliane geheissen. Sie riecht den Duft des Kleinen, diesen unvergleichlichen Geruch von Milch und Puder, den nur Kleinkinder an sich haben.

«Ein weiterer Junge», seufzt Sophie, die sich neben ihr in den Sessel hat fallen lassen, «ich hätte gern ein Mädchen gehabt. Aber zu mir finden nur Jungen.» Sie nimmt das Kind an sich, winkt die Amme heran und übergibt ihr den kleinen Arthur.

Ohne das Kind im Arm fühlt sich Anna plötzlich unerklärlich leer. Sophie mustert sie. «Du bist mager, Schwester. Oder scheint es mir nur so, weil ich nach der Geburt noch aufgedunsen bin? War die Reise anstrengend?» Anna nickt. In Sophies Gesicht, bemerkt sie, haben sich Falten eingegraben, eine graue Strähne hängt ihr ins Gesicht. Seit vielen Jahren zeichnet sie nicht mehr.

«Das ist mein letztes Kind», sagt Sophie. «Ich bin nicht mehr bereit für diese Tortur. Nur Emanuel muss ich es noch begreiflich machen.» Sie beugt sich vor. «Du kennst sie ja auch, diese Pein. Ich bin so froh, dass die Geburt vorbei ist.»

Soll sie der Schwester sagen, dass sie diese Pein – wenn die Umstände günstig gewesen wären – gern noch einmal auf sich genommen hätte? Es ist besser zu schweigen.

Sophie fallen die Augen zu, sie erhebt sich. «Ich bin so müde – und trotzdem dankbar. Die Kinder sind wohlauf, und Emanuel ist bis jetzt heil aus allen Kriegen zurückgekehrt. Wenn du wüsstest, wie ich mich um ihn ängstige … Wie sollte das gehen – ich allein mit vier Kindern? Wir sind nicht mit Geld gesegnet. Ich kann nur hoffen, dass wir von Unheil verschont bleiben.» Sie verabschiedet sich.

Anna wendet sich den Brüdern und Schwägerinnen zu. Ferdinand trägt wie immer die österreichische Uniform, die mit vielen Auszeichnungen für seine Tapferkeit geschmückt ist. Er ist hager im Gesicht, die in der Schlacht bei Kulm erlittene Verletzung setzt ihm immer noch zu. Schweigsam sitzt er da, in sich gekehrt. Hat er sich schon zur Ruhe gesetzt?

Als Anna mit Antonie spricht, legt er seine Hand in besitzergreifendem Stolz auf jene seiner jungen, blonden Frau. Antonie verehrt ihren um einige Jahre älteren Mann offensichtlich, sie spricht mit stark ungarischem Akzent, kichert und scheint einfach nur glücklich zu sein, Ferdinands Hand auf der ihren zu spüren.

Ernst hat sich Mutter Auguste zugewandt, Luise sitzt schüchtern daneben. Die neue Schwägerin ist fast noch ein Kind, sie schaut Anna nicht an beim Reden, streift nur kurz mit den Augen ihr Gesicht. Sechzehnjährig ist sie, geboren spät im Jahr 1800 – Luise ist jünger als Antoinettes Tochter Marie. Sie erzählt Anna von ihrem Zuhause, dem Herzogtum Sachsen-Gotha-Altenburg.

Dass Luise die Erbin dieses Hauses ist und Gotha ins-Herzogtum einbringen wird, hat bei Ernsts Brautwahl eine entscheidende Rolle gespielt; Mutter Auguste hat diese Verbindung in die Wege geleitet.

Luise spricht nun von ihrem Hochzeitsfest in Gotha – ihr Blick aber geht ins Leere. Sicher vermisst sie ihr Elternhaus. Darüber redet man nicht. Auch Anna hat damals in Petersburg nie über ihr Heimweh gesprochen, und wenn doch, dann nur in den Gesprächen mit Elisabeth. Aber Elisabeth machte ihr klar, dass sie nun Ehefrau sei. Eine Ehefrau lebe im Haus und im Land ihres Mannes, sie sei ganz für ihn da, es bleibe keine Zeit für Wehmut.

Ich werde mich um diese Schwägerin kümmern, denkt Anna. Allerdings bin ich nicht mehr oft in Coburg. Antonie hat keine Unterstützung nötig, sie hat jene von Ferdinand und wird mit ihm nach Wien zurückkehren, wo auch ihre Familie lebt. Aber Luise … Während diese weiter Gäste und Menüs der Feier herunterleiert, überlegt Anna, ob die Schwägerin Kenntnis von Ernsts Liebschaft mit der Französin Sophie Fermepin hat. Wohl kaum.

Der Bruder hat Anna einmal mehr ins Vertrauen gezogen. Sophie erwartete ein Kind. Ernst liess sie nach Deutschland holen, wo sie vergangenen Januar mit einem Mädchen niedergekommen ist. Er liebt die kleine Bertha, die mit ihrer Mutter nach Frankreich zurückgekehrt ist, und sorgt für Mutter und Tochter, obwohl Sophie nichts von ihm verlangt hat. Blauäugig, wie sie ist, glaubt sie sich noch immer vor Gott mit Ernst verheiratet. Einen Monat vor der Geburt hat er sich aber – auf Wunsch von Mutter Auguste – mit Luise verlobt. Wie hat Sophie auf die Verheiratung reagiert? Dazu hat er geschwiegen. Vermisst er sie? Vermutlich. Er hat nun aber die siebzehn Jahre jüngere Luise zur Frau.

Ernsts Leben ist widersprüchlich. Aber wer ist sie, sich an Widersprüchen zu reiben? Ist ihr Leben nicht voll davon?

Mutter Auguste schenkt persönlich Tee nach, sie geniesst das Zusammensein, lässt den Blick in die Runde schweifen. Drei ihrer Kinder sind bei ihr zu Gast – und Sophie hat den neuen Enkel vorgestellt. Hat sie nicht allen Grund zur Freude? Ernst ist nun endlich standesgemäss verheiratet – so lange hat sie dafür gekämpft. Sophie, Antoinette, Ferdinand und Leopold leben in festen Beziehungen, alle haben Nachkommen, das Kind von Charlotte und Leopold wird im November erwartet. Für die verwitwete Victoire hegt sie Hoffnungen. Und Juliane? Auch diese Tochter, die sie fast am liebsten um sich hat, weil Julchen ihr jeden Wunsch von den Augen abliest, hat jemanden an ihrer Seite. Zwar nicht einen Ehemann – aber einen Begleiter. Schiferli, der Oberhofmeister, ist ein Vertrauter der Familie, und wenn sie nicht alles täuscht, umsorgt er Juliane, so wie diese andere umsorgt.

Sie hebt die Teetasse. «Wenn das nicht eine Teerunde wäre, würden wir jetzt anstossen», verkündet sie. «Es ist mir eine grosse Freude, euch alle bei mir zu haben. Wir sind eine glückliche Familie – möge es so bleiben.»

Im Moment, als sich alle erheben wollen, überbringt Kammerherr Brica einen Brief, der an *Herrn Oberst Schiferli in Koburg* adressiert ist. Der Brief stammt aus der Elfenau. Schiferli erbricht das Siegel und überfliegt ihn, Anna mustert ihn besorgt. «Alles in Ordnung», beruhigt er sie und streckt ihr den Brief hin. Geschrieben in Eduards steiler Kinderschrift steht da: *Bester Papa! Wir sehnen uns sehr nach dir, aber wir wissen auch dass du nicht so bald als wir wünschen zurückkommen wirst. weil jetzt die Post nach Koburg geht so will auch ich dir ein Briefchen schreiben. ich hoffe du bist glücklich und gesund angekommen. wir vergessen unseren lieben Pluto nicht, man meine manchmal er sein verloren, aber er fand sich noch. Gestern machten wir anfänge zur Turnkunst. Der Carl Wyß, Herr Wuther und Plutli lassen dich recht sehr grüßen. Dein dich ewig liebender Eduard. Elfenau, den 20. August 1817.*

Elfenau, November 1817

Die Elfenau liegt in feinem Dunst, die Schneeberge lassen sich nur erahnen. Durch die geschlossene Fenstertür im gelben Kabinett dringt schwach die erste Sonne.

Anna sitzt an ihrem Sekretär, verfolgt das langsame Wandern der Lichtflecken über den Boden und schreibt einen Brief an Victoire in Amorbach. Das leise Kratzen der Feder wird untermalt von einem andern Kratzen: Es ist Schiferlis Feder, die ebenfalls übers Papier fährt; er sitzt in seinem Arbeitszimmer, die Verbindungstür steht offen.

Sie blickt auf und lächelt.

Mitte Oktober hatte er Lady Greville für eine Audienz angekündigt. Sie kannte keine englische Lady dieses Namens, aber Schiferli insistierte, dass sie es ihrem Rang und Namen schuldig sei, die Lady zu empfangen.

Ach, wen hat sie nicht schon alles empfangen in den letzten Jahren … Berner Patrizier wie die von Diesbach, von Erlach, von Fischer, von Graffenried, von Kirchberger, von Muralt, von May, von Mülinen, von Sinner, von Steiger, Thormann, von Wattenwyl, von Werdt, Zeerleder – und Diplomaten, Prinzen, Minister und Berühmtheiten. Und manchmal auch weniger Berühmte, die einfach des Wegs kamen, um die russische Grossfürstin und ihr Gut zu besichtigen. Was sprach also dagegen, eine unbekannte englische Lady zu empfangen?

Als die Kutsche vorfuhr, trat Anna an der Seite Schiferlis vors Portal. Die Wagentür wurde aufgestossen, der Kutscher reichte einer Dame mit elegantem Hut und Schleier die Hand, und auf der andern Seite stiegen zwei grössere Kinder aus. Die Lady wandte ihr Gesicht ab. Aber Anna erkannte die Gestalt, ihre Bewegungen – es war Victoire!

Sie eilte in die Arme der Schwester. «Willkommen, Lady Greville! Wie kommst du dazu, mich auf diese Art zu überraschen?»

«Die englische Lady ist ja so froh, von Ihnen empfangen zu werden, Grossfürstin! Ihr Oberhofmeister war so gnädig, bei der Kaiserlichen Hoheit ein gutes Wort einzulegen.» Sie lachte zufrieden über die gelungene Überraschung und schlug den Schleier zurück. «Endlich habe ich Gelegenheit, deine Elfenau kennen zu lernen, von der alle schwärmen. Und ich habe einen zusätzlichen Grund anzureisen: Du hast mir für Karl die Erziehungsanstalt Hofwil empfohlen. Ich habe ihn dort angemeldet und will ihn an seine neue Lebensstätte begleiten.»

Karl und Feodora, Annas Patenkind, traten heran und begrüssten sie, und dann führte sie ihre Gäste durch die Räumlichkeiten der Elfenau.

Wie schnell waren die Tage von Victoires Besuch verflogen! Sie hatten gespielt und geredet, gestickt und gelacht und einige Male draussen unter der Markise gegessen. Mit Karl, Feodora, Eduard und den Schiferli-Söhnen hatten sie Ausflüge nach Bern und in die Umgebung gemacht.

Schliesslich brachten sie Karl nach Hofwil. Philipp Emanuel von Fellenberg, der Leiter des Instituts, vom Zaren mit dem Ritterorden ausgezeichnet, führte sie durch seine Lehr- und Erziehungsanstalt für verwahrloste Kinder, junge Landwirte und Söhne höherer Stände. Im Hof herrschte reges Treiben, in den Schulzimmern konzentrierte Ruhe. Die Kinder, sagte von Fellenberg, würden von den Lehrern eng begleitet und in ihren Anlagen gefördert. Der Direktor kannte jeden Zögling mit Namen und Stand seiner Ausbildung. In seinem Büro befragte er Victoire, machte sich Notizen zu Karl, seinem Charakter und seinen Kenntnissen.

Dann wandte er sich zu Anna. «Zar Alexander verlangt für die dreissig russischen Zöglinge eine orthodoxe Kapelle. Ist Ihnen bekannt, Kaiserliche Hoheit, ob die bernische Obrigkeit in dieser Sache schon entschieden hat?»

«Sie spielen darauf an, dass die orthodoxe Kapelle auch für meine Bedürfnisse gedacht ist, Herr von Fellenberg», bemerkte sie. «Schultheiss von Mülinen hat sich beim Geheimen Rat Berns dafür eingesetzt, eine Ausnahme zu machen und die orthodoxe Kapelle zu erlauben. Nun kam mir aber zu Ohren, dass die Bewilligung nicht erteilt werden soll. Ich verstehe das nicht: Die Herren des Geheimen Rats gehen doch alle bei mir ein und aus. Was können Sie dagegen haben, dass ich meine Religion ausübe? Zar Alexander spendete dieses Jahr grosszügige 100 000 Rubel und Getreide aus Russland für die Hungerleidenden in der Schweiz. Er ist enttäuscht und droht, seinen Gesandten in der Schweiz abzuziehen.»

«Oh, ich hoffe doch sehr, dass die Herren ihre Meinung noch ändern», meinte Fellenberg. «Dann steht Ihnen in Schloss Bremgarten oder Schloss Reichenbach sofort ein Kultraum zur Verfügung.»

Beim Abschied versprach er Victoire, in der ersten Zeit ein besonderes Auge auf Karl zu haben.

Anna beugt sich von neuem über den Brief und lässt Victoire wissen, dass Direktor Fellenberg bei ihrem kürzlichen Besuch in Hofwil nur Gutes von Karl berichtet habe. Die orthodoxe Kapelle solle nun doch erlaubt werden. Man wolle es in Bern mit dem Zaren nicht verderben – und mit ihr wohl auch nicht.

Sie unterschreibt und legt die Feder nieder. Vielleicht wird Victoire auch den Glauben wechseln müssen, falls … Annas Blick gleitet zur Fenstertür. Die zwei Korbstühle stehen noch draussen. Dort hat sie mit der Schwester gesessen, als sie die Neuigkeit vernahm.

Eine ganze Weile lauschten sie an jenem Nachmittag nur dem Rascheln der fallenden Blätter.

Dann beugte sich Victoire vor. «Ich brauche deinen Rat, Julchen. Es gibt jemanden in meinem Leben – eine Gelegenheit, die vielleicht nicht wiederkommt, denn ich bin ja nun schon einunddreissig. Leopold hat ihn zu mir geschickt. Es ist Edward, Herzog von Kent, der vierte Sohn des englischen Königs; er wird also kaum den Thron besteigen. Thronerbin ist unsere Schwägerin Charlotte,

Leopolds Frau, die bald ein Kind gebären wird.» Victoire überlegte. «Leo meint, der ruhige, bereits fünfzigjährige Edward sei eine gute Partie für mich. Er liebe Europa. Wir müssten nicht in England leben, sondern könnten in Amorbach bleiben, mein neuer Mann würde mir helfen, die Besitztümer zu verwalten. Ich habe ja keinen Schiferli wie du und bin im kleinen Fürstentum für alles selbst zuständig. Nun sag schon – was meinst du dazu?»

«Du hast von Leos Ansicht gesprochen, Victoire. Was ist deine Meinung? Hast du Edward getroffen? Magst du ihn?»

«Er ist kein schöner Mann, ist glatzköpfig und – na ja, halt schon ziemlich alt», sagte Victoire schnell. «Aber Karl war auch viel älter als ich, und wir hatten es gut zusammen. Edward hat mich im vergangenen Jahr zweimal besucht, und seine Gesellschaft war mir angenehm. Er hat mir noch keinen Antrag gemacht, aber ich kann mir vorstellen, dass er das beim nächsten Mal tut.»

«Oh, Victoire! Du fängst also nochmals von vorne an. Das ist eine Chance – lange Zeit wünschte ich mir das auch. Wenn du dir vorstellen kannst, neben diesem Mann zu leben – wieso nicht?» Sie hielt inne. «Hat er sich in dich verliebt? Du verdienst es, dass man dich liebt, kleine Schwester.»

«Davon weiss ich nichts», meinte Victoire verlegen. «Vielleicht sind für dich grosse Gefühle wichtiger als für mich, Julchen. Mir genügt es, wenn er mich will. Ich glaube, er möchte Kinder mit mir.»

«Kinder?» Sie nahm Victoires Hände. «Höre gut auf dich. Vielleicht hast du ein zweites Leben vor dir.»

Ein Klopfen unterbricht Annas Gedanken. Sie sitzt nicht mehr mit Victoire draussen unter der Markise, sondern ist über einen Brief an die Schwester gebeugt, die Ende Oktober abgereist ist. Das Klopfen wiederholt sich, es kommt aus Schiferlis Arbeitszimmer. Sie hört, wie er die Tür öffnet, einen Brief entgegennimmt und das Siegel aufbricht. Er stöhnt. Dann steht er in der Verbindungstür. «Bitte kommen Sie zu mir, Anna. Ich muss Ihnen etwas mitteilen.»

Sie erschrickt. Hat er sie Anna genannt? Es ist etwas Ernstes. Zitternd geht sie zu ihm.

«Der Brief aus England ist an mich gerichtet, weil Leopold wollte, dass Sie die traurige Nachricht durch mich hören. Sein Kind wurde nach einer langen Geburt tot geboren, Charlotte starb in der folgenden Nacht ebenfalls. Leopold schreibt, dass er wie betäubt ist und nicht weiss, wie er weiterleben soll.»

Sie lehnt ihre von einem pochenden Schmerz erfüllte Stirn an Schiferlis Schulter. «Und das passiert Leo, unserem Glückskind – es tut mir so leid für ihn», murmelt sie. «Meine Mutter hat uns letzthin als glückliche Familie bezeichnet – können Sie sich das erklären?»

1818 · 1819

Coburg, 29. Mai 1818

Der Champagner fliesst in Schloss Ehrenburg. Geladene Gäste, noble Coburger und die Herzogsfamilie drängen sich im Festsaal, mit klirrenden Kelchen wird auf Braut und Bräutigam angestossen. Victoire steht neben ihrem frisch angetrauten Mann Edward, Herzog von Kent. Ihr dunkles Haar ist hochgesteckt und mit einem Diadem geschmückt, sie trägt eine mehrreihige Perlenkette über einem roten, kostbaren Kleid, das ihr Dekolleté betont.

Victoire blinzelt Anna zu, kommt heran und umarmt sie. «Als Herzogin, Duchess of Kent, bin ich dir, Grossfürstin, nun etwas näher. Allerdings kann ich das Wort ‹Duchess› kaum aussprechen, Englisch muss ich noch lernen.» Sie verzieht die Lippen. «Aber das macht nichts, Edward spricht aus seiner Zeit in Hannover leidlich Deutsch. Und wir werden ja Deutschland nicht verlassen, sondern in Amorbach wohnen.»

«Du hast ein gutes Los, Victoire – da bin ich mir sicher. Leo hat alles zu deinem Besten eingefädelt.» Anna blickt besorgt zum Bruder. Leopold hat sich seit dem Tod von Charlotte und dem Kind in der Arbeit vergraben. «Unsere Familie ist England schicksalhaft verbunden», hat er vorhin bei der Begrüssung der Gäste in den Saal gerufen. «Ich habe einen herben Verlust erlitten. Aber nun knüpft meine Schwester Victoire neue, enge Bande mit dem Inselreich.»

Leo ist nach Deutschland gekommen, um die lutherische Eheschliessung von Victoire in Coburg zu begleiten. Dann will er zurückreisen, um die Hochzeitsfeier nach anglikanischem Ritus im Kew Palace vorzubereiten.

Edward nähert sich. «Schwägerin Anna – Kaiserliche Hoheit, ich freue mich ausserordentlich, Ihre Bekanntschaft zu machen», sagt er mit englischem Akzent.

«Das Vergnügen ist ganz meinerseits, Herzog Edward.»

«Seit langem bin ich ein Bewunderer Ihres Mannes. Ich hatte das Vergnügen, ihn im Gefolge des Zaren in England kennen zu lernen, und schon vorher wurde mir über ihn viel Gutes zugetragen. Er befehligt sein Regiment mit eiserner Faust, sagt man. Ich führte meine Truppen in Kanada und Gibraltar nach dem gleichen Prinzip.» Er lacht. «Konstantin hat mir in London erzählt, wie er seine Männer im winterlichen Bern in den eisigen Fluss trieb. Ich kann nur sagen: Gut gemacht. Man muss seine Soldaten stetig fordern.»

Anna mustert den kahlköpfigen Herzog und verspürt plötzlich Widerwillen. Was hat ihr der englische Gesandte in Bern erzählt? Die Truppen hätten unter Edward gemeutert, er sei sowohl aus Kanada wie aus Gibraltar abkommandiert worden. Sie ist froh, dass das Brautpaar in diesem Moment von Gratulanten umringt wird und sie keinen Kommentar schuldet.

Ernst, herzoglich gekleidet in goldbetresster, mit Orden behangener Uniformjacke und weissen Beinkleidern, steht in ihrer Nähe. Sie geht zu ihm hin, ihr Blick gleitet über die Stuckatur, den neu versiegelten Boden und die Wände des frisch renovierten Saales. «Die Spiegel machen sich gut», stellt sie fest, «und die Atlanten tragen ihre Last mit Anmut.»

Der Bruder mustert seinerseits die kräftigen Männerfiguren an der Wand, die mit einer Hand das Gebälk stützen und mit der andern einen Kerzenständer halten. «Wir tragen alle unsere Last», meint er trocken.

«Das kann man wohl sagen. Du hast allerdings Glück – Luise wird bald gebären.» Luise, mit zartem, kindlichen Gesicht und riesigem Bauch, den das unter der Brust geraffte Kleid kaum zu kaschieren vermag, sitzt abseits auf einem Kanapee, eine Hofdame fächelt ihr Luft zu. Eigentlich ist sie selbst noch ein Kind, denkt Anna – und wird schon mit siebzehn Mutter.

«Ein Kind und dann vielleicht noch eins», sagt Ernst. «Wenn beides Knaben sind, reicht das.» Er nimmt Annas Arm. «Komm, ich möchte mit dir über einen grösseren Knaben sprechen. Und ich zeige dir die Gemächer, die ich für Luise umbaue. Der erste Stock gehört ihr – die Renovation meiner Räume im zweiten Stock folgt anschliessend.» Sie nehmen die Treppe in den ersten Stock. «Ich hoffe, du hast Freude am Adelstitel, den dein Schützling nun trägt.»

Anna hält auf dem Treppenabsatz inne. «Als Schiferli mir die Urkunde zeigte, die du ihm zugesandt hast, hab ich einen Luftsprung gemacht!» Sie fällt ihrem Bruder um den Hals. «Ganz herzlichen Dank, Ernst, du hast mir einen innigen Wunsch erfüllt. Mit dem Titel ‹von Löwenfels› werden sich Eduard die Türen öffnen.»

Er lächelt und geleitet sie die letzten Treppenstufen hoch. «Weisst du noch, wie ich dich in unseren Theateraufführungen vor den Altar geführt habe? Stets warst du es, die ich auswählte. Du warst meine Lieblingsschwester.» Er überlegt. «Gerade weil du das immer noch bist, nun ein ernstes Wort: Der König von Sachsen hat Eduards Adelsurkunde unterzeichnet. Ich habe das erreicht, weil Schiferli dem Gesuch einen Lebenslauf des angeblichen Vaters Schmidt-Löwe beigefügt hat – er soll in Spanien gegen Napoleon gefallen sein. Eduard hat jetzt einen adligen Namen. Als nächstes braucht er nun eine gute Bildung.»

«Er geniesst vorzüglichen Unterricht in Schiferlis Haus», wirft Anna ein.

«Das mag sein. Aber die Schweiz eignet sich nicht für deinen Schützling. In Bern kann die geheimnisvolle Herkunft Eduards Anlass zu Gerüchten geben. Der Junge gehört in den Umkreis des Coburger Hofes. Ich werde Schwager Emanuel von Mensdorff-Pouilly fragen, ob er Eduard zusammen mit seinen Söhnen erzieht. Emanuel wurde durch meine Vermittlung kürzlich zum Grafen ernannt. Er wird mir diesen Wunsch nicht abschlagen.»

Ernst, gewohnt zu bestimmen, wartet nicht auf Antwort. Er nimmt Annas Arm, betritt mit ihr die renovierten Räume in den frischen Farben, führt sie durch das gelbe Jonquillen-, das blaue Speise- und das dunkelrote Amaranthzimmer und erklärt ihr die abgeschlossenen Arbeiten.

Benommen geht sie an seiner Seite. Sie kennt und liebt die Räume ihrer Kindheit, aber die Farben verschwimmen vor ihren Augen, Ernsts Stimme dringt nicht mehr zu ihr vor.

Eduard. Fort. Verlust. Unheilvoll ballen sich diese Worte in ihr. Kann sie nie ein normales Leben führen? Ihr Sohn gehört an ihre Seite. Er kann zwar nicht bei ihr im Herrenhaus wohnen. Aber er lebt bei den Schiferlis, zusammen sind sie eine grosse Familie – oder nicht? Ohne Eduard ist die Elfenau wenig, fast nichts.

Elfenau, Oktober 1818

Anna klopft an Leopolds Tür. Wieder einmal hat er sich gleich nach dem Mittagessen zurückgezogen, seither ist kein Laut aus seinem Zimmer gedrungen. Fast ein Jahr ist seit Charlottes Tod vergangen, noch immer trauert der Bruder.

Sie versteht seine Trauer nur zu gut. Eduard ist abgereist. Sie musste ihn zu Sophie und Emanuel nach Coburg schicken. Es sei zu seinem Besten – alle sagen es. Sie hat sich überzeugen lassen. Aber es hat ihr fast das Herz abgedrückt, als die Kutsche losfuhr. Etwas verloren winkte er, und sie winkte auch, bis die Kutsche hinter der Biegung verschwand. Seither trauert sie. Leo trauert auch. Es tut ihr gut, ihn zu umsorgen.

Vorsichtig öffnet sie die Tür zu seinem Salon. Er sitzt auf dem Sofa, starrt vor sich hin. Sie geht zu ihm, nimmt seinen Arm. «Leo, komm mit mir vors Haus. Eben ist die Sonne aus dem Dunst aufgetaucht.»

Zusammen gehen sie nach unten, an Schiferlis Arbeitszimmer vorbei; er ist über einen Brief gebeugt, nimmt sie nicht wahr.

«Schiferli ist ja so fleissig. Ich dagegen muss mich zu allem zwingen», sagt Leopold. «Er korrespondiert mit Ernst, mit unserer Mutter, mit dem Grossherzog von Mecklenburg-Schwerin, mit Diplomaten wie Stratford Canning, Kapodistrias, von Krüdener und von Benkendorf, hat er mit letzthin erzählt.»

«Auch Gelehrte und Politiker sowie der Erzieher Philipp Emanuel von Fellenberg gehören zu seinen Korrespondenten», fügt Anna mit einem gewissen Stolz an.

«Und er führt deinen Hof, kümmert sich um Einladungen, Rechnungen und die Dienstboten. Wo wärst du ohne ihn, Juliane? Ich bin ja so froh, dass ich zwischen euch vermitteln konnte.»

«Ich auch, Leo. Wir hatten uns entfremdet. Jetzt mögen wir uns wieder. Wir lassen einander mehr Freiheit. Er gängelt mich nicht mehr mit ständigen Ermahnungen, und ich versuche, vernünftiger zu sein.»

Caroline kommt heran, rückt ihnen vor den Flügeltüren des Speisesaals zwei mit Fellen ausgelegte Stühle zurecht, lächelt und knickst. Ihr rotgoldenes Haar glänzt im Sonnenlicht, als sie davongeht. Anna bemerkt, wie Leopolds Blick ihr einen Moment folgt, und ist froh darüber. Sie will Leo aus seiner Trauer holen. Aber sie wird ihn zu nichts drängen.

«Du kannst in der Stille lesen», hat er letzthin zu ihr gesagt.

Auch jetzt sitzen sie schweigend in der Sonne, blicken auf die Aare hinunter, die ruhig dahinzieht. Die kleine Fähre, die zu den Aareinseln führt, ist am Ufer vertäut und schaukelt im Wasser. Sie hören die Stimmen der

Schiffer, die einander zurufen, und die Glocken der Kühe, die am Herbstgras rupfen.

«Ich verstehe nicht, wieso Charlotte gehen musste», sagt er plötzlich. «Es ist so schwierig zu akzeptieren. Sie war jung. Ich liebte sie. Die Schwangerschaft verlief gut. Kurz vor der Geburt liess sie der englische Arzt zur Ader.»

«Ob er sie damit geschwächt und die Qualen verlängert hat?», wagt Anna zu fragen.

«Ich weiss es nicht. Die Geburt dauerte siebenundfünfzig Stunden. Ich habe ihre Schreie noch im Ohr. Als Charlotte endlich entbunden wurde, war unser Sohn tot. Ich glaubte wenigstens sie gerettet. Aber plötzlich war das Fieber da, sie glühte. Ich hielt ihre Hand, als sie starb. Mehr konnte ich nicht tun. Ich war machtlos.» Er schüttelt den Kopf, senkt ihn. Nach einer Weile blickt er auf und fügt fast trotzig an: «Aber ich kämpfe für meine Stellung in England. Ich werde das Land nicht verlassen. Ich habe Victoire nach England verheiratet – vielleicht braucht sie mich.»

«Auch ich brauche dich, Leo. Du bist mein Bruder und mein engster Berater neben Schiferli. – Ja, Victoire zählt auf dich, denn ich bin mir nicht sicher, ob sie sich auf Edward verlassen kann.»

«Edward ist ein loyaler Mann – er wird sie nicht im Stich lassen. Allerdings verfolgt er auch eigene Ziele. Er hat den Heiratsantrag an Victoire hinausgezögert. Als dann Charlotte starb und sich die Möglichkeit des Thronerbes auftat, ging es plötzlich schnell. Jahrelang hat er mit seiner französischen Geliebten zusammengelebt und Schulden angehäuft.»

Anna erschrickt. «Ist das wahr? Er hat eine Geliebte und Schulden?»

«Edward sitzt auf einem Schuldenberg. Aber er hat den Ernst der Lage erkannt und seine Geliebte verlassen. Damit ist er übrigens nicht allein: Ich habe erfahren, dass Zar Alexander diesen Sommer endlich seine Naryschkina aufgegeben hat.» Er streift die Schwester mit einem Blick. «Heirat ist auch Politik. Edward hofft, dank seiner Ehe eine höhere Apanage zu erhalten, damit er seine Schulden tilgen kann. Ich vermute allerdings, dass die Heirat noch nicht genügt. Aber wenn der Herzog von Kent einen Thronfolger präsentieren kann – und keiner seiner älteren Brüder legitime Kinder hat – , wird seine Rechnung aufgehen.»

«So viel Kalkül …» Anna schüttelt den Kopf. «Bist du sicher, dass Edward unserer Schwester zugetan ist? Er schindet seine Soldaten ähnlich wie Konstantin – und hat mir gegenüber noch damit geprahlt.»

«Ach, Juliane. Du weisst, dass eine Liebesbeziehung, wie ich sie hatte, die Ausnahme ist. Wenn dieses Glück nicht eintritt, zählt die Vernunft. Victoire ist härter im Nehmen als du – sie wird es schaffen.»

Coburg, Dezember 1818

Im hölzernen Kabinett von Schloss Ehrenburg mischen sich die Gerüche von Ölfarben mit dem Duft von Zitronen- und Mahagoniholz, mit dem der Raum seit kurzem getäfelt ist. Maler Franz Joseph Zoll drückt den Pinsel aus und legt ihn nieder, sein Tagwerk ist vollendet. Er knickst zu den Schwestern und verlässt den Raum.

Ohne ein Wort nähern sich Anna und Victoire dem Werk – fast stossen sie vor der Staffelei mit den Köpfen zusammen. Das Porträt zeigt Victoire in rotem Samtkleid, mit goldenem Haarreif und feinem Lächeln.

Anna schaut vom Porträt zur Schwester und umarmt sie. «Ich freue mich so über die Neuigkeit. Jetzt verstehe ich den Ausdruck auf deinem Gesicht. Du scheinst glücklich wie seit langem nicht mehr.»

«Es scheint nicht nur so – ich bin es, Julchen.» Sie hält die Schwester auf Armeslänge. «Ich bin diese Ehe nicht so blauäugig eingegangen, wie du vielleicht denkst. Ich wusste von Edwards Geliebter. Aber das ist vorbei. Wir sind verheiratet, lernen gegenseitig unsere Sprachen. Manchmal lachen wir zusammen – auch wenn uns nicht immer zum Lachen zumute ist, weil uns Edwards Schulden drücken. Seit ich schwanger bin, ist er sehr besorgt um mich. Trotzdem willigte er ein, nach Coburg zu fahren, damit ich Ernst den Wunsch mit dem Bild erfüllen und dich noch einmal sehen kann.» Sie lässt die Arme fallen.

«Noch einmal sehen, sagst du – plant ihr die Abreise?»

«Edward möchte, dass ich in England gebäre. Die Geburt eines Kindes, das in der Thronfolge weit vorne steht, soll in England vor sich gehen, damit niemand die Rechtmässigkeit anzweifelt. Noch muss uns der Schatzkanzler Geld für die Reise bewilligen – Edward ist es nicht möglich, die Kosten der Reise und eines standesgemässen Aufenthalts zu tragen.»

Edward tritt ins Zimmer und späht neugierig auf die Staffelei. «Das Bild wird immer besser. Trotzdem bin ich froh, wenn die Malerei bald ein Ende hat. Das Modellsitzen ist anstrengend – Victoire sollte sich schonen. Natürlich verstehe ich, dass Schwager Ernst Konterfeis seiner illustren Schwestern an den Wänden haben will – wer kann es ihm verdenken?» Er wendet sich zu Anna. «Ihr Porträt ist vortrefflich gelungen.»

Victoire nickt eifrig und zieht Schwester und Ehemann hinüber ins Speisezimmer. Dort hängt das Bildnis, das im Sommer in der Elfenau entstanden ist. Der Berner Maler Johann Daniel Mottet hat es auf Wunsch von Ernst gemalt, Anna hat es nach Coburg mitgebracht.

«Rot steht dunkelhaarigen Damen gut», konstatiert Edward. «Manchmal verwechsle ich euch beide von weitem – ihr seht einander so ähnlich.»

«Die Porträts zeigen auch unsere Verschiedenheit», meint Victoire. «Die stolze Haltung, das hochgesteckte, mit Perlschnüren geschmückte Haar, das goldgefasste Kleid mit zarten Tüllärmeln und rotem Bustier – das passt zu Anna, nicht zu mir.»

«Aber auch die Herzogin kann sich sehen lassen.» Edward legt den Arm um Victoires Schulter. «Bald entführe ich sie wieder nach Amorbach und dann nach England.»

Sie verabschieden sich, lächelnd setzt Victoire ihren neusten Hut auf – an den Hüten ist sie nicht bereit zu sparen. Anna schaut dem grossen, fast kahlköpfigen Mann und der zierlichen Frau nach.

Von Coburg nach London sind mehr als 400 Meilen zurückzulegen, weiss sie von Leopold – von Bern ist es noch viel weiter. Wie oft werden sie sich unter diesen Umständen wiedersehen?

Anna hört Schritte auf dem Parkett. Das ist nicht Luise, die junge Schwägerin und Schlossherrin – Luise ist mit dem kleinen Ernst beschäftigt, den sie im Sommer geboren hat. Es sind entschlossene Schritte, die sie schon viel länger kennt.

Sophie erscheint unter der Tür des blauen Speisezimmers. «Luise hat mir gesagt, wo ich dich finde. Von ihr weiss ich auch, dass Ernst seine kaiserliche Schwester Anna und die herzogliche Schwester Victoire malen lässt.» Sie mustert Annas Porträt. «Genauso verhalten schön und vornehm, wie das Bild dich zeigt, bis du auch, Julchen. Dein verschmitztes Lachen und deinen Übermut zeigst du nur noch selten.»

Sie überlegt. «Du hängst nun unter den Berühmtheiten der Familie, und Victoire stösst bald dazu. Ich bin nur Gräfin, und auch das erst seit kurzem. Aber es macht mir nichts aus, dass ich an dieser Ahnenwand nicht vertreten bin.» Sie lacht. «Alle waren wir einmal Prinzessinnen von Sachsen-Coburg – wie verschieden ist es mit uns gekommen!»

Sorgfältig schliesst sie die Türen des Kabinetts und bittet Anna, sich zu ihr zu setzen. «Ich war vorhin bei Mutter im Bürglass-Schlösschen und fand dich nicht vor. Aber ich traf das kleine Mädchen Hilda an – deine Zofe Pinchen hat es aus Lichtenfels mitgebracht. Ich habe ein bisschen mit der Sechsjährigen geplaudert. Sie ahnt nichts von ihrer wahren Herkunft.»

«Sie weiss nur, dass sie nicht das Kind der Tuchhändlerfamilie ist, sondern eine verstorbene Hofdame zur Mutter hat.»

«Ich mag dieses artige, bescheidene Mädchen.» Sophie schiebt ihr ausgeprägtes Kinn vor. «Dein Eduard hat sich ja bei uns gut eingelebt und sich wieder mit Hugo und Alphons befreundet. Nun habe ich eine Rasselbande mit Jungen in meinem Haus. Aber ich hab mir immer ein Mädchen gewünscht. Ich würde Hilda gern bei mir aufnehmen.»

«Hilda – zu dir?» Anna ist überrascht.

«Nur wenn du willst.»

«Du bist die Einzige der Geschwister, die von Hilda weiss. Wie gerne hätte ich mein Mädchen bei mir. Aber ich kann es nicht in die Elfenau nehmen – das Gerede, verstehst du.» Anna beugt sich vor und drückt Sophies Hand. «Ich habe mich überzeugen lassen, dass es für Eduard besser ist, wenn er in Coburg lebt. Bei Hilda muss ich nicht lange überlegen: Es ist die beste Lösung, die ich mir vorstellen kann. Dass die beiden in Zukunft unter einem Dach leben, gefällt mir. Eduard wird die Sommerferien bei mir verbringen, machten wir aus – Hilda wird ihn begleiten. Du bist wunderbar, Sophie. Und ich weiss, dass ich auf deine Verschwiegenheit zählen kann.»

«Einverstanden, Julchen. Ich werde dich nicht nach Hildas Vater fragen. Du darfst deine Geheimnisse für dich behalten.»

Eine kleine Wolke zieht über Annas Gesicht. «Danke, Sophie.» Dann hellt sich ihre Miene auf, sie zieht die Schwester mit sich hoch, wirbelt sie übermütig herum.

«Manchmal bist du noch immer ein Schalk», Sophie schnappt nach Luft.

Anna hält inne. «Wir fahren zusammen zu Mutter. Pinchen und Hilda warten auf mich – sie sollen die Neuigkeit gleich erfahren.»

Elfenau, Juni 1819

Anna steht mit dem Brief in der Hand in der Verbindungstür zu Schiferlis Kabinett. Sie schätzt das elegante und doch gemütliche Zimmer in warmem Rot. Schiferli hat sie nicht bemerkt, ist über einen Briefbogen gebeugt und rauft sich mit der linken Hand das Haar. Jungenhaft sieht er aus.

Eine Spur Zärtlichkeit keimt in ihr auf: Kennt sie diesen jungen Mann nicht, steht er ihr nicht nah wie kein anderer? Sie schaut genauer hin. Das Gesicht ist nicht mehr jung – tiefe Linien haben sich eingegraben. Schiferli ist vierundvierzig. Er arbeitet hart, in letzter Zeit plagt ihn Schlaflosigkeit.

Plötzlich schaut er hoch. «Dachte ichs mir doch, dass Sie hier sind – das Rascheln Ihres Seidenkleides ist unverwechselbar.»

Sie lächelt und setzt sich aufs Sofa vor das offene Fenster. «Ich habe eine gute Nachricht, und weil sie gut ist, hat Mutter sie mir geschrieben und nicht Ihnen: Victoire hat am 24. Mai im Kensington Palace einem Mädchen das Leben geschenkt. Das Kind sei ‹fett wie ein Rebhuhn›, hat Edward meiner Mutter geschrieben.»

«Und wie soll dieses vor Gesundheit strotzende Kind heissen?»

«Es wird auf den Namen Alexandrina Victoria getauft und soll Victoria genannt werden. Die Paten sind Prinzregent George, Zar Alexander, Königin Charlotte Auguste von Württemberg und meine Mutter Auguste.»

«Oh, illustre Paten! Das zeichnet ihm einen besonderen Lebensweg vor.»

«Schade, ich werde das Kind wohl nicht sehen – ausser wenn Edward und Victoire auf den Kontinent zurückkehren, weil Edwards Geldprobleme zu gross werden. Trotz der Geburt einer möglichen Thronfolgerin scheint der König nicht gewillt, Edwards Apanage zu erhöhen.» Anna lässt den Brief sinken. «Auch Ernsts Frau Luise erwartet für den August noch einmal Nachwuchs. Die Kinder meiner Geschwister sind zahlreich, und sie prosperieren.»

Schiferli mustert sie und sagt vorsichtig: «Auch den uns nahestehenden Kindern geht es gut. Fritz hat sich von seiner Lungenschwäche erholt. Moritz ist aufgeweckt wie eh und je, vermisst aber Eduard beim Spiel und im Unterricht. Eduard hat sich gut eingelebt bei den Mensdorff-Pouillys – Ihr Schwager wird sich weiter um seine Ausbildung kümmern. Im letzten Brief hat Ihre Schwester Sophie geschrieben, die kleine Hilda werde von ihren Jungen und Eduard wie eine Prinzessin verehrt.»

Annas Gesicht leuchtet, sie beugt sich vor, will etwas sagen. Da hört sie ein Winseln, es ist Schiferlis Hund. Sie nimmt eine Gestalt wahr neben dem offenen Fenster – Griton. Wie lange steht sie schon da? Hat sie gelauscht?

Griton lässt Pluto los, durch die offene Tür des gelben Kabinetts läuft er hinein zu seinem Herrn und leckt ihm die Hand.

Alle drei sind froh um den Hund. Schiferli krault das Tier, das sich neben ihm niederlegt.

Anna bittet Frau von Schiferli herein zu ihrem Mann, den sie offensichtlich aufsuchen wollte, nimmt im Kabinett die Stickerei und verlässt das Haus in Richtung Orangerie.

Ach, Griton, denkt sie. So richtig wohl ist uns nie in Gegenwart der anderen, auch wenn wir ganz gut miteinander – oder wohl besser nebeneinander – leben. Ich weiss, dass du nun wieder mehr an deinem Mann und mir herumstudierst, seit Fritz genesen und Eduard fort ist – Eduard, der dir lieb war. Dafür mag ich dich, Griton – du hast ihn in deinem Haushalt gut betreut.

Nun denkst du wieder, dass Rudolf zu viel Zeit in meinem Haus verbringt, dass er immer an meiner Seite ist und zu wenig an deiner. Ich kann es nicht ändern. Wir brauchen ihn beide.

Rudolf und mich verbindet Freundschaft. Ob ich Rudolf liebe? Ob ich ihn früher geliebt habe? Ob da einmal mehr war zwischen uns? Dazu kann ich nichts sagen, Griton. Aber was auch immer war und ist – ich kann immer in dein fragendes Gesicht sehen, deine manchmal anklagenden Augen. Unser Zusammenleben in der Elfenau ist ungewöhnlich. Aber ich stehe dazu, ich muss mich nicht entschuldigen, nicht dir und nicht andern gegenüber. Da ist nichts Unrechtes, glaube mir.

Anna tritt auf den Rasen vor der Orangerie. Wie angewurzelt bleibt sie stehen, als sie die rundliche, junge Dame erblickt, die dort mit dem Stickrahmen in der Hand im Baumschatten sitzt und auf ihre Herrin wartet: Marianne von Heldritt, ihre neue Ehrendame.

Marianne kann nichts dafür, dass sie noch immer Caroline vermisst. Der Schmerz trifft sie oft unvermittelt.

Den ganzen vergangenen Winter hat sie in Coburg verbracht. Der Grund für ihren ausgedehnten Aufenthalt war – das wusste nur Schiferli –, dass sie in der Nähe ihrer Kinder sein wollte, die sich bei Sophie einlebten. Erstmals waren die beiden in einer Familie vereint – wenn auch nicht der ihren –, und sie besuchte sie oft.

Als sie eines Tages ins Bürglass-Schlösschen zurückkam, fand sie einen Brief von Carolines Familie vor. Die Tochter Caroline, hatte der Vater in seiner sorgfältigen Lehrerschrift geschrieben, sei völlig unerwartet an einer Lungenentzündung verstorben. Der einzige Trost liege darin, dass ihnen die Tochter in den Himmel vorangegangen sei. Die Buchstaben waren vor ihren Augen verschwommen, der Brief war ihr aus der Hand geglitten.

Am nächsten Tag brach sie vor Ernst in Tränen aus.

«Deine Ehrendame ist gestorben, Juliane?», fragte der Bruder verständnislos. «Aber das ist doch kein Weltuntergang. Letzthin hat mir ein kleiner Landadliger seine Tochter angepriesen. Ich werde dieses Fräulein zu dir schicken.»

Sie hat das mollige, etwas umständliche Fräulein von Heldritt eingestellt und im April in die Elfenau mitgenommen. Aber sie glaubt überall Caroline zu sehen –

ihr rotes Haar, ihre elfenähnliche Gestalt. Mit Caroline, scheint ihr, ist ihre Jugend verschwunden.

Entschuldigend lächelt sie Marianne zu, setzt sich wortlos neben sie in den Halbschatten und fädelt ein. Das Sticken beruhigt – sie braucht das jetzt.

Thüringen, September 1819

Wie abgemacht wartet sie in einem Gasthof am Rand des Thüringer Waldes, unweit von Coburg. Zar Alexander ist nur mit einem kleinen Kutschentross unterwegs, er reist an den Hof von Weimar zu seiner Schwester Maria, Ehefrau des Prinzen Karl Friedrich.

Anna hat keine Ahnung, was ihr die Ehre verschafft. Sie setzt sich auf einen Stuhl, steht auf, macht ein paar Schritte, setzt sich wieder und versucht, ihre Nervosität zu bezähmen. Sie hat ein elegantes Kleid in Violett angezogen und ist ohne Begleitung, weil der Zar sie unter vier Augen zu sprechen wünscht. Sie späht durch die trüben Scheiben, sieht aber nur einige Kinder, die im Strassenstaub spielen.

Alexander. Die gemeinsamen Jugendjahre in Petersburg sind lange vergangen. Bereits sechs Jahre liegt das Treffen im böhmischen Wald zurück, um das sie damals ersucht hat. Diesmal ist es Alexander, der das Treffen vorgeschlagen – oder besser – angesetzt hat.

Anfang August hat sie Zarin Elisabeth, ihre Freundin, in Bayreuth getroffen. Mehrere Jahre waren ohne Treffen vergangen, aber die Briefe nie versiegt. Elisabeth ist jetzt mit Antoinette befreundet – die Schwester bewohnt zeitweise ein Palais in St. Petersburg. Anna fühlt sich ausgeschlossen von der neuen Vertrautheit zwischen Freundin und Schwester. Aber was will sie? Sie ist schon viel zu lange fort.

Beim Treffen mit Elisabeth war die alte Vertrautheit bald wieder da. Die Freundin, zart und abgemagert, umarmte sie herzlich. Sie sprachen über alte und neue Zeiten. Nur allzu Persönliches blieb ausgeklammert: Alexanders Geliebte, die es auch nach der Naryschkina gibt, und Annas uneheliche Kinder, von denen die Freundin nichts weiss. Sie tauschten sich über anderes aus: Annas Landsitz Elfenau und ihr Leben in der Schweiz, Victoires Heirat und die Geburt von Victoria, Antoinettes noch immer unverheiratete Tochter Marie.

Elisabeth hat ihr anvertraut, wie glücklich sie über das tiefe Vertrauen sei, das sich im letzten Jahr zwischen Alexander und ihr entwickelt habe. «Du hast bei deinem Weggang eine Leere hinterlassen, die ich nicht füllen konnte. Ich war die Deutsche, blieb allein am Hof. Das russische Volk hat mich nie ganz aufgenommen, weil ich keinen Thronfolger vorweisen kann. Aber jetzt ist Alexander mein Freund – Freundschaft zählt viel in reiferen Jahren.»

Sie hatte an Schiferli gedacht und zugestimmt. Als sie sich bereits verabschiedet hatten, war ihr Elisabeth nachgeeilt und hatte das Treffen mit Alexander angekündigt. Zum Grund des Treffens schwieg sie.

Staub wirbelt auf, Wagenräder holpern in Annas Gesichtsfeld, die Kinder weichen zurück. Es sind die Kutschen des Kaisers. In der ersten und dritten Kutsche reist wie immer seine Garde, in der mittleren der Kaiser selbst mit seinen Beratern und persönlichen Begleitern. Diese steigen aus und verteilen sich auf die anderen Wagen. Die Tür der mittleren Kutsche – sechs Pferde sind vorgespannt – bleibt offen. Anna setzt den Hut mit Schleier auf und tritt vors Gasthaus. Neugierige Gesichter verfolgen, wie die verschleierte Dame in die mittlere Kutsche steigt.

Der Kaiser, ins Polster zurückgelehnt, beobachtet sie. Anna knickst, er beugt sich über ihre Hand. Die Kutschen fahren los. Sie schlägt den Schleier zurück, ihre Blicke treffen sich. Alexander sieht müde aus, das rötlichblonde Haar ist von der Stirn zurückgewichen. In der Uniform mit den goldenen Patten ist er aber noch immer eine beeindruckende Erscheinung.

Dieser Mann, denkt sie, ist einer der mächtigsten Männer der Welt. Wir waren uns einmal sehr nah. Wie steht er jetzt zu mir? Sie kann in seinen hellen Augen nicht lesen.

Nach einem Moment der Stille sagt er: «Anna. Ich danke dir, dass du meiner Aufforderung Folge geleistet hast.»

«Der Wunsch des Kaisers ist mir Befehl.»

«Nicht immer verkehrten wir so förmlich zusammen, liebe Schwägerin. Aber die Zeiten, als du bei uns im Winterpalast lebtest, sind lange vergangen. Wir sind verschiedene Wege gegangen seither. Vielleicht waren auch Irrwege darunter – auf meiner Seite auf jeden Fall.» Sein Blick schweift ab. «In meiner Jugend glaubte ich an Ideale, an Rousseaus Bild vom Menschen. Nach dem vielen Leid, das die napoleonischen Kriege verursachten, begründeten ich und andere Herrscher die Heilige Allianz. Wir setzen uns für den Weltfrieden ein. Als Herrscher von Gottes Gnaden wollen wir nur das Beste für unsere Untergebenen. Aber das Volk scheint nicht gewillt und fähig, das zu erkennen. Es ist noch nicht bereit für Reformen.» Er hält inne. «Ich will nicht dozieren. Nur so viel: Unsere christliche Religion soll das Fundament für unser Denken und unsere Handlungen sein. Mein Anliegen zielt in diese Richtung.»

Anna, überrascht von seinen gewichtigen Worten, schaut ihn fragend an.

«Seit achtzehn Jahren gehen Konstantin und du getrennte Wege. Es besteht keine Aussicht auf Wiedervereinigung. Du hast einen diesbezüglichen Antrag meines Bruders vor Jahren schon abgelehnt. Konstantin amtet als russischer Generalstatthalter in Polen und hat Vorbildfunktion. Er hat mich nun um die Scheidung ersucht, weil er sich wieder vermählen möchte. Ich bin geneigt, seinem Ansinnen stattzugeben. Mein Bruder soll nicht gezwungen sein, in einem Verhältnis zu verharren, das aus christlich-moralischer Sicht nicht zu begrüssen ist.»

Anna erstarrt. Vieles hat sie erwartet, aber nicht das. Eine Scheidung! Jetzt, wo sie nicht mehr erwünscht ist? Wo es für einen neuen Lebensentwurf zu spät ist? Sie stottert: «Aber Maria Feodorowna hat sich doch immer gegen eine Scheidung gestellt.»

«Meine Mutter hat ihre Meinung geändert. Sie möchte nun auch, dass Konstantins Verhältnisse geregelt sind und stimmt der Scheidung zu. Wir streben eine einvernehmliche Lösung an.»

«Ich muss mich mit Herrn von Schiferli und Leopold besprechen», sagt Anna mit wackliger Stimme. «Das kommt so überraschend, Alexander. Gibt es keine andere Möglichkeit? Das heisst – natürlich könnte ich niemals wieder mit Konstantin zusammenleben. Zu viel geschah damals, in den Jahren in Russland. Die Trennung hat sich aber bewährt. Eine Scheidung jetzt, so spät, scheint mir nicht gut.»

Der Zar wirkt gequält. «Die Zeiten haben sich geändert. Meine Mutter und ich befürworten jetzt die Scheidung, die du doch früher auch angestrebt hast. Sei versichert, Anna: Du sollst nicht zu kurz kommen. Die oft unregelmässigen Zahlungen, die Herrn von Schiferli Anlass zu Reklamationen gaben, sollen ein für alle Mal geregelt werden. Dafür stehe ich ein, Anna.»

Sie zieht den Schleier vors Gesicht. Der Zar sollte nicht sehen, dass ihre Augen feucht sind.

Die Pferde traben dem Thüringer Wald entlang, ein Gasthof kommt in Sicht. «Lass bitte anhalten, Alexander», sagt sie.

Überrascht gibt der Zar dem Kutscher ein Zeichen, die drei Wagen halten vor dem Gasthof.

«Mir geht es nicht gut. Ich werde hier aussteigen und nach Coburg zurückkehren. Bestelle deiner Schwester Maria und Elisabeth Grüsse von mir.»

«Aber du wirst von Maria und Karl Friedrich erwartet, und auch der alte Goethe – dieser Dichter, den alle rühmen – wird wohl seine Aufwartung machen.»

«Meine Gesundheit geht vor, Alexander. Du hörst von uns. Es tut mir leid, dass unsere Familienbande wohl damit ein Ende finden.»

«Die Freundschaft von Elisabeth und mir bleibt dir erhalten, Anna.»

Sie nickt, unfähig ein weiteres Wort zu sagen, und steigt zur Überraschung der Gardesoldaten und Begleiter des Zaren schon wieder aus. Mit steifem Schritt und sehr aufrecht geht sie auf den kleinen Gasthof zu.

1820

Elfenau, Februar 1820

Anna nippt am Tee, den ihr Marianne von Heldritt in den Salon gebracht hat. Der grüne Tee, den sie in Russland lieb gewonnen hatte, scheint ihr bitter und brennt in ihrer Kehle. Sie mustert die Stühle mit den Schwanenköpfen, die ihre Lieblinge sind, weil sie die Elfenau mit der Ehrenburg verbinden, kann aber eine Spur Missmut nicht verbergen. Die Wand? Ihr Blau scheint ihr so kalt wie der Schnee, der vor den Fenstern fällt und sie im Haus gefangen hält. Sie nimmt einen weiteren Schluck, verzieht das Gesicht.

Die Ehrendame beobachtet die Herrin. Man kann ihr nichts recht machen in diesen Tagen. Die Grossfürstin, beliebt für ihr mitfühlendes Wesen, ist in den vergangenen Wochen launisch und sprunghaft geworden. Marianne kennt den Grund. Aber die Herrin spricht nur mit dem Oberhofmeister über diese Sache. Sie trinkt ihre Tasse aus, macht eine kleine Verbeugung und verlässt den Salon.

Anna schaut ihr nach, und wieder einmal sehnt sie sich nach ihrer verstorbenen Hofdame.

Caroline würde ihr ein in kaltes Wasser getauchtes Tuch auf die Stirn legen, und das Kopfweh wäre fort – sie würde ihr ein warmes Kirschsteinsäckchen überreichen, und endlich hätte sie warm. Es ist nicht so, dass Marianne ihre Aufgabe schlecht erfüllt. Aber sie ist nicht Caroline, die ihr Leben beflügelte und so manches Geheimnis mit ihr geteilt hat.

Sie erhebt sich und stellt sich ans Fenster. Einzelne Flocken segeln nieder und setzen sich auf die dicke Schneefläche, die den Aarehang bedeckt. In diesem Winter spendet ihr das Weiss keinen Trost. Im Gegenteil – es lastet auf ihr.

Ende Januar ist eine Todesnachricht eingetroffen: In England verstarb nach kurzer Krankheit Herzog Edward von Kent, Victoires Ehemann. Die Schwester wurde zum zweiten Mal Witwe, Töchterchen Victoria ist erst acht Monate alt. Wird Victoire nach Amorbach zurückkehren? Das ist kaum möglich. Edward hatte viel Geld in Umbauten investiert und Victoires Besitztümer schliesslich verkauft. Ist die Schwester vom Pech verfolgt wie sie selbst? Wie gern hätte sie sie getröstet …

Trost braucht sie selbst. Die Besuche im orthodoxen Gotteshaus haben ihr bis jetzt keine Linderung verschafft; die Kapelle in Schloss Bremgarten ist schwierig zu erreichen und im Winter zu kalt.

Sie fühlt sich abgeschnitten von der Welt. Im fernen Russland, das noch viel weisser und eisiger ist, wird über sie verhandelt. Maria Feodorowna, die nie auf Annas Seite war, bestätigt Konstantin, dass sie mit der Scheidung einverstanden sei. Er soll die polnische Gräfin heiraten, auch wenn es sich um eine Mesalliance handelt. Anna kann sich den Sinneswandel nicht erklären. Aber sie sieht vor sich, wie hinter den dicken Mauern des Winterpalasts eifrig geschrieben und eine Scheidungsvereinbarung aufgesetzt wird, wie man raunt, tuschelt und munkelt, und schliesslich legt man die Vereinbarung Alexander vor, er unterzeichnet, was seine Mutter und sein Bruder ihm vorlegen, und Elisabeth kann nichts ausrichten, weil auch sie kein Günstling Marias ist. Sie, Anna, muss machtlos warten, viele, viele Meilen entfernt, eingesperrt hinter Schneemauern, man wird sie nicht fragen, wird sie einfach vor ein Fait accompli stellen, und sie muss es akzeptieren, ist eine geschiedene Frau von einem Tag auf den andern, vielleicht verliert sie ihre Existenz. Schimpf und Schande wird über sie hereinbrechen, sie ist nicht die Goldmarie, sondern eine Pechmarie, wie hat sie je etwas anderes denken können.

Anna friert, sie kehrt der Schneelandschaft den Rücken, flieht aus dem Zimmer ins gelbe Kabinett, hört das Rascheln von Briefpapier aus dem Nebenzimmer, mag jetzt aber nicht reden, auch nicht mit Schiferli, sie setzt sich ans Spinett, klappt den Deckel auf, spielt einige Akkorde, die in ihren Ohren falsch klingen, das Instrument ist wohl verstimmt. Als sie unter den Noten einen Walzer sucht, rutscht ihr die ganze Beige aus der Hand und klatscht auf den Boden, dort lässt sie die Noten ruhen, so viel zur Musik, sie wirft den Deckel zu und setzt sich an ihren Sekretär.

Sie will Elisabeth schreiben – ihre einzige Hoffnung, einziger Zugang hinter die dicken Mauern, wo Komplotte geschmiedet werden, wo man sie entrechten will. Elisabeth, ihre nachsichtige Freundin, die mit Alexander eine neue Einheit gefunden hat. Die Glückliche. Aber ist Elisabeth glücklich? Ist sie nicht nur eine Dulderin?

Einerlei. Elisabeth ist die Einzige, die sie versteht und ihr Schicksal mildern kann. Elisabeth, ihr Rettungsanker. Anna schraubt das Tintenfass auf, taucht die Feder ein und beginnt fieberhaft zu schreiben.

Rudolf von Schiferli hält inne, als er im gelben Kabinett Geräusche hört. Die Grossfürstin ist reizbar in diesen Tagen – gut möglich, dass sie vom feinen Schaben seiner Feder auf dem Briefpapier gestört wird. Als er das lebhafte Kratzen ihrer Feder vernimmt, lächelt er mit einer Spur Bitterkeit.

Auch er wird schreiben – einen weiteren Brief an Prinz Leopold. Leopold ist der Einzige, der sich um die Angelegenheiten der Grossfürstin kümmert. Die alte Herzogin in Coburg ist keine Hilfe, nun, da ihr Heiratsprojekt, dem sie ihre Tochter geopfert hat, endgültig zu scheitern droht. Herzog Ernst hält sich zurück; er will es mit dem Zaren und Konstantin nicht verderben und vermeidet eine Stellungnahme. Diesen Herbst hat die Grossfürstin keine Einladung erhalten, den Winter in Coburg zu verbringen. Sie hätte sie wohl auch nicht angenommen. Aber die Unterstützung der Familie fehlt Anna.

Anna – so nennt er sie bei sich, wenn er sich Sorgen macht. Sie ist körperlich und seelisch angegriffen. Vor ein paar Jahren, als sie letztmals so litt, trug er wohl selbst die Schuld daran. Das wird nicht noch einmal vorkommen. Er versucht, seine Schwächen im Zaum zu halten. Das ist ihm geglückt, glaubt er – das Zusammenleben ist entspannt wie in früheren Jahren. Er akzeptiert ihre zeitweilige Sorglosigkeit. Er verehrt – oder ist es mehr als das? –

ihr leidenschaftliches Wesen, ihr grosses Herz. Gerade diese Wesenszüge aber machen sie verletzlich. Die bevorstehende Scheidung empfindet sie als demütigend. Sie glaubt an eine Verschwörung. Was soll er tun?

Eigentlich würde er sie am liebsten in die Arme schliessen. Sie braucht Nähe und die Sicherheit von jemandem, der für sie da ist. Kürzlich, als das Elend wieder über sie hereinbrach, hat er genau das getan.

Weil es früh einnachtete, brannte bereits die Öllampe. Er dachte nicht daran, dass man sie beide sehen konnte. Das Unglück wollte es, dass seine Frau in diesem Augenblick vor dem Haus durchging. Als er später seine Wohnung betrat, schrie sie ihn an. Noch nie hatte er seine sanfte Frau, die sonst wenig Temperament und Gefühle zeigt, so erlebt. Fast hätte er sich gefreut am Blitzen in ihren Augen – wenn ihre Vorwürfe nicht so scharf, so unberechtigt gewesen wären.

«Ich schloss die Grossfürstin einen Moment in meine Arme, wie ich es mit jedem mir nahestehenden Menschen getan hätte, der in solcher Verzweiflung zu mir kommt», hatte er erklärt.

«Hast du ein Verhältnis mit ihr? Ich will es jetzt endlich wissen.»

«Ich verbitte mir diesen Ton, Griton. Sie ist meine Arbeitgeberin, und ich tue alles für sie. Wir leben von ihr, sie sichert die Existenz unserer Familie – muss ich es denn betonen? Aber wir haben kein ‹Verhältnis›, wie du es zu nennen beliebst. Nie wieder will ich von dir solche Vorwürfe hören. Du beschmutzt dich, mich und die Grossfürstin.»

«Schau mich an, Rudolf, und schwöre es», hatte sie verlangt.

«Da ist nichts, ich schwöre es.» Klein und lächerlich war er sich vorgekommen. Seine Aussage stimmte für die Gegenwart – das war es, wonach sie sich erkundigt hatte. Alles andere war lange her und wie ein Traum.

Sie war plötzlich kleinlaut geworden, war wieder die Griton, die er kannte.

Er könnte nicht sagen, ob sie sich näher oder ferner sind als vor diesem Eklat. Aber etwas ist anders zwischen ihnen.

Dieser unschöne Vorfall hält ihn nun ab, so zu handeln, wie er am liebsten handeln würde.

Es bleibt der Brief an Leopold. Er wird ihm darlegen, dass er von der Familie mehr Unterstützung erwartet. Es geht um Juliane, die Tochter und Schwester, die alle in der Familie lieben. Sie leidet – ein Zusammenbruch droht. Leopold soll sich für sie einsetzen und einen Boten entsenden, der beim Zaren die Sache verhandelt. Ihre Existenz steht auf dem Spiel – und die Existenz jener, die mit ihr verbunden sind.

Leopold kümmert sich um die frisch verwitwete Victoire. Zum zweiten Mal scheint England den Coburgern kein Glück zu bringen. Aber Leopold ist ehrgeizig – er gibt nicht so schnell auf. Denn da ist die kleine Victoria, seine Nichte, bis jetzt Thronfolgerin in ihrer Generation. Anna steht Leopold nahe. Aber sie ist bald nur noch eine geschiedene Grossfürstin im Abseits. Den grossen Moment in der Geschichte – ihre Heirat an den Zarenhof, die Möglichkeit, vielleicht selbst zur Zarin aufzusteigen – hat sie in Leopolds Augen verspielt. Vielleicht haben für ihn Victoires Bedürfnisse nun Vorrang gegenüber jenen von Anna. Er hat geschrieben, dass Victoire das hoch verschuldete Erbe Edwards ausgeschlagen habe. Auf seinen Rat hin bleibe sie aber in England, um die Thronansprüche Victorias zu sichern.

Die eine Schwester hier, die andere dort. Leopold mit seinen Ambitionen mittendrin. Man wird sehen.

Vorsichtig setzt Schiferli die Feder aufs Blatt und beginnt seinen Brief.

Elfenau, April 1820

Rudolf von Luternau zieht die Glocke am Herrenhaus, unter dem Arm trägt er die Pläne, die er für die Umgestaltung des Parks erarbeitet hat. Als niemand öffnet, betätigt er den Glockenstrang ein weiteres Mal – ohne Erfolg. Was ist denn hier los? Ein Blick auf die Remise zeigt ihm eine vollständige Wagenreihe – die Grossfürstin ist nicht ausgefahren. Noch einmal zieht er die Glocke, nun schon etwas verdrossen. Will man ihn zum Narren halten? Er nimmt einen Schatten wahr hinter dem Fenster des Eckzimmers, aber die Tür bleibt verschlossen. Wütend dreht er sich um, heisst den Kutscher, wieder in Richtung Bern zu fahren. Beim Egelmösli hält er inne, befiehlt dem Kutscher umzukehren.

Als er wieder in der Elfenau vorfährt, hat er Glück – Freund Schiferli quert gerade den Hof und kann ihm nicht ausweichen.

«Schiferli, was soll das? Die Grossfürstin empfängt mich nicht. Dabei war sie so begierig auf die Pläne.»

«Hast du heute nicht die Zeitung gelesen? Unter den Gesellschaftsnachrichten ist die Scheidung der Grossfürstin Anna Feodorowna von Grossfürst Konstantin vermerkt.» Schiferli blickt besorgt zum Herrenhaus. «Sie fühlt sich an den Pranger gestellt, hat Angst, dass man sie nun schneidet. Wer trotzdem herkommt, denkt sie, will sich nur an ihrem Elend weiden.»

«Ach was.» Luternau ist Patrizier, aber nicht auf Etikette bedacht. «So ist sie halt geschieden – mich kümmert das nicht. Sie hat diese Pläne in Auftrag gegeben und soll sie nun entgegennehmen. Die politischen Geschäfte im Kleinen Rat sind oft nervenaufreibend – du kennst das vom Grossen Rat. Nun habe ich diese Aufgabe erhalten. Die Gestaltung des Parks ist für mich eine Herausforderung. Ich bin der immer noch jugendlich wirkenden Grossfürstin nach wie vor gern zu Diensten. Wenn immer man sie in der Stadt, im Hôtel de Musique oder im Saal des Äusseren Standes sieht, ist der Tag gleich ein anderer. Sie ist ein Glanzlicht in unserer Stadt, hat Stil, ist liebenswürdig. Natürlich gibt es Neid. Aber ich wage zu behaupten, dass der Grossfürstin in Bern eine Scheidung nicht wirklich schadet. Ich lasse mich nicht abweisen und will sie jetzt endlich sprechen.»

«Sie hat sich in ihr Zimmer zurückgezogen und will niemanden sehen. Soll ich dich trotzdem ankündigen?»

«Bitte tue das. Und lass mich schon mal ins Haus, ins Eckzimmer mit dem grossen Tisch. Ich will sie mit den Plänen überraschen.»

Schiferli verspricht, ein gutes Wort einzulegen, und Luternau folgt ihm umgehend ins Entree.

Als die deutsche Ehrendame eine Viertelstunde später die Grossfürstin ankündet, tritt Luternau Anna Feodorowna entgegen. Er bittet sie, ihre Augen zu schliessen und sich von der Ehrendame zum Tisch führen zu lassen. Die Grossfürstin, in Dunkelgrün, die Haare streng nach oben gesteckt, willigt überrascht ein. Ihr Gesicht mit den geschlossenen Augen wirkt leidgeprüft. Luternau setzt sich zum Ziel, ihr ein Lächeln zu entlocken.

«Augen auf», kommandiert er, als sie vor dem Tisch steht, und verscheucht mit einer Handbewegung die Ehrendame.

Die Grossfürstin öffnet die Augen auf die ausgebreiteten Pläne. Luternau setzt sofort mit Erklärungen ein, zählt die Säulentempelchen, kleinen Steinbrücken und versteckten Felsnischen mit Sitzbänken auf, die das Gut der Grossfürstin schmücken sollen. Und siehe da – ihr bleicher Teint wirkt schon rosiger, als sie sich über die Pläne beugt. Sie folgt mit dem Finger den kleinen Wegen, Teichen und Rabatten, die er anlegen will. Ihr Gesicht verliert die Strenge und sie lächelt verschmitzt, als sie eine weitere kleine Felsgrotte unterhalb des Hauses anregt.

Er stimmt dem Vorschlag vorbehaltlos zu, und nun strahlt sie gar. Es ist sein Verdienst, es sind seine sorgfältig ausgearbeiteten Pläne, die diese Veränderung hervorgerufen haben. Weiss er nicht, wie man mit Damen umgeht? Auch die Kaiserliche Hoheit – ein schillernder, exotischer Schmetterling im guten, alten Bern – ist nicht anders. Mit diesem schönen, nun bald noch aufgewerteten Landgut wird sie nicht auf die Idee kommen, Bern zu verlassen.

Luternau schreitet erhobenen Hauptes auf seinen Wagen zu, als sie ihn schliesslich – voll des Lobes und mit dem Auftrag, die Gestaltung baldmöglichst umzusetzen – in den von einem lauen Wind durchzogenen Frühlingstag entlässt.

Baden-Baden, Juli 1820

Die Kutsche mit vier vorgespannten Pferden nähert sich dem Kurort. Anna zittert vor Erregung. «Wie wird man mich als Geschiedene in dieser illustren Gesellschaft aufnehmen?»

Schiferli sitzt für das letzte Wegstück allein mit ihr in der Kutsche. «Sie haben Ihren Titel behalten, Grossfürstin. Man wird Ihnen weiterhin Respekt entgegenbringen und Sie Ihrem Rang gemäss behandeln. Anders kann ich es mir nicht vorstellen. Es lohnt sich, dass Sie der Zarenfamilie entgegenkamen und pro forma die Schuld am Scheitern der Ehe auf sich nahmen.»

Schamröte schiesst in Annas Gesicht. In der Scheidungsakte heisst es, dass sie Konstantin wegen ihrer desolaten Gesundheit 1801 verlassen habe, nicht mehr nach Russland zurückgekehrt sei und es auch nicht mehr könne; darum habe er um die Scheidung ersucht. Die Scheidung ist erfolgt, die Ehe annulliert. Konstantin hat man das Recht zugesprochen, sich von neuem zu verehelichen. Von ihren Rechten steht nichts. Schon im Mai hat sich Konstantin mit der polnischen Gräfin Grudzinska verheiratet. Ihr dagegen bleibt das lebenslange Etikett «geschieden».

«In der Scheidungsakte steht kein Wort davon, wie schlecht er mich behandelt hat», sagt sie trotzig.

«Die kaiserliche Familie muss ihr Gesicht wahren. Die Scheidung hat in Petersburg Turbulenzen ausgelöst.»

«Ich weiss. Trotzdem ist es bitter für mich, dass nur ich schuldig sein soll.»

«Es sind gesundheitliche Gründe angeführt», erklärt Schiferli geduldig. «Wer Konstantin kennt, durchschaut die Formulierung. Auch in Polen hat er sich mit seiner rüden Art keine Freunde geschaffen.»

«Was Konstantin tut, muss mich nicht mehr kümmern.» Befriedigung schwingt in Annas Stimme mit, doch dann schlägt ihre Stimmung wieder um. «Wie wird man mir in Baden-Baden begegnen?»

Sie passieren das Stadttor, die Pferde gehen im Schritt, die Leute auf der Strasse mustern die vierspännige Kalesche. Man ist hier noble Herrschaften gewohnt – aber vierspännig fahren nur Hoheiten. Welche ist es?

Schiferli zählt darauf, dass sich die Ankunft Anna Feodorownas bald herumsprechen wird. Der erste Auftritt der geschiedenen Grossfürstin in der grossen Gesellschaft ist entscheidend: Wenn er gelingt, kann sie der Zukunft getrost entgegensehen. Er spricht ihr Mut zu: «In Bern hat man Sie nicht geschnitten. Sie haben weniger Besuch erhalten, ja, aber das hatte auch gute Seiten: Wir hatten es ruhiger und konnten Einsparungen machen. Einige Patrizier wie Rudolf von Luternau zeigten sich unbeeindruckt.»

«Luternau ist ein ritterlicher Herr.» Sie entspannt sich etwas. «Sie haben Recht, Schiferli. Ich sollte mir nicht zu viel Gedanken machen. Packen wir es einfach an.»

Anna schreitet die Treppe hoch zu den Gemächern, die Zarin Elisabeth bei ihrer Mutter Amalie von Baden bewohnt. In den Briefen hat sich Elisabeth verständnisvoll gezeigt, wenn sie auch nicht verschwieg, dass ihr die Scheidung Sorgen bereite. Wie wird es sein, wenn sie einander persönlich gegenüberstehen?

In der Halle halten sich einige russische Hofdamen auf. Sie mustern die Grossfürstin ungläubig und drehen ihr den Rücken zu. Schliesslich meldet eine Zofe ihre Ankunft, und die Tür zum Empfangssaal geht auf. Elisabeth tritt Anna entgegen und legt die Arme um sie.

Die Hofdamen trauen ihren Augen nicht: Ihre Herrin bereitet dieser frisch Geschiedenen, die Unehre über Russland gebracht hat, einen warmen Empfang? Als sich die Tür geschlossen hat, stecken die Hofdamen die Köpfe zusammen und schnattern wie eine Schar aufgeregter Enten.

«Anna, schön, dich wiederzusehen. Ich bin so froh, dass diese Sache endlich erledigt ist.»

«Erledigt? Eine geschiedene Frau lebt vogelfrei.»

«Ich bin überzeugt, dass fast alle zu dir halten. Man mag dich, Anna – du bist eine liebenswürdige, warmherzige Frau.»

«Meine Mutter und Ernst meiden mich. Ich trage Schuld gegenüber meiner Familie.»

«Du fühlst dich schuldig?» Plötzlich redet sich die zarte, sonst zurückhaltende Elisabeth ins Feuer. «Man sagt, Zarin Katharina habe als Brautpreis für dich 160 000 Goldrubel an deine Eltern gezahlt. Dieses Geld habe das verschuldete Herzogtum Coburg gerettet.»

Anna wirkt verstört. «So viel Geld wurde bezahlt? Und jetzt, bei der Scheidung – muss meine Familie die Rubel zurückerstatten?»

«Du hast fünf Jahre an Konstantins Seite ausgeharrt, zwanzig Jahre Trennung folgten. Man kennt Konstantins Fehler. Du hast den Preis längst abgegolten.» Sie streicht sich über die Stirn. «Lassen wir das Thema. Ich dürfte nicht darüber sprechen.»

«Trotzdem – ich kann nicht alle Schuld von mir weisen», meint Anna nachdenklich. «Meine Ehe ist gescheitert.»

«Du hast dich den Plänen deiner Familie gefügt, hast einigen deiner Geschwister zu einem glänzenden Lebensweg verholfen. Du warst die Erwählte, du hast es versucht. Ich weiss am besten, wie schwierig es für dich war. Natürlich erhoffte ich mir, dass du zurückkehren und es noch einmal versuchen würdest. Du hast einen andern Weg gewählt. Ich verhehle es nicht: Erst jetzt, da Konstantin sich von neuem unwürdig erweist, bin ich überzeugt, dass du richtig gehandelt hast. Die Scheidung, gefolgt von der überstürzten Wiederverehelichung mit einer zweifelhaften Person – Konstantin setzt seine Thronfolge aufs Spiel.»

«Vielleicht hat die Scheidung auch für Konstantin unliebsame Folgen – für mich hat sie es auf jeden Fall.»

«Mach dir nicht zu viel Sorgen, Anna. Deine Apanage ist meines Wissens geregelt. Alexander hat seinem Stab Anweisung gegeben, dass man dir weiterhin mit Ehrerbietung begegnet. Ich werde dazu beitragen, was ich kann. König Maximilian von Bayern, mein Schwager, will dich empfangen. Meine Mutter Amalie freut sich auf ein Wiedersehen und bittet dich mit deiner Schwester Antoinette zum Tee. Sie will zudem Auguste schreiben und sie einladen. Vielleicht fällt deiner Mutter das Wiedersehen schwer, weil sie sich an deinem Schicksal mitschuldig fühlt.»

«Vielen Dank, Elisabeth. Es ist tröstlich, dass wir Freundinnen bleiben, auch wenn wir nicht mehr Schwägerinnen sind.»

Vor dem Haus steht eine Reisekalesche. Antoinette ist da! Anna freut sich, dass die Schwester gerade diesen Sommer nach Baden-Baden reist. Zwar steht sie ihr weniger nah als Sophie und Victoire, aber sie ist froh um ihre Anwesenheit. Anna nimmt zwei Stufen auf einmal, stösst die Wohnungstür auf.

Als Antoinette sich zu ihr dreht, erschrickt sie: Die Schwester, nun über vierzig, ist deutlich gealtert. Sie setzen sich, Antoinette mustert Anna.

«Julchen, es tut mir leid, dass alles so gekommen ist.»

Tränen laufen über Annas Gesicht, sie bringt kein Wort hervor.

Antoinette beugt sich vor, streichelt ihre Hand. «Auch ich bin ein paar Mal in meinem Leben fast zerbrochen –

als der kleine Paul starb und später Friedrich, mein Jüngster. Ich lebte so abgeschieden in Grünhof – manchmal hätte ich schreien können vor Einsamkeit. Wenn mein Mann da war, hat er mich wie ein Stück Holz behandelt: Man nimmt es, man wirft es weg. Ich war nur gut genug, seine Launen zu ertragen. Jetzt, in Petersburg, lebe ich auf. Elisabeth ist mir eine Freundin geworden. Und auch deine Schwiegermutter, Maria Feodorowna, hat mich akzeptiert.»

Anna hat die Tränen hinuntergeschluckt. «Ich verstehe nicht, wieso Maria Feodorowna auf einmal die Scheidung befürwortete.»

«Oh – ich schon. Maria ist eine starke Frau. Sie hat moralische Prinzipien, denkt aber auch strategisch. Über die Jahre hat sich ihr Einfluss auf Alexander verstärkt. Trotzdem stehen ihr Alexander und Konstantin, die sie früh an die Zarin Katharina verlor, weniger nah als ihre jüngeren Söhne Nikolaus und Michael. Kommt dazu, dass Elisabeth keinen Thronfolger geboren hat. Das Paar Nikolaus und Alexandra mit ihren kleinen Kindern liebt sie sehr. Falls Alexander frühzeitig sterben sollte, will sie, dass Nikolaus Zar wird. Darum hat sie Konstantin die Scheidung und neue Eheschliessung unter seinem Stand gewährt – er nimmt sich damit selbst aus dem Rennen.»

«So ist das also.» Anna kann es kaum fassen. «Ich bin ein Spielball der Interessen – war es seinerzeit bei der Heirat und bin es auch jetzt bei der Scheidung.»

«Sei nicht bitter, Julchen. Wir bewunderten und beneideten dich damals – Sophie und ich hätten noch so gern mit dir getauscht. Das Schicksal wollte es anders. Nimm an, wie es gekommen ist. Weil die Zarenfamilie die Scheidung wollte, werden sie dich anständig abfinden. Das hättest du nie erreicht, als du selbst die Scheidung anstrebtest. Nun bist du rechtmässig geschieden und kannst dir dein eigenes Leben einrichten – unabhängig von einem Mann. Das hat seine Vorteile, glaub mir.»

«Vielleicht hast du Recht, Antoinette. Ich werde über deine Worte nachdenken. Aber nun zu dir und deiner Tochter. Du hast noch kein Wort von Marie gesagt. Welche Pläne hast du für sie?»

«Marie bleibt bei mir», sagt Antoinette bestimmt. «Ich brauche sie. Sie führt den Haushalt, wenn ich abwesend bin, und ist meine Vertraute, wenn ich da bin. Marie ist meine Stütze. Sie ähnelt der jungen Antoinette, die ich einmal war.»

«Stimmt. Deine Tochter ist dir wie aus dem Gesicht geschnitten», stellt Anna fest.

«Dass sie meine herben Züge und nicht das hübsche Gesicht von dir oder Victoire hat, gereicht ihr nicht zum Vorteil. Aber es muss auch kein Nachteil sein. Marie wird nicht jung heiraten – wenn sie überhaupt eine Ehe eingeht. Sie soll nicht den gleichen Fehler machen wie du und ich.» Antoinette schaut nachdenklich vor sich hin. «Wie jung wir waren, als wir damals mit Mutter nach Russland fuhren … Und dann ist die Zeit so schnell verflogen. Das Leben ist ein kurzer Traum – und wahrlich kein froher.»

Das Wasser dampft im heissen Bassin, aber Schiferli fühlt sich nicht wohl. Er wird nicht froh an diesem Ort: Baden-

Baden ist landschaftlich nicht schön gelegen und zu teuer. Zudem hat er hier Pflichten, die nicht zu seinen Aufgaben gehören: Er muss Essen und Trinken besorgen, Kaffee und Tee, Geschirr und Wäsche. Es hat nicht einmal genügend Lichter in den von der Grossfürstin gemieteten Räumen. In den Bädern werden keine Tücher und Bademäntel gereicht, und an der Heilwirkung des Badener Wassers zweifelt er. Sitzt er jetzt nicht schon zum zehnten Mal im Bad? Entspannung spürt er kaum, der Kopf schmerzt noch immer. Und die kalten Güsse am Ende des Baderituals sind eher Qual denn Lust.

Seiner Herrin dagegen bekommen die Bäder wohl. Jeden Morgen um sechs, wenn er noch erschöpft in den Federn liegt, sucht sie das Frauenbad auf mit Antoinette, ihrer Schwester. Er mag diese scharfzüngige Dame nicht – auch sie trägt zu seinem Unbehagen bei.

Die Grossfürstin jedoch lebt auf. Der Aufenthalt in Baden-Baden hat ihr Selbstvertrauen gestärkt. Eine Scheidung bedeutet meist den freien Fall in der Gesellschaft. Wider Erwarten schneidet man aber die geschiedene Grossfürstin nicht, sondern macht ihr die Aufwartung: Prinzen und Prinzessinnen, Fürsten und Fürstinnen sowie Persönlichkeiten aus der Politik – einige Minister aus Russland und Bayern – haben vorgesprochen. Der Höhepunkt war die Einladung bei König Maximilian von Bayern, der Grossfürstin Anna und Herzogin Antoinette zum Diner bat und sie mit seiner kostbarsten Kutsche abholen liess. Auch von der Familie in Coburg gibt es versöhnliche Zeichen. Herzogin Auguste ist angereist und hat ein paar Tage mit ihren Töchtern verbracht.

Ist es der Empfang bei Zarin Elisabeth, der ihr die Türen geöffnet hat? Oder das allseits bekannte Wohlwollen des Zaren? Oder ist es Konstantins überstürzt eingegangene Mesalliance?

Schiferli hebt die Zehen aus dem Wasser, tritt mit dem Fuss Wellen los. Die Grossfürstin plant eine Teegesellschaft in ihren Räumen. Einen Tag wird er nur für die Vorbereitungen brauchen: Es fehlen Tassen, Bedienstete, ein Koch. Noch nicht einmal die Einladungen sind geschrieben.

Manchmal hat er alles satt. Wer ist er denn? Hat er nicht das Medizinische Institut in Bern mitbegründet und später als Professor für Chirurgie und Gynäkologie gewirkt? Ist er nicht Oberfeldarzt der Helvetischen Truppen gewesen und hat Leben gerettet? Ja – eine schwere Krankheit hat ihn geschwächt und in andere Bahnen gelenkt. Seit nunmehr acht Jahren ist er ausschliesslich für das Wohl einer einzigen Persönlichkeit zuständig. Wenn es sich dabei nicht um Anna handeln würde, hätte er längst alles hingeworfen.

Auch in der Elfenau reibt er sich an Kleinigkeiten: Die Kaffeelieferung bleibt aus, für die Laternenlichter gibt es keinen Ersatz, der Wein aus dem Waadtland lässt auf sich warten, und der Nachtwächter schläft, statt die Stunden auszurufen. Er hält die kleinen Ärgernisse im Hausbuch fest.

Oder er erzählt sie seiner Frau. Bis vor kurzem meinte sie oft spitz: «Besprich dich mit der Grossfürstin – du hast doch nur Augen und Ohren für sie.» Seit ihrer Aussprache hört sie ihm wieder zu.

Griton ist in Bern geblieben. Er schreibt ihr öfter und schildert seinen zermürbenden Alltag. Dann geht es ihm gleich besser.

Mit der Grossfürstin spricht er über Gott und die Welt und ihre Familie – mit Griton über den Alltag, Fritz und Moritz.

Elfenau, November 1820

Regen klopft gegen die Scheiben, es ist düster im gelben Kabinett. Anna schraubt den Docht der Öllampe höher und überfliegt noch einmal die Zeilen an Elisabeth, kritzelt dann eine Notiz seitwärts und unterzeichnet mit einem schwungvollen «Anna». Sie hat sich einiges von der Seele geschrieben – das tut gut. Das Jahr mit der Scheidung war schwierig. Aber es war nicht so schwarz, wie sie vermutet hatte. In Baden-Baden hat sie Wohlwollen und Anerkennung erlebt. Dann sind ihre Kinder in Bern eingetroffen.

Zum ersten Mal haben Eduard und Hilda gemeinsam Ferien in der Elfenau verbracht. Die Sommerwochen sind mit Mahlzeiten in der Orangerie, mit Singen und Spiel, Spaziergängen und Ausflügen im Nu vergangen. Manchmal glaubt sie noch, das Gelächter der Kinder zu hören. Sie hat ihr kleines, inzwischen achtjähriges Mädchen endlich näher kennen gelernt. Hilda hat ein ausgeglichenes Wesen, ist liebenswürdig und immer artig. Vielleicht zu artig? Als die Kinder abreisten, machte Eduard ein finsteres Gesicht – Hilda winkte beherrscht.

Anna setzt sich ans Spinett und zieht eine Sonate von Mozart hervor. Beim Spielen schaut sie angestrengt auf die Noten.

Der Anschlag klingt hölzern – sie hört es nur zu gut. Sie verhaspelt sich, die Musik fliesst nicht. Trotzdem gibt sie nicht auf, und nun bewegt sich endlich etwas, die Melodie schält sich heraus, die Töne beginnen zu perlen, sie lässt sich mittragen, vergisst alles um sich herum, fühlt sich leicht und fast glücklich. Als die letzten Töne verklungen sind, schweben ihre Hände noch eine Weile über den Tasten. Wie wohltuend ist die Musik.

Sie hofft auf gute Konzerte im Hôtel de Musique in diesem zweiten Winter in Folge, den sie in Bern verbringt. Sind die Einladungen schon eingetroffen? Sie schaut zur Verbindungstür. Sie steht offen, aber das Zimmer dahinter ist dunkel und leer. Schiferli ist in der Stadt, der Grosse Rat tagt.

Sie dreht sich zum Fenster. Tropfen perlen über die Scheibe. Bei gutem Wetter hätte sie einen Spaziergang gemacht, wäre über die kleinen Brücken gegangen, hätte sich in eine der versteckten Felsnischen oder in eins der Säulentempelchen gesetzt. Luternaus Werk ist gelungen, die Blumenrabatten schmücken den Garten, die Teiche und Bauminseln laden zum Verweilen ein.

Ihr Leben hat sich verändert – ihr Garten und Park auch. Sie kann eingreifen, gestalten und etwas bewirken.

Der kauzige Berner Patrizier Rudolf von Luternau ist ihr zum Freund geworden. Zum Abschluss der Arbeiten hat er ihr ein Gemälde geschenkt, das ihn mit seinem

Hund zeigt. Es hängt im Eckzimmer, wo er im Frühjahr die Pläne vorgelegt hat.

Ihr Blick fällt auf ein anderes Gemälde, das seit kurzem die Wand hinter dem Spinett ziert. Es zeigt Victoire und ist die Kopie eines Porträts, das Leopold in Auftrag gegeben hat. Leopold hat erreicht, dass Victoire im Kensington Palace bleiben kann. Sie lebt dort zurückgezogen, von den Engländern mehr geduldet als geliebt. Hochachtung bringt man der kleinen Victoria entgegen, der möglichen Thronfolgerin. Victoire hütet «Vickelchen», wie sie ihr Mädchen nennt, wie ihren Augapfel. Auch ihre ältere Tochter Feodora lebt nun in London; Sohn Karl hat Hofwil verlassen und studiert in Genf. Victoire ist finanziell von Leopold abhängig – Leo hat eine neue Aufgabe und ein neues Ziel.

Victoire schreibt selten. Der Schock über den Verlust ihres Mannes sitzt tief, sie fühlt sich fremd in England. Aber sie ist gewillt, sich in ihre Position zu fügen. In ihren Briefen berichtet sie ausführlich von «Vickelchens» Entwicklung. Und immer öfter taucht der Name eines Mannes auf: John Conroy, der Nachlassverwalter Edwards. Er erledige alles für sie, schreibt die Schwester – sie könne sich ihm ganz anvertrauen. So schnell also hat Victoire wieder einen Mann an ihrer Seite. Auf eine Nachfrage Annas antwortete sie indigniert: Conroy ist mein Schiferli – ich hoffe, damit ist alles erklärt.

Das Porträt zeigt eine königliche Victoire: ganz in Schwarz gekleidet, dreireihige Perlenkette um den Hals, kühler Blick. Erst zwei Jahre ist es her, seit die Schwester dem Maler Franz Joseph Zoll gesessen hat, in den Pausen haben sie gelacht und gescherzt. In Gedanken hält Anna das neue Porträt neben jenes der liebenswürdigen Victoire aus Coburg, erschrickt – und weist sich selbst zurecht. Die Veränderung ist einfach zu erklären: Victoire hat eine neue Rolle, ein neues Leben.

«Ach, Schwester», sagt sie zu der Schwarzgekleideten, «ich mag dich auch so. Aber du warst mir näher vor zwei Jahren.»

1821

Coburg, März 1821

Die Reisekutsche holpert über das Pflaster von Lichtenfels und fährt aus dem Städtchen hinaus, ohne dass Anna oder Schiferli auf die Bedeutung des Ortes für sie beide Bezug genommen hätten. Anna denkt an Pinchen, die nicht mehr am Coburger Hof dient, sondern im Laden des Schwagers Tuch verkauft, und an ihr kleines Mädchen, das hier seine ersten Jahre verbrachte. Wortlos legen sie die letzten Meilen zurück, beide in Gedanken versunken. Schneereste liegen auf der Strasse, einige Male haben die Räder auf dem Eis im Leeren gedreht, und der Kutscher musste Sand streuen. An diesem letzten von sechs Reisetagen aber scheint die Sonne, die Temperatur ist mild, Frühling liegt in der Luft.

Anna braucht Schiferli an ihrer Seite – seit der Scheidung fühlt sie sich schutzlos ohne ihn. Die Ungewissheit über den Zweck der Reise nagt an ihr. Im Februar ist ein Brief von Sophie eingetroffen mit der Bitte, nach Coburg zu reisen, sobald es die Verhältnisse erlauben würden; sie wolle die Angelegenheit persönlich besprechen. Geht es um die Kinder? Hat sich eines etwas zuschulden kommen lassen? Sie kann es sich nicht vorstellen. Hilda ist besonnen, Eduard zwar lebhaft, aber er weiss sich zu zügeln.

Eine gute Wegstunde nach Lichtenfels fahren sie durch das Ketschentor und die Ketschengasse ins Städtchen hinein. Die vertrauten Häuserzeilen lassen Annas Herz höher schlagen. Zwei Jahre liegt ihr letzter Aufenthalt zurück, sie hat Coburg vermisst. Sie passieren das Münzmeisterhaus, erblicken durch die Seitengasse die Morizkirche. Dann öffnet sich vor ihren Augen der Marktplatz mit dem weissen Stadthaus, der Hofapotheke und dem bläulichen Rathaus, auf dessen Giebel Anna den schwarzen Schutzpatron der Stadt, den Heiligen Mauritius, ausmacht. Es herrscht Markttreiben, die Coburger feilschen um die Ware, die Mägde tragen schwere Körbe am Arm, Hunde wühlen in den Abfällen, blauer Rauch steigt von den Ständen mit den Bratwürsten auf.

Neugierig starren die Leute auf die vierspännige Reisekutsche und versuchen, einen Blick durch die Scheiben zu erhaschen. Einer sagt: «Das ist Prinzessin Victoire, die in England lebt.» Sein Nachbar hat den schärferen Blick: «Nein, das ist Prinzessin Juliane aus Bern in der Schweiz.» Man winkt ihr zu, sie winkt zurück, und schon biegt die Kutsche um die Ecke in die Herrngasse und rattert auf die Ehrenburg zu. Anna macht grosse Augen: Das ist nicht die vertraute Fassade mit den braunen Dächern und Turmspitzen – das Schloss trägt jetzt eine Fassade in neugotischem Stil. Gefällt sie ihr? Sie kann es nicht sagen – sie wird Zeit brauchen, um sich daran zu gewöhnen.

Die Pferde biegen um die Ecke und traben auf das Bürglass-Schlösschen zu. Mutter Auguste tritt mit ihrer Ehrendame vors Haus, um die Tochter und Schiferli zu begrüssen.

Auguste hat sich schwer getan mit der Scheidung. Aber sie versucht, sich nichts anmerken zu lassen. Es ist geschehen – man muss sich damit abfinden.

Auch Anna schiessen Gedanken durch den Kopf. Ging es bei der Russlandreise damals vor allem um den Brautpreis, den Elisabeth genannt hat? Hätte die Mutter sie nicht vor Konstantins schwierigem Charakter warnen und die Ehe verhindern müssen? Sie war noch ein Kind damals – wehrlos, unerfahren. Ach was, sie schiebt die Gedanken beiseite. Wer ist sie denn, die Mutter zu kritisieren? Auguste hat nur getan, was man von ihr verlangt hat. Zum ersten Mal fällt ihr auf, dass die Mutter gebückt geht. Besorgt folgt sie ihr ins Haus. Über die Russlandreise, ihre Ehe und Scheidung haben sie beim Besuch der Mutter in Baden-Baden nicht gesprochen. Sie werden es auch heute nicht tun.

Auguste lässt Tee bringen. Sie erzählt von den kleinsten Kindern in der Familie: Victoria und Albert, beide 1819 geboren.

«Victoire hat eine schwierige Aufgabe», sie setzt die Teetasse ab. «Man misstraut ihr, der deutschen Prinzessin. Sie hat Angst vor Intrigen, fürchtet um das Leben der kleinen Thronfolgerin. Was würde aus ihr, wenn das Kind stirbt? Zum Glück steht ihr Leopold zur Seite.»

Anna nickt und trinkt ihren Tee aus. Es ist ihr nicht möglich, sich jetzt auf Victoires Geschichte einzulassen – zu sehr beschäftigt sie die anstehende Unterhaltung mit Sophie. Sie erhebt sich: «Ich bin bei Sophie angekündigt, bitte entschuldigt mich.»

Die Schwestern sitzen sich gegenüber. Eine Spur Missmut liegt in Sophies Zügen – oder irrt sich Anna?

«Ist etwas mit den Kindern?», fragt sie ängstlich.

«Die Kinder sind gesund und passen sich gut ein. Hilda ist ein ausgesprochen braves Mädchen.»

«Bereitet Eduard Sorgen?»

«Nein. Es geht um Hilda. Wir können sie nicht länger bei uns behalten.»

Anna fühlt sich vor den Kopf gestossen. «Aber wieso denn?»

«Es geht um Hildas Zukunft. Ich habe zu wenig daran gedacht, als ich sie zu mir nahm. Hilda ist ein Kind ohne Namen – kein Taufschein, keine Mutter, kein Vater. Eduard ist getauft, er hat einen Familiennamen, man konnte die Umstände zurechtbiegen. Ernst hat ihm einen Adelstitel verschafft und wird ihn wohl weiter protegieren. Aber von Hilda weiss Ernst nichts – und er soll auch nichts von ihr erfahren, wenn ich dich richtig verstehe. Dieses Kind ist ein uneheliches Kind zu viel – für dich, für uns, für das Kind selbst.»

Anna laufen die Tränen über die Wangen.

«Julchen, ich will dich nicht verletzen. Ich weiss von den unmöglichen Zuständen in deiner Ehe und bin deinem Schicksal nur knapp entgangen. Trotzdem – für die unehelichen Kinder bist du selbst verantwortlich. Hilda hat keine Familie, und das wird sich rächen, wenn sie ins heiratsfähige Alter kommt: Kein Mann von Stand kann mit ihr die Ehe eingehen. Das ist schade, denn sie ist ein liebenswertes Mädchen. Mein fünfzehnjähriger Hugo bewundert Hilda – in einigen Jahren möchte er sie vielleicht heiraten. Aber weil Hilda ohne Namen ist, könnten Emanuel und ich niemals zustimmen. Und dein Eduard? Er liebt Hilda, weiss aber nicht, dass sie seine Schwester ist. Hast du daran gedacht? Hilda muss einen andern Weg einschlagen.»

«Aber du liebst doch das Mädchen? Du hast es doch unbedingt zu dir nehmen wollen?»

«Das war kurzsichtig von mir, Juliane, es tut mir leid. Ich setze mich für eine Veränderung ein, gerade weil mir an Hilda liegt. In Coburg hat sie keine Zukunft.»

«Du hast von einem andern Weg gesprochen – was meinst du damit?», fragt Anna verzweifelt.

Sophie streicht ihr übers Haar. «Ich weiss es nicht. Denk darüber nach, besprich dich mit Schiferli. Bis eine Lösung gefunden ist, bleibt Hilda bei uns.»

Es klopft, Eduard steckt den Kopf durch den Türspalt und meint listig: «Dacht ich mir doch, dass ich diese Stimme kenne. Der Unterricht ist zu Ende, wir hätten gern ein Stück Kuchen. Hilda, Hugo, Alphons und die Kleinen, kommt her – die Grossfürstin ist hier!»

Anna hat sich gefasst. Sie lächelt Eduard zu und hofft, dass er nicht bemerkt, dass ihre Augen nass sind. Bald sitzen sie inmitten der Kuchen mampfenden Kinderschar. Anna zieht Hilda auf ihren Schoss, Eduard lehnt sich an sie. Er erkundigt sich nach Moritz und Pluto, und Anna verspricht ihm, dass er beide im Sommer wiedersieht.

«Darf ich mit Eduard in die Schweiz reisen?», fragt Hilda. Zum ersten Mal äussert sie einen Wunsch.

Anna zieht den Atem ein. «Vielleicht reist du schon früher in die Elfenau.» Sie küsst das Mädchen, setzt es ab und erhebt sich. Zu Sophie sagt sie: «Ich bespreche die Angelegenheit mit Schiferli, du hörst von uns.»

Am nächsten Tag geht sie mit Schiferli durch den Hofgarten. Der milde Märztag hat die Coburger aus den Häusern gelockt, Kinder spielen auf den Gassen, Fuhrwerke der Bauern und Händler holpern übers Pflaster. In der Ferne zeichnet sich die Veste ab, die Stammburg von Annas Familie. Im Hofgarten hinter der Ehrenburg ist es still, helles Licht liegt auf den Wiesen, die Bäume tragen noch kein Laub.

Schiferli schreitet mit gesenktem Kopf aus, er nimmt die Primeln und Märzglöckchen am Wegrand nicht wahr. Unwillig schiebt er mit dem Fuss ein paar dürre Herbstblätter zur Seite. «Die Vergangenheit holt uns immer wieder ein», stellt er fest. «Dass Hilda die Leidtragende ist, tut mir besonders leid.»

«Wir haben uns nie mit ihrer Zukunft befasst. Ich war so froh über die Lösung bei Sophie.»

«Es ist einfacher, nicht zu weit zu denken.» Er bleibt stehen. «Sophie und Mensdorff haben Recht: Wir müssen jetzt handeln. Hilda ist bald neun. In einigen Jahren ist sie heiratsfähig. Es ist unsere Schuld, wenn ihre Verhältnisse nicht geklärt sind.»

Anna hängt sich bei ihm ein. «Und wenn sie in Bern aufwächst, oder bei uns in der Elfenau?»

«Anna, es ist Ihnen und mir klar, dass Bern für Hilda nicht besser ist als Coburg. Keine vornehme Familie wird dieses Kind mit unklarem Hintergrund bei sich aufnehmen – es sei denn als Dienstmagd. Eine Ehe mit einem Mann von Stand ist ausgeschlossen.» Er schaut in Annas Gesicht. «Wie sollten wir erklären, dass dieses Kind bei uns aufwächst? Hilda sei das Kind einer verstorbenen

Hofdame, sagten wir. Man wird diese Ausrede durchschauen – Gerüchte würden entstehen. Vielleicht nimmt ihre Ähnlichkeit mit dir oder mir mit den Jahren zu. Bei dir kann sie nicht leben, ich kann sie nicht in meine Familie aufnehmen. Erst im vergangenen Jahr habe ich mich mit Griton ausgesöhnt. Ich weiss nicht, was sie ahnt.» Er zieht mit grossen Schritten aus, kaum kann sie ihm folgen.

«Rudolf, ich verstehe. Und ich verstehe nicht. Verstehe uns nicht, die Situation nicht. Warum stolpern wir immer von neuem? Warum können wir nicht von vorne anfangen, ein einfaches, gradliniges Leben leben?»

Schiferli ist mit den Gedanken schon weiter. «Es gibt wohl nur eine Lösung: die Adoption. Wir verzichten auf Hilda und ermöglichen ihr einen Neuanfang.»

Erschrocken löst sie sich von ihm. «Wir sollen Hilda ganz freigeben?»

«Ja. Eine Adoption irgendwo in der Schweiz, wo man uns nicht kennt. Nur so kann sie ihren Weg gehen. Anna. Grossfürstin. Ich übernehme diese Aufgabe – ich bin es Ihnen, mir und Hilda schuldig.»

Ein Lakai nähert sich ihnen, irritiert bleiben sie stehen. «Kaiserliche Hoheit – Ihr Bruder lässt Sie in die Ehrenburg bitten.» Er knickst.

Anna wirbelt der Kopf. Will der Bruder mit ihr über die Situation nach der Scheidung sprechen? Auch wenn ihre Gedanken woanders sind – eine Ablehnung seiner Einladung wäre ein Affront. Sie folgen dem Lakai ins Schloss.

Im Treppenhaus hängt ein neues Porträt von Herzog Ernst: Es zeigt einen grossgewachsenen Mann in herrischer Pose, mit ordensbekränzter Uniformjacke, weissen Beinkleidern und übergeworfenem Hermelinmantel; im Hintergrund sieht man die Ehrenburg mit ihrer neuen Fassade, in der Ferne zeichnet sich die Veste ab.

Der Lakai öffnete ihnen die Tür in den üppig dekorierten roten Saal. An der Wand hängt ein grosses Porträt der schwarz gekleideten Victoire – das Gemälde, das Anna kennt.

Ernst tritt ein, begrüsst sie und folgt ihrem Blick: «Victoire ist die Mutter der künftigen Königin Englands – Ehre, wem Ehre gebührt.»

Er spricht vom Schloss und seiner Neugestaltung, die sich endlich dem Ende zuneigt. «Es ist nur eine Frage der Zeit, bis mir Gotha, Luises Erbgut, ebenfalls zufällt», bemerkt er. «Mein Schloss muss präsentieren – ich will die Herrscher Europas empfangen können. Zar Alexander war schon hier.»

Hier hätte Ernst anknüpfen können, aber er verliert kein Wort zur Scheidung seiner Schwester.

Anna versucht vergeblich, in seinen Zügen zu lesen – es ist der Herzog, der ihr gegenübersitzt. Sie war einmal seine Lieblingsschwester – er hat sie ins Vertrauen gezogen. Gibt es Sophie Fermepin und die kleine Bertha noch in seinem Leben?

Die Tür öffnet sich und Luise tritt ein, an ihrem Kleid hängen zwei kleine Jungen. Die Schwägerin wirkt noch immer sehr jung – fast scheint es Anna, dass ihr drei Kinder gegenübertreten.

Ärgerlich zieht Ernst am Glockenstrang. «Es kann nicht sein, dass dir die Kinder den ganzen Tag am Rockzipfel hängen», weist er Luise zurecht. Dann stellt er vor: «Ernst und Albert – das ist eure Tante, Grossfürstin Anna von Russland.»

Der dreijährige Ernst grüsst artig, der kleine Albert, noch unsicher auf den Beinen, fällt hin, und alle lachen. «Ist dieser Herr unser Onkel?», fragt Klein-Ernst und zeigt auf Schiferli.

«Nein, das ist Herr von Schiferli, der Oberhofmeister der Grossfürstin», korrigiert ihn sein Vater.

Die Jungen werden vom Kindermädchen abgeholt. Luise schaut unsicher zu Ernst und bittet, sich zurückziehen zu dürfen.

Auch Anna und Schiferli verabschieden sich. Als sie die Treppe hinuntergeht, spürt sie die ausgetretenen Stufen unter ihren Füssen. Das ist die Ehrenburg – und ist sie nicht. Die Ehrenburg ist jetzt Ernsts Schloss.

Elfenau, Mai 1821

Alle Blätter haben in diesen Tagen nur ein Thema: Napoleons Tod. Sie überfliegt den Artikel. Der ehemalige Kaiser von Frankreich habe fast ganz Europa erobert und mit seinen Kriegen überzogen, steht da. Erst der misslungene Russlandfeldzug habe die Wende gebracht. Die Befreiungskriege hätten sich hingezogen. Schliesslich aber seien die Alliierten in Paris einmarschiert und hätten ein Jahr später Napoleon bei Waterloo endgültig besiegt.

Sie lässt die Zeitung sinken. Napoleon hat Geschichte geschrieben. So viele Menschenleben haben diese Kriege gekostet – so viele Schicksale hat dieser ehrgeizige Mann geprägt. Auch ihres.

Ein bisschen hat auch sie Geschichte geschrieben. Es ist auf ihre Verbindung mit Russland zurückzuführen, dass das Herzogtum Coburg nach dem Frieden von Tilsit Bestand hatte. Ihre Briefe haben dazu beigetragen, dass sich Alexander am Wiener Kongress für die Schweizer Neutralität einsetzte. Mit ihrer Anwesenheit hat sie Bern geprägt. Sie hat die Elfenau zu dem gemacht, was sie jetzt ist – ein Ort der Begegnung, der Besinnung. Eine grüne Oase der Erholsamkeit und Entspannung. So viel hat sie bewirkt. So wenig.

Sie lehnt sich zurück. Der Wiener Kongress liegt sechs Jahre zurück. Louis XVIII. ist jetzt König von Frankreich, und Napoleon, den man nach St. Helena verbannt hat, war fast vergessen. Nur sein Tod hat ihn noch einmal auf die Titelseiten der Gazetten gebracht.

Die Vergangenheit holt einen immer wieder ein. Sie sitzt hier im Eckzimmer und liest Zeitung, weil sie auf die Kutsche der kleinen Hilda wartet. Der Abschied steht bevor.

Unwillkürlich blickt sie zum Gemälde hoch, das Luternau zeigt. Schiferli erzählte Luternau, dass er eine Familie für sein kleines Mündel suche, die Tochter einer verstorbenen Hofdame. Luternau stellte keine Fragen. Er versprach, sich bei seiner Reise im Waadtland umzuhören. Bei seiner Rückkehr berichtete er Schiferli von Jean-François und Louise-Juliana d'Aubert. Das französischstämmige Ehepaar d'Aubert sei vor den Kriegswirren in die Schweiz geflohen und habe keine eigenen Kinder; sie hätten Interesse an diesem kleinen Mädchen. Schiferli reiste mit Luternau nach Lausanne. Das Ehepaar hat ihm gefallen. Sie hat Sophie geschrieben, Hilda ist auf dem Weg. Die Lösung ist gut.

Warum ist ihr so elend? Sie dreht eine Feder in ihrer Hand, zwirbelt sie zwischen ihren Fingern. Ein kleines Mädchen wird von einem Land in ein anderes verschoben, zu fremden Leuten, die eine andere Sprache reden. Kennt sie das nicht? Sie war nur fünf Jahre älter, als man sie nach Russland verheiratete. Oder müsste sie sagen: verschacherte? Anna wirft die Feder auf den Tisch, springt hoch und geht erregt auf und ab. Dann hält sie inne. Sie kann ihr Schicksal nicht ändern. Und Hildas Zukunft wohl auch nicht. Sie setzt sich wieder.

Hilda hat noch einige Kinderjahre vor sich, sie hat Zeit, sich einzugewöhnen. Dann wird sie die Chance bekommen, ein normales Leben als Ehefrau eines netten Mannes in der Welschschweiz zu führen. Ist das nicht erstrebenswert? Hätte sie selbst nicht ein solches Leben vorgezogen, wenn sie hätte wählen können? Es gibt keine Wahl. Man wird in einen Stand, in eine Umgebung hineingeboren. Man hat das Beste daraus zu machen.

Ihr Atem geht schneller, Panik steigt in ihr hoch: Sie wird ihr kleines Mädchen für immer verlieren! Das kann nicht sein! Sie schaut vor sich nieder. Es kann doch sein. Hildas Herkunft ist geheim, muss es vielleicht für immer bleiben. Sie muss das Mädchen schützen. Ein uneheliches Kind wird als «Bastard» bezeichnet und trägt ein Leben lang schwer daran. Zweimal hat sie ausserehelich geboren. Unter diesen Umständen gab es nur den Verzicht. Sie muss ihn ein weiteres Mal leisten – zum Wohl ihres Kindes.

Sie hört Kutschenräder. Ihr ist, wie wenn sie zerreissen müsste. Aber sie lässt es nicht zu. An der Tür trifft sie auf Schiferli, gemeinsam gehen sie der Kutsche entgegen.

Hilda steigt aus. Die Zofe hat ihr die Haare geflochten und hochgesteckt, das Kleidchen ist frisch. Ein perfektes, kleines Mädchen tritt seinen Eltern gegenüber, von denen es nichts weiss. Höflich begrüsst es die Kaiserliche Hoheit, knickst und gibt seinem neu ernannten Vormund Herrn von Schiferli die Hand. Hilda hat etwas Puppenhaftes an sich, denkt Anna. Sie nimmt die Kleine bei der Hand und führt sie ins Haus.

Zu dritt nehmen sie die Mahlzeit ein. Die Stimmung lockert sich, als Moritz eintritt und Hilda freudig die Hand drückt. Vergeblich erkundigt er sich nach seinem Freund. «Eduard trifft erst im Juni ein», erklärt Anna, «dann fahren wir alle zusammen ins Berner Oberland.» Moritz juchzt und rennt davon, um Fritz und der Mutter die Neuigkeit zu verkünden.

Am Nachmittag sitzt Anna mit Hilda draussen vor dem Haus.

Hilda ist blass. «Aber … wieso darf ich nicht bei Gräfin Sophie, ihren Kindern und Eduard bleiben? Ich mag die Jungen – sie sind fast wie Brüder für mich. Mama und Papa Tuchhändler waren nicht meine Eltern, Graf und Gräfin Mensdorff-Pouilly sind es auch nicht. Wer bin ich?» Hildas Lippen zittern.

Anna zieht das Mädchen an sich. «Du bist jemand ganz Besonderes, Hilda. Darum gehst du einen besonderen Weg. Morgen fährst du mit Vormund Schiferli und Herrn von Luternau zu Monsieur und Madame d'Aubert. Das sind nun deine Eltern. Diese Maman und diesen Papa wird dir niemand mehr nehmen.»

«Aber ich kenne sie nicht …» Hilda drückt ihr Gesicht in Annas Kleid. «Warum kann ich nicht hier bleiben?»

Anna schliesst die Arme um das Kind. «Hilda – später wirst du es verstehen. Sei versichert: Du bekommst gute Eltern. Und im Sommer wirst du die Ferien mit uns verbringen.»

Hilda richtet sich auf und setzt sich gerade hin. «Ist das wahr? Bin ich jeden Sommer mit Eduard in der Elfenau? Dann ist es gut.» Sie schluckt die Tränen hinunter. «Aber ich kann fast kein Französisch und werde Maman und Papa nicht verstehen.»

Anna lächelt. «Das geht schnell, Hilda, bald wirst du fast nur noch Französisch parlieren.» Sie erhebt sich mit dem Kind. «Komm, wir gehen spazieren. Du wirst für mich die Blumen zählen.»

«Zählen kann ich besser als Französisch.» Hilda lacht auf einmal, sie beginnt zu zählen «eins, zwei, drei, vier, fünf», zählt die weissen Margeriten, den gelben Löwenzahn und das lilafarbene Wiesenschaumkraut, und sie hört nicht mehr auf, «sechzehn, siebzehn, achtzehn», sie tanzt um die Blumen herum, hat alles vergessen.

Die Sonne scheint warm, Anna kneift die Augen zusammen. Dieses tanzende Kind – ihr Kind – im hellen Frühlingslicht, im satten Grün der Wiesen – ist es nicht bezaubernd? Eigentlich ist alles nicht so schwer. Man muss den Moment geniessen – nur den Moment.

Elfenau, 22. September 1821

Schultheiss Niklaus Friedrich von Mülinen erhebt sich. Er hat seine Tasse ausgetrunken, obwohl er die bittere Note des grünen Tees, den die Grossfürstin aufstellen lässt, nicht besonders mag. «Es war mir eine Ehre, Kaiserliche Hoheit, Ihnen die Grüsse und besten Wünsche der Berner Obrigkeit zu Ihrem morgigen Geburtstag zu überbringen. Wir freuen uns jetzt schon, Sie diesen Winter wieder zu Konzert und Theater im Hôtel de Musique begrüssen zu dürfen.»

«Diesen Winter werde ich wohl nicht in Bern verbringen.» Anna erhebt sich ebenfalls. «Ich mag Schnee und Eis immer weniger. Aber im Frühjahr bin ich zurück. Das Osterkonzert im Saal zum Äusseren Stand lasse ich mir nicht entgehen.»

«Vielleicht haben Sie diesen Herbst noch Zeit, mir am Thunersee einen Besuch abzustatten? Bis Ende Oktober bewohne ich meinen Landsitz Chartreuse in Hünibach und widme mich der Geschichtsforschung. Nur ungern werde ich für die kältesten Monate in die Stadt zurückkehren.» Die blauen Augen des Schultheissen unter dem grauen Haar funkeln, als er von seinen Geschichtsinteressen spricht.

Anna weiss, dass ihm die Geschichte inzwischen mehr am Herzen liegt als das politische Tagesgeschäft. Aber sie hofft, dass von Mülinen und sein Amtskollege Niklaus Rudolf von Wattenwyl noch lange im Amt bleiben; ihre besonnene Art tut dem Staat Bern gut. Und sie wird nie vergessen, dass es von Mülinen war, der sich für die Einrichtung der orthodoxen Kapelle eingesetzt und sie letztlich ermöglicht hat. Sie verspricht ihm einen Besuch am Thunersee und begleitet ihren Gast persönlich hinaus.

In der Auffahrt hat der Maler Gabriel Lory seine Staffelei aufgestellt. Er deutet gegenüber dem hohen Gast eine Verbeugung an und fährt mit der Arbeit fort.

Als die Kutsche des Schultheissen im Staub der Auffahrt verschwunden ist, geht Anna zu ihm hin. Ihr Herrenhaus mit dem Empireportal ist der Blickfang des Blattes und fast fertig ausgeführt. Rechts und links vom Haus hat Lory Bäume skizziert, in der Auffahrt ein paar Pferde angedeutet.

«Ich werde das Aquarell im Atelier ausführen», erklärt der Maler. «Sind Sie zufrieden mit dem Entwurf?»

«Ihre Arbeit gefällt mir. Sie rücken meine Elfenau ins richtige Licht.» Nachdenklich fügt sie bei: «Auch wenn ich nicht mehr hier leben würde, hätte ich die Elfenau auf Ihrem Bild immer vor Augen.»

«Danke, Kaiserliche Hoheit.» Lory spürt, dass das Lob ernst gemeint ist. Er hat diesen Auftrag erhalten, weil sie seine Stadtansichten von St. Petersburg und Moskau kennt. Die Stiche stammen aus der Zeit, als Anna am Zarenhof war. Er erinnert sich sehr wohl an das bildhübsche, kecke Mädchen von damals. Jetzt nähert sich die Grossfürstin wohl den vierzig – aber anmutig ist sie noch immer.

«Schauen Sie auch meinem Sohn über die Schulter», fordert er sie auf. «Er ist jünger und malt kühner als ich.»

Sie lächelt. «Ach ja? Ich werde das gleich überprüfen.» Leichtfüssig läuft sie den Hang hinunter. Gabriel Lory fils, wie man ihn in Bern nennt, hat sich unten am Hang postiert. Der junge Maler, schon fast so bekannt wie sein Vater, gewährt ihr bereitwillig einen Blick auf seine Staffelei.

Zum zweiten Mal liegt die Elfenau vor ihr. Diesmal ist es der Blick auf den Park, die Berge, den Fluss und die Bäume; auch die Buche mit Rundbank, ihr neuer Lieblingsplatz, ist zu sehen. Das Bild des Sohnes ist kräftiger im Ausdruck und stellt die Natur ins Zentrum. Aber sie mag beide; sie wird Vater und Sohn Lory weitere Aufträge erteilen. An diesen Bildern kann man sich festhalten – komme, was wolle.

«Ich freue mich auf Ihr fertiges Werk», sagt sie zu Lory fils. Bitte lassen Sie sich nicht stören.» Anna nickt ihm zu und setzt sich auf die Bank unter der Buche. An diesem Ort steigen oft eigene Bilder in ihr hoch, und ihre Gedanken beginnen zu wandern.

Im Frühsommer war es immer das gleiche Bild, das sie vor Augen hatte: Hilda sitzt steif zwischen Vormund Schiferli und Luternau. Die Kutsche ist bereit zur Abfahrt. Sie steht daneben und will nur eins: die Tür aufreissen, das Kind aus der Kutsche ziehen und in die Arme schliessen. Ihm sagen: Ich bin deine Mutter und du bleibst bei mir. Aber die Kutsche fährt an, und sie unternimmt nichts, hebt nur die Hand zum Winken und lässt sie fallen, als die drei fort sind. Fort. Hilda ist für immer fort. Sie ist zu ihrer neuen Maman und ihrem Papa gefahren. Dort bleibt sie – bei ihnen wächst sie auf. Maman wird sie trösten, wenn sie traurig ist. Papa wird schauen, dass sie eine gute Ausbildung und später einen passenden Mann bekommt. Für Hilda ist gesorgt – die ersten Berichte besagen, dass sie sich gut eingelebt hat. Und trotzdem nagt etwas an ihr. Der Verlust schmerzt noch immer.

Hildas Abwesenheit war auch der Wermutstropfen bei der Sommerreise. Die Kleine fehlte, weil es die Adoptiveltern nicht gut fanden, sie für die Sommerferien schon wieder ziehen zu lassen. Die d'Auberts sind es, die nun entscheiden.

Ansonsten war ihre ganze, grosse Elfenau-Familie mit dabei im Berner Oberland: Eduard, Schiferli, Griton, Fritz, Moritz, Ehrendame Marianne und die Dienstboten. Interlaken verwöhnte sie mit schönem Wetter, sie promenierten unter den Nussbäumen auf dem Höheweg, machten Ausflüge zum Staubbachfall, auf die Wengernalp und den Brienzersee. Die Schifferinnen sangen für sie – nur die berühmte Elisabeth Grossmann, der sie vor ein paar Jahren begegnet war, fehlte. Die drei Jungen genossen das Abenteuer, die Erwachsenen die Aussicht auf die weiss glänzende Jungfrau. Sie hatte Nachtigallen erworben – die unscheinbaren, braunen Vögel, in einer kleinen Volière untergebracht, sangen für sie die halbe Nacht. Am letzten Morgen hatte sie ihnen das Türchen geöffnet. «Habt Dank, Nachtigallen», hatte sie zu ihnen gesagt, «und jetzt fliegt in die Freiheit.» Nach kurzem Zögern waren die Vögel davongeflogen.

Fünf Sommerwochen hatten sie zwischen Thuner- und Brienzersee verbracht. Eine Insel der Fülle. Sie weiss es ja: Glück kann nicht dauern. Es zeigt sich nur in Momenten, ist wetterwendisch und begrenzt. Aber sie ist dankbar, dass es ihr für kurze Zeit zuteil wurde.

Morgen ist ihr 40. Geburtstag.

Ist die Zahl von Bedeutung? Manchmal scheint ihr, dass die letzte Spur ihrer Jugend schon mit dreissig verflog, im Jahr 1811. Wie ein Traum waren die frühen Septembertage mit Rudolf Schiferli vorbeigezogen. Auch damals hatte sie ein kurzes Glück erlebt. Dann hatte diese Liebe ein abruptes Ende gefunden. Ihren 30. Geburtstag hatte sie allein mit Caroline zugebracht – ihre Schwangerschaft hatte sie bereits geahnt.

Wenn sie zurückschaut, scheint ihr, dass sie in jenen Jahren immer auf Reisen war. Jetzt ist sie angekommen – wenn auch nicht dort, wo sie gedacht hat. Ihre Kinder gehen ihren Weg – auch wenn er von ihr fortführt.

Vieles hat sie geregelt, einiges hat sich erfüllt. Die innere Unruhe ist geschwunden. Es ist nicht alles gut, aber sie kommt voran. Sie hat eine Heimat gefunden, sich ein Zuhause geschaffen. Ihr Heim liegt fernab von der Welt – sie braucht diese grosse, weite Welt immer weniger.

Anna horcht auf, sie glaubt, Kutschenräder zu hören. Schiferli ist zurück aus der Stadt! Sie erhebt sich. Es gibt noch einiges zu besprechen für ihren Geburtstag. Und es zieht sie in seine Nähe. Ein Tag ohne Gespräche mit ihm ist für sie ein verlorener Tag.

Sie schlendert durch den Park zum Herrenhaus, hört Stimmen und hält inne. Griton ist ihr zuvorgekommen. Hat die Ehefrau nicht das Recht, zuerst mit ihrem Mann zu sprechen? Sie ist nur die Arbeitgeberin. Und die Freundin.

«Griton», insistiert Schiferli, «ich kann mir das nicht leisten. Ja, es wäre gut für die Gesundheit von Fritz, den Winter im Süden zu verbringen. Aber ich habe meine Arbeit, und ein solcher Aufenthalt ist teuer. Erst kürzlich habe ich die Kosten für die fünf Sommerwochen in Interlaken addiert. Kannst du dir das vorstellen? Die Grossfürstin hat für alles zusammen – Gäste, Dienstboten, Pferde und Ausflüge eingeschlossen – 4127 Pfund und 8 Batzen ausgegeben.»

«Ich weiss, ich weiss.» Griton seufzt. «Alles dreht sich um die Grossfürstin. Von ihr hängt unser ganzes Leben ab.»

«Daran gibt es nichts zu rütteln, Griton. Und vergiss nicht: Morgen ist ihr 40. Geburtstag. Bereits sind Briefe von der Herzoginmutter Auguste, von Herzog Ernst, von Eduard und Prinz Leopold eingetroffen. Ich bin fast sicher, dass auch ihre Schwestern Sophie und Antoinette geschrieben haben. Nur die Herzogin von Kent, Victoire, wird wohl einmal mehr schweigen. Dabei stand sie der Grossfürstin am nächsten unter den Schwestern.»

«Da kenne ich mich nicht aus. Ich weiss nur eins: Deine Ermahnung ist unnötig. Der Geburtstag ist mir nicht entgangen. Ich habe eine Scharade vorbereitet. Und die Dienstboten werden in schönster Berner Tracht aufwarten. Bist du zufrieden?»

Anna hört, wie sich die Tür hinter Griton schliesst, und betritt Schiferlis Arbeitszimmer durch die offene Verbindungstür. Hastig deckt er mit dem Arm die Briefe ab, die er ihr morgen als Überraschung überreichen will.

Sie verzichtet auf einleitende Worte. «Ich habe heute Schultheiss von Mülinen angekündigt, dass ich den Winter nicht in Bern verbringe. Was meinen Sie dazu?» Ohne seine Antwort abzuwarten, fährt sie fort und überrascht sich selbst: «Wir fahren alle zusammen in den Süden – Eduard und Ihre Familie sind mit dabei. Das ist mein Geburtstagsgeschenk an mich und alle: ein Winter am Meer.»

Schiferlis Gesicht zeigt widerstreitende Empfindungen.

Sie lässt sich nicht beirren. «Sie machen sich Gedanken zu den Kosten? Lassen Sie das meine Sorge sein. Die Apanage ist immer pünktlich eingetroffen. Ich kann mir das leisten.»

«Es sind nicht nur die Kosten. Was wird man sagen, wenn Sie mit Eduard in der Gesellschaft auftreten? Wir werden nicht allein sein – viele noble Herrschaften verbringen den Winter im Süden.»

«Das nehme ich auf mich. Ich werde morgen vierzig und lebe das Leben, das mir noch bleibt.» Sie nimmt seine vertrauten Hände in die ihren und drückt sie.

Berührungen – auch nur kleine, unverbindliche – sind selten geworden zwischen ihnen. Er überlässt ihr seine Hände, und einen Moment glaubt Anna, sie auf ihrem Körper zu spüren, aber dieser Moment geht vorbei.

«Danke für alles, Rudolf», sagt sie.

1822–1837

Anna, Eduard, Familie Schiferli und die Dienstboten verbringen den Winter 1822 in Genua; sie mieten sich im «Hôtel de Londres» im Hafen ein. Auch Mutter Auguste aus Coburg und Bruder Leopold aus London stossen zeitweise dazu. Anna kümmert sich nicht um die Etikette und tritt öffentlich mit ihrem Sohn Eduard an der Hand auf. Einige vornehme Leute nehmen Anstoss daran. Im Frühling reist die kleine Gesellschaft über La Spezia, Florenz, Mailand und den Simplon zurück nach Bern.

Es wird Sommer, Herbst, Winter und wieder Frühling. Bereits 1824 stirbt – frühzeitig aufgerieben – Annas Schwester Antoinette. Mutter Auguste reist noch einmal in die Elfenau, um gemeinsam mit «Julchen» zu trauern.

Im November 1825 erreicht Anna die Botschaft, dass Zar Alexander unerwartet verstorben ist. Wie immer muss Schiferli die schlechte Nachricht verkünden, Anna steht ihm fassungslos gegenüber. Alexander, der Jugendfreund, der Beschützer – einfach weg. Gerüchte ranken sich um den Tod des Zaren, der in einem abgelegenen Winkel seines Reichs einem Fieber erlegen ist. Anna schreibt aufgewühlte Briefe an Elisabeth und Maria Feodorowna. Ihr Beileidsbrief weckt bei der Zarenmutter Sympathien für die ehemalige Schwiegertochter; sie setzt sich dafür ein, dass Annas Apanage weiterbezahlt wird.

Zum Glück für Anna wird nicht Konstantin, der 1822 eine Verzichtserklärung unterzeichnet hat, der neue Zar.

Sein jüngerer Bruder Nikolaus tritt die Nachfolge an. Er war noch ein Kind, als Anna in St. Petersburg weilte – die beiden kennen sich kaum.

Nur ein halbes Jahr nach Alexander stirbt 1826 auch Elisabeth, Annas beste Freundin. Der Verlust wiegt schwer. Keine Briefe an und von Elisabeth mehr. Die langjährige Vertraute ist fort – Russland nun noch ferner für sie. Weit weniger bewegt sie Konstantins Tod 1831, den ihr Zar Nikolaus in einem Brief höchstpersönlich mitteilt.

Auch in Coburg gibt es Turbulenzen. Ernst hat immer wieder Mätressen; eine frühere Geliebte veröffentlicht einen Skandalbericht, der für Aufruhr sorgt. Luise beginnt eine Liaison mit ihrem Stallmeister. Als Ernst davon erfährt, muss sie die Ehrenburg 1824 von einem Tag auf den andern verlassen. Luise sieht ihre kleinen Söhne Ernst und Albert bis zu ihrem frühen Tod nicht wieder. Die Trennung und die Scheidung 1826 wirbeln in Coburg viel Staub auf.

Für Mutter Auguste ist diese zweite Scheidung in der Familie fast unerträglich.

Aber sie stiftet noch einmal eine Ehe: Als sie Ende 1831 stirbt, ist die Heirat von Ernst mit seiner Nichte Marie von Württemberg – Antoinettes Tochter – beschlossene Sache. Die bereits 33-jährige Marie, die sich nach dem Tod ihrer Mutter um Vater und Brüder kümmerte, hat nun doch noch Aussicht auf eine standesgemässe Verbindung – und Ernst kann den Coburgern wieder eine Herzogin präsentieren. Ende 1832 wird die Hochzeit vollzogen. Die Ehe mit Marie bleibt kinderlos – Ernst zeugt in diesen Jahren aber zwei illegitime Söhne.

Von Ferdinand, der sich am reichsten verheiratet hat, bekommt Anna selten Nachricht. Der Bruder lebt im Palais Coburg in Wien. Vier Kinder sind herangewachsen. Sohn Ferdinand heiratet 1836 Königin Maria von Portugal und begründet die Dynastie Coburg-Braganza, die in Portugal bis 1910 herrscht. Diese Ehe hat Leopold vermittelt.

Leopold steigt 1831 zum ersten König Belgiens auf – man hat ihn auf diesen Thron berufen. Ein Jahr später heiratet er Marie Louise von Orléans, eine Tochter des französischen Königs Louis-Philippe. Er wird Vater von vier legitimen und zwei illegitimen Kindern und begründet die belgische Königsdynastie. Der künftigen englischen Königin Victoria steht er als väterlicher Berater zur Seite.

Victoire widmet sich der Erziehung der heranwachsenden Victoria und schirmt sie fast vollständig von der Aussenwelt ab. Ihre ältere Tochter Feodora flieht aus dem engen Leben im Kensington Palace in die Ehe mit einem deutschen Fürsten. Später schreibt sie an Victoria: «Mir blieben ja einige Jahre der Gefangenschaft erspart, die Du, arme liebe Schwester, noch ausstehen mußtest, nachdem ich verheiratet war.» Victoire gerät immer stärker unter den Einfluss ihres Beraters John Conroy, der auf eine Machtstellung im Königshaus hofft. Victoria überwirft sich mit ihm und zeitweise auch mit ihrer Mutter. Am 20. Juni 1837 besteigt die 18-Jährige den englischen Thron – sie wird Königin bleiben bis zu ihrem Tod 1901.

Bern hat sich verändert. Es rumort im Staat nach der Pariser Julirevolution 1830. Mehr als tausend Männer treffen sich im Januar 1831 zu einem Volkstag in der Kirche Münsin-

gen, um liberale Forderungen zu diskutieren. Drei Tage nach dieser Versammlung dankt die Patrizierregierung ab. Die Stadt Bern verliert ihren Vorrang gegenüber dem Land; eine neue, demokratischere Verfassung tritt in Kraft.

Man nimmt die Grossfürstin nun anders wahr in Bern. Ihre wichtigen Freunde sind tot. Zwar halten der Zar und sein Gesandter noch immer die Hand über sie. Die Zeit der Ehrerbietung jedoch ist vorbei. Man schätzt nach wie vor Anna Feodorownas liebenswürdige Art, und die Dienstboten halten ihr die Treue. Aber es gibt Gerede über ihren Lebenswandel. In der guten Gesellschaft bricht man mitten im Gespräch ab, wenn sie sich nähert. Wie ist das doch nur? Hat die Grossfürstin nun ein oder gar zwei uneheliche Kinder? Steht ihr der Oberhofmeister nicht etwas zu nah?

Genugtuung verschafft Anna der Werdegang ihres Sohnes. Eduard studiert erfolgreich in Genf und später in Heidelberg und Berlin. Der grossgewachsene, dunkelhaarige junge Mann gilt als intelligent und charakterfest.

1833 weilen Anna und ihre Schwester Sophie zur Kur in Schlangenbad. Noch einmal wogt in Anna Zärtlichkeit gegenüber Schiferli auf. Nach seiner Abreise schreibt sie ihm: «Mein dummes weiches Herz war ganz zerflossen.»

Während dieses Aufenthalts spielen die Schwestern Schicksal. Sophie hat Bertha von Schauenstein, Ernsts illegitime Tochter, mit zur Kur genommen – Anna lässt sich von Eduard begleiten. Sie stellen die beiden einander vor. Eduard und Bertha verlieben sich und heiraten 1835 in Prag. Ihre Tochter, 1836 geboren, nennen sie Sophie – in Erinnerung an Sophie von Mensdorff-Pouilly, die 1835 verstorben ist.

Auch Hilda geht ihren Weg: Sie verheiratet sich 1834 mit Kreisoberförster Edouard Dapples aus Lausanne; Schiferli und Luternau sind Mitunterzeichner des Ehevertrags. Anfang 1836 gebärt Hilda den Sohn Marc-Ernest. Es ist Halbbruder Eduard, der Hildas Niederkunft an Herzog Ernst in Coburg meldet.

Anna bewältigt all diese Jahre und Wechselfälle in ihrem Leben. Sie hat Rudolf von Schiferli an ihrer Seite. Er hält ihr Geld zusammen, ihr Anwesen Elfenau, ihren kleinen Hof. Die beiden führen nie endende Gespräche. Er tröstet sie beim Tod der Mutter und Schwestern. Stets hat Rudolf ein Ohr für Anna – die Verbindungstür bleibt offen.

Aber dann erkrankt der gesundheitlich bereits geschwächte Schiferli im Winter 1837 an einer schweren Grippe und erholt sich nur schlecht. Verschiedene Kuren bringen keine Besserung. Schiferli stirbt am 3. Juni 1837 im Alter von 61 Jahren.

Und nicht genug des Unglücks: Am 24. Oktober 1837 trifft die Nachricht von Hildas plötzlichem Tod ein.

1837

Elfenau, Oktober 1837

Von neuem greift der Schmerz nach Anna. Der Brief von Hildas Mann, Edouard Dapples, fällt ihr aus der Hand. Edouard dankt für ihren Kondolenzbrief und weist die finanzielle Hilfe, die sie ihm und dem kleinen Marc-Ernest angeboten hat, sanft, aber bestimmt zurück. Hilda sei einer Lungenentzündung erlegen, schreibt er.

Hilda, die verlorene, wiedergewonnene Tochter. Als Hilda achtzehn war, hat sie sich ihr als Mutter zu erkennen gegeben. Hilda war erstaunt, verstört, geschmeichelt. Vorwürfe hörte sie nie von ihr, aber eine besondere Nähe stellte sich nicht mehr ein. Bis zu ihrer Heirat besuchte Hilda sie mehrmals, dann nicht mehr; stattdessen trafen kleine Geschenke ein. Das Tüchlein, das vor ihr auf dem Sekretär liegt, hat Hilda bestickt. Sie zerknüllt es in ihrer Hand. Die Tochter stirbt vor der Mutter, mit fünfundzwanzig. Ein Widersinn.

Sie erhebt sich. Das Spinett. Seit Rudolfs Tod im Juni bleibt der Deckel geschlossen, Töne dringen nicht mehr zu ihr vor. Ihre Finger gleiten über die Wand. Die gelbe Bespannung, bemerkt sie, ist verblichen. Sie verlässt das Kabinett und betritt den Salon. Das Blau überfällt sie kalt. Wie hatte sie nur all diese starken Farben auswählen können – das Gelb des Kabinetts, das Blau des Salons, das Rot seines Arbeitszimmers? Im Sommer kommt das Grün der Parklandschaft hinzu. Wie wohltuend schien ihr das

Grün in früheren Jahren. In diesem Sommer lastet es dunkelgrün auf ihr. Eigentlich erträgt sie nur noch das Weiss des Schlafzimmers.

Die Salontische und Stühle mit den Schwanen-Motiven stehen da wie immer. Aber sie empfängt keinen Besuch in diesem Herbst. Bern ist nicht mehr das alte Bern. Es hat Aufstände gegeben, auch in der Nähe der Elfenau wurde geschossen. Die Schultheissen von Mülinen und von Wattenwyl sind kurz nach dem Umsturz gestorben. Die Flügeltüren des Speisesaals bleiben geschlossen.

Anna dreht sich zu den Bildern an der Wand. Da hängt das Aquarell von Lory père mit dem Herrenhaus. Figürchen beleben die Treppe – sie ist eins davon. Der Stich von Lory fils zeigt die Park- und Flusslandschaft und im Hintergrund die Schneeberge. Sie sitzt auf der Rundbank unter der Buche, liest in einem Journal. Für immer ist sie festgehalten in diesen Bildern.

Sie öffnet die Tür zum Korridor und erstarrt. In der Tür zu Schiferlis Arbeitszimmer steht Griton. Licht fällt auf ihr faltiges Gesicht und das dünne Haar, das zu einem löchrigen Dutt hochgesteckt ist, ihre Hände zittern. Griton tut das, was Anna vermeidet – seit dem 3. Juni hat sie die Tür ins rote Zimmer nie mehr geöffnet. Leise betritt Anna ihr Kabinett. Sie trauern beide. Eigentlich hat Rudolf zwei Witwen hinterlassen.

Anna lehnt die Stirn gegen die geschlossene Verbindungstür. «Ach, Rudolf», flüstert sie, «ich sehe die Jahre mit dir vor meinen Augen. Die Zeit in Russland dagegen, die Ehe mit Konstantin, seine Quälereien – all das erscheint mir nur mehr wie ein schlechter Traum. Auch die Tage, die wir zusammen im Zeichen des Kometen verbrachten, sind traumhaft. Aber es ist ein guter Traum. Du warst so zärtlich und hingebungsvoll damals. Ich schwebte über dem Boden, überliess mich ganz meinen Gefühlen. Wir lebten etwas Zartes, Zerbrechliches, und der Komet verlieh ihm Glanz.

Das Gebilde war zu zart – es hat nicht gehalten. Aber unsere Tochter wurde geboren, wir fanden einen Weg. Du bliebst bei mir all die Jahre, standest im Zentrum meines Lebens. Wir haben uns auch gerieben, Rudolf – bedingt durch die Nähe, die uns verband. Durch die Reibung entstanden Funken, wir blieben lebendig. Ich hoffe, dass ich dir eine Stütze sein konnte, als vor drei Jahren dein Sohn Fritz starb, so wie du mir eine Stütze warst bei meinen Verlusten. Ich habe dich und Griton vor einiger Zeit in mein Haus geholt. Griton schlief oben, und du hattest dein Schlafzimmer neben dem Arbeitszimmer, als deine Schwäche zunahm. Die Kuraufenthalte konnten dich nicht kurieren, Fritz' frühzeitiger Tod nahm dir den Lebensmut. Du bist gegangen. Nie mehr wirst du mich in deine Arme nehmen.»

Plötzlich hält sie es nicht mehr aus. Sie dreht sich weg und öffnet die Fenstertür. Nur fort vom Trauerhaus mit den verhängten Spiegeln, der verstummten Glocke. Sie läuft über den Rasen an der Orangerie vorbei, hastet durch die Allee in den Wald hinein. Ihr Ziel ist die Ermitage – seit einigen Jahren hat sie ihr eigenes, kleines Gotteshaus. Ausser Atem stösst sie die Tür auf.

Abgestandener Weihrauchduft schlägt ihr entgegen. Wie immer erschreckt sie die grosse, schwarze Mönchsfigur im Eingang. Sie bekreuzigt sich. Vor der Christus-Ikone bleibt sie stehen und sinkt auf die Knie. Die Christus-Augen blicken stoisch an ihr vorbei, der goldene Himmel dahinter bleibt ihr verschlossen.

Anna rutscht vor die Ikone der Muttergottes, die sich ihrem Kind zuneigt, und verharrt bewegungslos. Ruhe breitet sich in ihr aus.

So viel Trauer hat sie der Muttergottes schon anvertraut, so viele Fragen. Wie kommt man mit dem Tod zurecht? Wie kommt man mit der Tatsache des Überlebens zurecht, wenn das Überleben sinnlos scheint? Kann man sich selbst überleben?

«Ich weiss nicht, wie ich nach Rudolfs Tod weiterleben soll», sagt sie zur Muttergottes. «Danke, wenn ich dir auch diese Trauer zu Füssen legen darf.»

Nach einer Weile steht sie auf und verlässt die Ermitage, geht durch die Allee zurück zum Haus.

Als sie aufschaut, liegt die weich modellierte Landschaft der Elfenau vor ihr, die sanften Hügel und Abhänge, die Gärten, Teiche, Bauminseln und Wiesen. Sie nimmt den verschlungenen Weg hinunter zum Teich, und dort angekommen, beugt sie sich über ihn. Die etwas rundlicher und älter gewordene Anna spiegelt sich im Wasser und bewegt sich leicht mit dem Wind. Ihre Lippen kräuseln sich. Das Äussere ist ihr nicht mehr so wichtig.

Sie lenkt ihre Schritte hinunter zur Aare. Der Fluss ist bewegt, Barken kommen ihr entgegen, treiben an den

Inselchen vorbei, die Schiffer winken der einsamen Frauenfigur und verschwinden um die Biegung.

Die Aare, dieser grüne Lebensfluss. So viele Jahre hat er sie begleitet. Einen Moment hat sie Konstantins Soldaten vor Augen, die auf Befehl ihres Herrn ins eisige Wasser springen. Dann sieht sie die Fluten vor sich, die der Fluss 1816 mit sich wälzte. Die meisten Bilder aber, die sie in sich trägt, zeigen den Fluss so, wie sie ihn jetzt sieht: ein grünes, klares Gewässer, das emsig dahinfliesst, zeitlos, ewig.

Der Saum ihres Kleids raschelt im braunen Laub, als sie den Weg zur Buche hochsteigt und sich auf die Rundbank setzt.

Die Elfenau und die Familie – das hat ihr Leben geprägt. Mit Ernst, Ferdinand, Victoire und Leopold will sie sich bald einmal treffen. Ihre Reisen nach Coburg sind seit dem Tod der Mutter selten geworden. Victoire will zu diesem Treffen aus England anreisen. Sie freut sich auf das Wiedersehen mit der lange verlorenen Schwester. Wird sie der strengen, schwarz gekleideten Victoire des Porträts von 1820 gegenübersitzen? Nein, auch Victoire wird sich nun anders, gelassener geben. Sie hat ihr Ziel erreicht – ihre Tochter ist Königin von England.

Anna lässt die Gedanken spielen. Hätte Victoire ohne ihre eigene Heirat an den Zarenhof einen englischen Prinzen ehelichen können? Wäre Leopold ohne diese weitreichenden Beziehungen auf den belgischen Thron gelangt? Die Coburger Herzogsfamilie hat den Weg in die europäischen Königshäuser angetreten. Wäre das möglich gewesen ohne sie? Hätte und wäre – solche Überlegungen sind müssig. Sie lächelt. Wie schön, haben sie alle so viel erreicht.

Besonders am Herzen liegt ihr Nichte Victoria. Die junge Queen ist noch unverheiratet. Aber Leopold hat Pläne, und sie ist sich fast sicher, dass er sie durchsetzen wird: Albert, Ernsts zweiter Sohn, soll Victoria ehelichen. Das wäre eine gute Wahl – Neffe Albert ist ein freundlicher und begabter junger Mann.

Leopold selbst ist wirblig wie eh und je. Seit er König von Belgien ist, hat er die Elfenau nur noch einmal besucht.

Neben der Coburger Familie gibt es auch ihre eigene. Die grosse Elfenau-Familie hat sich aufgelöst. Griton, die Letzte, die noch geblieben ist, wird bald zu ihrem Sohn Moritz ziehen.

Hilda ist tot. Noch kann sie es nicht fassen – sie vermisst ihre Tochter schmerzlich.

Es bleibt ihr der Sohn. Mit zweiundzwanzig erfuhr Eduard, dass sie seine Mutter ist. Er war überrascht, zuerst ungläubig. Die Frage nach dem Vater konnte sie ihm und Hilda nicht beantworten – zu Seigneux, inzwischen verstorben, konnte sie nicht stehen, Schiferli musste sie schützen. Begeistert vernahm Eduard, dass er eine Halbschwester hat, korrespondierte er doch schon seit den Kinderjahren mit Hilda. Sie selbst hatte es als Erlösung empfunden, endlich – wenigstens ihren Kindern gegenüber – vom Versteckspiel lassen zu können.

Eduard ist sofort angereist nach dem Tod Rudolf von Schiferlis, den er lange wie einen Vater geliebt hat. Bei der

Beerdigung und in den Tagen danach hat er sie unterstützt. Sie ist stolz auf ihn. Äusserlich ähnelt er seinem Onkel Ernst, die Wachen der Ehrenburg verwechseln die beiden ab und zu. Nun, da er Ernsts Tochter geheiratet hat, steht er dem Onkel noch näher.

Einen Moment lang hat sie gehofft, Eduard würde die Nachfolge Schiferlis antreten und mit Bertha in die Elfenau ziehen. Aber ihr Bruder hat für ihn eine Laufbahn in Coburg vorgesehen, er will ihn zum Kammerherrn und Hofmarschall seines älteren Sohnes Ernst II. ernennen. Sie hat Eduard ziehen lassen. Fast alle Wünsche, die sie für ihren Sohn gehegt hat, sind in Erfüllung gegangen. Was will sie mehr? Vorübergehend führt Moritz von Schiferli, Arzt und noch immer Eduards Freund, ihre Geschäfte. Einen neuen Haushofmeister einstellen, den sie nicht kennt? Das fällt ihr schwer. Es ist unmöglich, Schiferli zu ersetzen.

Sie lehnt sich zurück. Alles geht vorbei. So viele Leben sind an ihr vorübergezogen. Sie hat an ihnen teilgenommen und nimmt an Eduard und denen, die ihr lieb sind, noch immer teil. Es sind nicht viele geblieben. Einmal ist sie mittendrin gewesen. Das Leben hat sie verletzt. Sie hat sich zurückgezogen, hat das Vergessen gesucht. Man hat sie vergessen. Es ist gut so.

Kälte kriecht an ihr hoch, eben ist die Sonne untergegangen. Sie dreht sich zur Buche in ihrem Rücken, streicht über die raue Rinde. Zum ersten Mal seit Monaten atmet sie frei. «Kann man sich von dem trennen, was man liebt?», fragt sie den Baum. «Zuweilen muss man es tun. Ich musste mich von Hilda trennen, muss nun von ihr und Rudolf Abschied nehmen. Vielleicht muss ich mich auch von meinem Haus trennen, weil ich dort nicht mehr atmen kann. Mein Leben versinkt sonst in Trauer.»

Sie blickt zum Haus, das wie ein Flaggschiff über dem Hügel aufragt. Eine Figur bewegt sich über den Weg auf sie zu. Mit ihren schwach gewordenen Augen erkennt sie Marianne erst, als die Ehrendame vor ihr steht. «Es wird kalt, Kaiserliche Hoheit, bitte folgen Sie mir ins Haus.»

Anna nickt, schaut noch einmal zum Herrenhaus hoch. «Ich brauche Zeit, um Abschied zu nehmen», sagt sie wie zu sich selbst. «Dann aber, Marianne, verlassen wir die Elfenau. Ich fange noch einmal neu an – ich muss es tun.» Sie überlegt. «Wir ziehen an einen See – ich liebe die Gewässer, das Fliessende. Der Genfersee mit seinem milden Klima? Vielleicht.»

Sie erhebt sich, hängt sich bei der Ehrendame ein. Gemeinsam schreiten sie durch die dunkler werdende Landschaft auf die erleuchteten Fenster zu.

Kurzbiografie Juliane von Sachsen-Coburg/Anna Feodorowna

23.9.1781	Geburt Juliane Henriette Ulrike von Sachsen-Coburg-Saalfeld in Coburg
12.8.–17.10.1795	Reise nach St. Petersburg
25.11.1795	Verlobung Konstantin – Juliane
28.12.1795	Juliane konvertiert zum russisch-orthodoxen Glauben und wird zur Grossfürstin Anna Feodorowna.
26.2.1796	Heirat mit dem russischen Grossfürsten Konstantin
12.3.1801	Alexander I., Annas Schwager, wird Zar von Russland
Sommer 1801	Rückkehr nach Coburg
1801–1808	Anna lebt in Schloss Ehrenburg und später in ihrem eigenen Haus in Coburg. Häufige Reisen, u. a. nach Strassburg, Berlin und Prag.
1808	Aufenthalt am Genfersee. Geburt des Sohnes Eduard, der am 20.10.1808 in Trub getauft wird. Vermutlicher Vater: Haushofmeister Jules-Emile de Seigneux. Gerüchte nennen Zar Alexander I. als Vater.
1811	Anna verbringt den Sommer in Bern. Beziehung mit dem verheirateten Arzt und Medizinprofessor Rudolf Abraham Schiferli.
30.5.1812	Geburt der Tochter Hilda in Untersiemau in der Nähe von Coburg. Vater: Rudolf Schiferli.

1813	August: Treffen mit Zar Alexander I. Im Herbst zieht Anna als Mieterin ins Brunnaderngut in Bern. Dezember: Anna wohnt dem Defilee der österreichischen Truppen in Bern bei.
8.10.1814	Anna Feodorowna erwirbt das Brunnaderngut von Gottlieb Abraham von Jenner.
1815	Sie lässt das Gut im Empire-Stil umbauen und einen englischen Garten anlegen.
9.9.1816	Bern erlaubt ihr, das Brunnaderngut in «Elfenau» umzutaufen.
1817/1818	Die Grossfürstin ist Ehrengast bei der Eröffnung der Eidgenössischen Tagsatzungen in Bern.
Herbst 1819	Treffen mit Zar Alexander I.
Frühling 1820	Scheidung von Konstantin
Sommer 1820	Umgestaltung des Gartens durch Rudolf von Luternau
1824–1835	Verschiedene Todesfälle erschüttern Anna: Die Schwestern Antoinette (1824) und Sophie (1835), Zar Alexander I. (1825) und Zarin Elisabeth (1826) sowie Mutter Auguste (1831) sterben.
1831/1837	Bruder Leopold wird König von Belgien. Nichte Victoria wird Königin von England.
1834/1835	Verheiratung der beiden Kinder: Hilda heiratet 1834 Edouard Dapples, Eduard 1835 Bertha von Schauenstein.
3.6.1837	Oberhofmeister Rudolf von Schiferli stirbt.
24.10.1837	Tod von Tochter Hilda

1838	Grossfürstin Anna erwirbt das Châtelet de la Boissière und zieht nach Genf. Die Elfenau bleibt in ihrem Besitz, aber sie nutzt sie nur noch für Sommeraufenthalte.
1844/1851	Tod der Brüder Ernst und Ferdinand
bis 1860	Anna führt am Genfersee ein weitgehend zurückgezogenes Leben. Besuche erhält sie u. a. von ihrem Bruder Leopold, König der Belgier, und ihrer Schwester Victoire, Königinmutter aus England. Der Verlust von Schiferli bleibt schmerzlich.
Juli 1860	Rückkehr in die Elfenau, bereits von Krankheit gezeichnet.
15.8.1860	Anna Feodorowna stirbt in der Elfenau und wird in Bern bestattet. Ein schlichter Stein erinnert bis zur Aufhebung des Grabes an «Julie-Anne». Im Testament ist offiziell Neffe Alphons von Mensdorff-Pouilly als Erbe der Elfenau eingesetzt. Inoffiziell tritt Sohn Eduard von Löwenfels das Erbe an. Er verkauft das Gut 1861 an Bernhard von Wattenwyl. Die Stadt Bern erwirbt die Elfenau 1918 für 2,3 Millionen von den Kindern von Jean von Wattenwyl.

Literatur/Quellen

- *Alville:* Des cours princières aux demeures helvétiques. Lausanne 1962.
- *Alville:* Elfenau: Die Geschichte eines bernischen Landsitzes und seiner Bewohner. Bern 1959.
- *Alville:* La vie en Suisse de S.A.I. la grande-duchesse Anna Féodorovna, née princesse de Saxe-Cobourg-Saalfeld. Lausanne 1942.
  Alix von Wattenwyl (Pseudonym: Alville) hat das Leben Anna Feodorownas grundlegend recherchiert.
  Ihre Bücher liefern eine Fülle von Angaben und Hinweisen.
- *Bachmann, Gertraude:* Die Reise der Erbprinzessin Auguste Caroline Sophie von Sachsen-Coburg-Saalfeld an den Hof der Zarin Katharina II. in St. Petersburg 1795. Sonderdruck aus Jahrbuch der Coburger Landesstiftung, Bd. 37. Coburg 2006.
- *Bachmann, Gertraude:* Die Reisetagebücher der Herzogin Auguste Caroline Sophie von Sachsen-Coburg-Saalfeld (1757–1831) als europäischer Zeit- und Kulturspiegel. Sonderdruck aus Jahrbuch der Coburger Landesstiftung, Bd. 51. Enthält u. a. ‹Reise in die Schweiz 1816›. Coburg 2006.
- *Bestenreiner, Erika:* Die Frauen aus dem Hause Coburg. München 2008.
- *Buess, Heinrich:* Rudolf Abraham Schiferli. In: Berner Zeitschrift für Geschichte und Heimatkunde, 1946, Heft 2.
- *Habel, Hubertus:* Kleine Coburger Stadtgeschichte. Regensburg 2009.
- Hôtel de Musique und Grande Société in Bern, 1759–2009. Bern 2009.
- *Jordis-Lohausen, Alexander:* Mitteleuropa 1658–2008 – Chronik einer Familie. München 2008.

- *Junker, Beat:* Geschichte des Kantons Bern seit 1798. Bd. 1: Helvetik, Mediation, Restauration 1798–1830. Historischer Verein des Kantons Bern. Bern 1982.
- Lettres d'augustes personnages adressées à Madame Marie de Roenne et à sa fille la comtesse Caroline Chreptowitch. 1798–1845. Lausanne 1910.
- *Ritter-Lutz, Susanne:* Die Elfenau in Bern. Gesellschaft für Schweizerische Kunstgeschichte. Bern 1992.
- Schloss Ehrenburg Coburg. Amtlicher Führer. Bearb. von Herbert Brunner und Lorenz Seelig. 5., neu gestaltete Aufl. München 2002.

Wichtige Originaldokumente finden sich im Staatsarchiv Coburg und in der Burgerbibliothek Bern.

Burgerbibliothek Bern: Originalbriefe von u. a. Anna Feodorowna, Rudolf von Schiferli, Herzogin Auguste, Herzog Ernst, Prinz Leopold, Fürstin Victoire. Verschiedene Kaufbriefe Elfenau und Musiknoten, signiert Anna Feodorowna. Familienarchiv Schiferli mit u. a. Hausbuch Rudolf von Schiferli. Nachlass Alix von Wattenwyl. Karl Howald: Stadtbrunnenchronik.

Nahe den Eisriesen

Prominenz in der Alpenprovinz von Goethe bis Hodler

Porträts

ISBN 978-3-7296-0760-6

Gletscher, Seen, Wasserfälle – all das trieb die Fremden in die Berge, schon vor zweihundert Jahren. Unter ihnen Prominenz, die ihren Aufenthalt in Wort, Bild oder Ton festhielt. Eine besondere Faszination übten die Schneeberge aus – vor allem die Jungfrau. Clara Schumann hielt sich in Interlaken auf, Johannes Brahms und Heinrich von Kleist in Thun, Clara von Rappard malte lieber in Matten als in München. Goethe liess sich vom Staubbachfall zum ‹Gesang der Geister über den Wassern› inspirieren, Sir Arthur Conan Doyle fand im Reichenbachfall ein passendes Grab für seinen ihm lästig gewordenen Helden Sherlock Holmes. Alexandre Dumas schrieb über den Mord im Berggasthaus Schwarenbach, Mark Twain lästerte über Edelweiss und Kuckucksuhren. Felix Mendelssohn komponierte ein Liebeslied, Madame Vigée-Le Brun malte das Unspunnenfest und Ferdinand Hodler wagte sich endlich ans Dreigestirn Eiger, Mönch und Jungfrau.

In zehn amüsanten Texten spürt die Autorin, die selbst im Berner Oberland wohnt, den Porträtierten und ihrem Alltag nahe den Eisriesen nach.

«Arthur Conan Doyle entledigt sich Sherlock Holmes‘ an den Reichenbachfällen, Mark Twain verschläft die Aussicht auf dem Brünigpass. Therese Bichsel hat hier berühmte Touristen in den Schweizer Bergen porträtiert und macht aus Geschichte schöne Geschichten. Goethe ist so fasziniert vom Staubbachfall im Lauterbrunnen-Tal, dass er ein Gedicht schreibt. Und für Ferdinand Hodler lichtet sich der Nebel über Eiger, Mönch und Jungfrau – et voilà, da ist sein berühmtes Gemälde.»

SonntagsZeitung

Catherine von Wattenwyl

Amazone, Pfarrfrau und Spionin

Roman

ISBN 978-3-7296-0668-5

Eine Verhaftung wirbelte Ende 17. Jahrhundert viel Staub auf: Die Berner Adlige Catherine von Wattenwyl wurde als Spionin des Franzosenkönigs Louis XIV. festgenommen. Der folgende Prozess rückte das Leben einer Frau ins Zentrum, die sich nie an die Vorgaben ihrer Zeit gehalten hatte: Catherine spielte lieber mit Pistolen als mit Puppen, sie ritt besser als die meisten Männer, war der Medizin kundig und mischte gern in der Politik mit – auch wenn das nur hinter den Kulissen möglich war. Zweimal wurde Catherine von ihren Brüdern zwangsweise verheiratet. Die erste Ehe führte sie als Pfarrfrau ins Simmental, die zweite als Frau eines Gerichtsschreibers nach Neuenburg. Catherine wurde Mutter eines Sohnes. Und sie betätigte sich ein weiteres Mal politisch, indem sie dem französischen Botschafter Informationen aus der Berner Regierung zukommen liess – mit fatalen Folgen …

«Das bekannte Porträt der 29-jährigen Catherine von Wattenwyl … zeigt eine stolze Frau mit wallendem Haar, den Oberkörper in eine Männerrüstung gezwängt, die Hand kokett in die Seite gestützt. Zusammen mit den Memoiren, welche die von der Folter gezeichnete Adelsfrau kurz vor ihrem Tod aufschreiben liess, ergibt sich ein inspirierender Quellenfundus. Therese Bichsel hat sich aber nicht damit begnügt, die vorhandenen Dokumente leserfreundlich aufzubereiten. Sie präsentiert hier einen historischen Roman mit einem ganz eigenen Ton und einer ausgefeilten Textdramaturgie.» *Tages-Anzeiger, Monika Burri*

Ihr Herz braucht einen Mann

Marianne Ehrmann-Brentano, Schriftstellerin und Denkerin

Roman

ISBN 978-3-7296-0707-1

Eine Frau meldete sich Ende des 18. Jahrhunderts zu Wort: Marianne Ehrmann-Brentano. Ins Rampenlicht trat sie mit ihrer in keckem Ton verfassten ‹Philosophie eines Weibs›; bekannt wurde sie als eine der ersten Schriftstellerinnen und Herausgeberin von Frauenzeitschriften. Marianne Brentano schlug sich ein paar Jahre als Wanderschauspielerin durchs Leben, ging eine erste, katastrophale Ehe mit einem Spieler ein und heiratete dann den Publizisten Theophil Ehrmann. Das Paar adoptierte einen kleinen Jungen, versuchte, sich schreibend über Wasser zu halten. Dies trug vor allem der Frau massive Kritik ein, die wohl mitschuldig war an ihren Krankheiten und ihrem frühen Tod. Anklang und Genugtuung fand Marianne Ehrmann-Brentano bei ihren begeisterten Leserinnen.

Das Haus der Mütter

Roman

ISBN 978-3-7296-0614-2

Nach dem Tod ihrer Mutter fährt Anne Held zurück ins Dorf ihrer Kindheit. Sie will Abschied nehmen und die Wohnung räumen. Doch dann stösst sie auf alte Fotos und Dokumente und folgt dem Leben ihrer Ahninnen, der seltsamen Bäuerin Barbara, der tüchtigen Krämersfrau Rosa, des selbstbewussten Postfräuleins Luise. Und schliesslich kommt sie auch ihrer Mutter Leni näher, die aus der dörflichen Enge ausbrach und mit dem unehelichen Kind Anne heimkehrte. Nie gab die Mutter Auskunft zum Vater von Anne. Kann Anne jetzt – nach dem Tod der Mutter – noch mehr erfahren?

Die Reise zum Einhorn

Roman

ISBN 978-3-7296-0591-6

Sibyl, eine 41-jährige Bibliothekarin, steckt in einer Lebenskrise. Da liegt eines Tages ein Buch auf ihrem Tisch: Es hat ein Einhorn auf dem Umschlag und innen nur leere Seiten. Das geheimnisvolle Buch lässt Sibyl nicht mehr los, sie folgt den Spuren des Einhorns in der Geschichte und an verschiedenen Orten. Unterschiedliche Menschen kreuzen ihren Weg auf der Suche nach dem Einhorn, eine zarte Liebesgeschichte entwickelt sich. Schliesslich entdeckt Sibyl «ihr» Einhorn – und einen neuen Sinn in ihrem Leben.

Schöne Schifferin

Auf den Spuren einer aussergewöhnlichen Frau

Roman

ISBN 978-3-7296-0558-9

Die schöne Schifferin von Brienz war sie einst, berühmt und verehrt. Sie ruderte und sang, wurde von den Fremden aufgesucht, bestaunt und porträtiert. In der Zeit des aufkommenden Tourismus Anfang 19. Jahrhundert war Elisabeth Grossmann die berühmteste Schweizerin. Doch dann liess sie der junge Neuenburger Professor, den sie liebte, wegen zu grossen Standesunterschiedes sitzen. Elisabeth heiratete den Wirt in Unterseen, gebar viele Kinder und liess sich schliesslich von ihrem gewalttätigen Mann scheiden. Doch wenige Jahre später erwartet sie von diesem gleichen Mann wieder ein Kind und steht vor einer äusserst schwierigen Entscheidung …

Dank

Ein besonderer Dank geht ans Zytglogge-Verlagsteam
und ans kompetente und hilfsbereite Personal
der Burgerbibliothek Bern und von Schloss Ehrenburg, Coburg.

Verlag und Autorin danken der Burgergemeinde Bern
für den Druckkostenbeitrag.